A Casa dos Muitos Caminhos

A Casa dos muitos caminhos

DIANA WYNNE JONES

Tradução
Raquel Zampil

2ª edição

Galera

RIO DE JANEIRO
2021

CIP-BRASIL. CATALOGAÇÃO NA PUBLICAÇÃO
SINDICATO NACIONAL DOS EDITORES DE LIVROS, RJ

J67c

Jones, Diana Wynne
  A casa dos muitos caminhos / Diana Wynne Jones ; tradução Raquel Zampil. -- 2. ed. -- Rio de Janeiro: Galera Record, 2021.
  (O castelo animado ; 3)

  Tradução de: The house of many ways
  ISBN: 978-65-5587-210-1

  1. Ficção. 2. Literatura infantojuvenil inglesa. I. Zampil, Raquel. II. Título. III. Série.

21-68535
    CDD: 808.899282
    CDU: 82-93(410.1)

Meri Gleice Rodrigues de Souza - Bibliotecária - CRB-7/6439

Título original:
The House of Many Ways
Copyright © Diana Wynne Jones, 2008

Leitura sensível: Wlange Keindé
Projeto gráfico: Renan Salgado e João Carneiro
Ilustrações: Isadora Zeferino

Todos os direitos reservados.
Proibida a reprodução, no todo ou em parte, através de quaisquer meios.
Os direitos morais da autora foram assegurados.

Texto revisado segundo o novo Acordo Ortográfico da Língua Portuguesa.

Direitos exclusivos de publicação em língua portuguesa
somente para o Brasil adquiridos pela
EDITORA RECORD LTDA.
Rua Argentina, 171 - Rio de Janeiro, RJ - 20921-380 - Tel.: (21) 2585-2000,
que se reserva a propriedade literária desta tradução.

Impresso no Brasil

ISBN 978-65-5587-210-1

Seja um leitor preferencial Record.
Cadastre-se no site www.record.com.br
e receba informações sobre nossos lançamentos e nossas promoções.

Atendimento e venda direta ao leitor: sac@record.com.br

EDITORA AFILIADA

Para minha neta, Ruth,
junto com a lavanderia de Sharyn,
e também para Lilly B.

CAPÍTULO UM
No qual Charmain é escolhida para cuidar da casa de um mago

— Charmain deve ir — disse tia Semprônia. — Não podemos deixar o tio-avô William enfrentar isso sozinho.

— Seu tio-avô William? — espantou-se a Sra. Baker. — Ele não é... — Ela tossiu e baixou a voz porque isso, para ela, não era muito agradável. — Ele não é um *mago*?

— Naturalmente — disse tia Semprônia. — Mas ele tem... — Aqui ela também baixou a voz. — Um *tumor*, sabe, dentro dele, e somente os elfos podem ajudá-lo. Eles precisam levá-lo para ser curado, veja bem, e *alguém* precisa cuidar da casa dele. Os feitiços, você sabe, *fogem* se não houver ninguém lá para vigiá-los. E *eu* estou ocupada demais para fazer isso. Só a minha instituição de caridade que cuida de cães de rua...

— Eu também. Estamos até aqui de pedidos de bolos de casamento este mês — disse apressadamente a Sra. Baker. — Esta manhã mesmo, Sam estava dizendo...

— Então tem de ser Charmain — decretou tia Semprônia. — Com toda certeza, ela já tem idade suficiente.

— Hã... — disse a Sra. Baker.

Ambas olharam para o outro lado da sala, onde a filha da Sra. Baker estava sentada, mergulhada em um livro, como sempre, com o corpo comprido e esguio inclinado na direção da pouca luz do sol que passava pelos gerânios da Sra. Baker, o cabelo ruivo preso no alto como uma espécie de ninho de pássaros, e os óculos empoleirados na ponta do nariz. Ela segurava um dos imensos e suculentos pastéis do pai em uma das mãos e mastigava enquanto lia. Os farelos iam caindo no livro, e ela os espanava com o pastel quando caíam na página que estava lendo.

— Hã... você nos ouviu, querida? — perguntou a Sra. Baker, ansiosa.

— Não — respondeu Charmain com a boca cheia. — O que foi?

— Está combinado, então — disse tia Semprônia. — Vou deixar que você explique a ela, Berenice, querida. — Ela se pôs de pé, majestosamente sacudindo as dobras do vestido de seda engomado e, depois, do guarda-sol também de seda. — Voltarei para buscá-la amanhã pela manhã — avisou. — Agora é melhor eu ir e contar ao pobre tio-avô William que Charmain vai cuidar das coisas para ele.

Ela saiu apressada da sala, deixando a Sra. Baker com o desejo de que a tia do marido não fosse tão rica nem tão mandona e se perguntando como iria explicar a Charmain, sem falar em Sam, que nunca deixava Charmain fazer nada que não fosse absolutamente respeitável. E o mesmo ocorria com a Sra. Baker, exceto quando tia Semprônia estava envolvida.

Enquanto isso, tia Semprônia subia em sua pequena e elegante charrete e era levada pelo cocheiro para o outro lado da cidade, onde o tio-avô William morava.

— Já arranjei tudo — anunciou ela, deslizando pelos caminhos mágicos até onde o tio-avô William se encontrava sentado, soturno, escrevendo em seu estúdio. — Minha sobrinha-neta Charmain está vindo para cá amanhã. Ela vai ajudar em sua partida e cuidar de você quando voltar. Enquanto isso, vai tomar conta da casa para você.

— Quanta gentileza dela — disse o tio-avô William. — Suponho que então seja bem versada em magia...

— Não tenho a menor ideia — afirmou tia Semprônia. — O que eu *sei* é que ela nunca tira o nariz dos livros, não faz nada na casa dela e é tratada como um objeto sagrado pelos pais. Vai ser *bom* para ela fazer algo normal para variar.

— Puxa vida — disse o tio-avô William. — Obrigado por me avisar. Vou tomar precauções então.

— Faça isso — concordou tia Semprônia. — E é melhor cuidar para que tenha bastante comida na casa. Nunca *conheci* uma garota que comesse tanto. E continua magra como uma vassoura de bruxa. Não consigo entender isso. Vou trazê-la aqui amanhã, antes que os elfos cheguem.

Ela se virou para ir embora.

— Obrigado — disse o tio-avô William debilmente para suas costas rígidas e farfalhantes. — Ora, ora — acrescentou quando a porta da frente bateu com força. — Pois bem. É preciso ser grato pelos parentes que temos, creio.

Por mais estranho que pareça, Charmain também ficou muito agradecida à tia Semprônia. Não por ter sido apontada para cuidar de um mago velho e doente que ela nunca vira.

— Ela poderia ter perguntado a *mim*! — disse ela algumas vezes à mãe.

— Acho que ela sabia que você diria não, querida — acabou sugerindo a Sra. Baker.

— Talvez — disse Charmain. — Ou — acrescentou ela, com um sorriso enigmático — talvez não.

— Querida, não espero que você vá *gostar* dessa tarefa — disse, hesitante, a Sra. Baker. — Ela não é nem um pouco *agradável*. Apenas seria muito generoso...

— Você sabe que não sou generosa — disse Charmain, e subiu a escada, indo para seu quarto branco cheio de babados, onde se sentou à linda escrivaninha. Olhou pela janela para os telhados, torres e chaminés de Cidade da Alta Norlanda, e então levantou os olhos para as montanhas azuis mais além. A verdade é que essa era a chance pela qual vinha esperando. Estava cansada de sua escola respeitável e muito cansada de morar naquela casa, com a mãe a tratando como se fosse uma tigresa que ninguém sabia com certeza se estava domada, e o pai proibindo-a de fazer coisas porque não eram prestigiadas ou seguras ou comuns. Essa era a chance de sair de casa e fazer alguma coisa — a única coisa — que Charmain sempre quisera fazer. Valia a pena tolerar a casa de um mago só por isso. Ela se perguntou se teria coragem de escrever a carta que acompanhava a ideia.

Por muito tempo, Charmain não teve coragem. Ficou sentada olhando as nuvens se empilhando ao longo dos picos das montanhas, brancas e púrpura, criando formas como animais gorduchos e esguios dragões mergulhando no ar. Ficou olhando até as nuvens se dissiparem por completo, transformando-se em nada mais que uma leve névoa contra o céu azul. Então ela disse: "É agora ou nunca." Depois, suspirou, pegou os óculos na corrente que pendia de seu pescoço e apanhou sua melhor caneta e o papel de cartas mais bonito. E escreveu, em seu melhor estilo:

Vossa Majestade,

Desde que eu era uma criancinha e ouvi pela primeira vez sobre sua grande coleção de livros e manuscritos, anseio em trabalhar em sua biblioteca. Embora eu saiba que Vossa Majestade, com o auxílio de sua filha, Sua Alteza Real, a princesa Hilda, esteja pessoalmente engajado na longa e difícil tarefa de selecionar e listar o conteúdo da Biblioteca Real, ainda assim espero que possa apreciar minha ajuda. Como já sou responsável, quero me candidatar ao posto de bibliotecária assistente na Biblioteca Real. Espero que Vossa Majestade não considere minha solicitação por demais presunçosa.

Sinceramente,
Charmain Baker
Rua do Milho, 12
Cidade da Alta Norlanda

Charmain recostou-se e releu a carta. Inevitavelmente, pensou ela, escrever dessa forma para o velho rei era puro atrevimento, mas a carta lhe parecia bastante boa. A única coisa dúbia era o "sou responsável". Charmain sabia que isso, em geral, significava que a pessoa tinha 21 anos — ou pelo menos 18 —, mas pensou que aquela não era *exatamente* uma mentira. Ela não mencionara idade, afinal. Tampouco dissera que era imensamente versada ou altamente qualificada, porque sabia que não era. Nem mesmo revelara que amava os livros mais do que qualquer outra coisa no mundo, embora isso fosse a pura verdade. Ela só teria de confiar que seu amor pelos livros transparecesse no texto.

Tenho quase certeza de que o rei vai simplesmente amassar a carta e atirá-la no fogo, pensou. Mas pelo menos tentei.

Charmain saiu e pôs a carta no correio, sentindo-se muito corajosa e desafiadora.

Na manhã seguinte, tia Semprônia chegou em sua charrete e levou Charmain, junto com uma bela bolsa de tapeçaria que a Sra. Baker arrumara com as roupas da filha, e uma mala muito maior que o Sr. Baker havia preparado, estufada com pastéis e guloseimas, pãezinhos, flãs e tortas. Tão grande era essa segunda bolsa, e com cheiro tão forte de saborosas ervas, molho, queijo, frutas, geleias e temperos, que o cocheiro guiando a charrete virou-se para trás e fungou, admirado, e até mesmo as nobres narinas de tia Semprônia se inflaram.

— Bem, de fome você não vai morrer, criança — disse ela. — Prossigamos.

Mas o cocheiro teve de esperar até que a Sra. Baker houvesse abraçado Charmain e dito:

— Sei que posso confiar, querida, que você será boa, organizada e atenciosa.

Isso é mentira, pensou Charmain. Ela não confia nem um pouco em mim.

Então, o pai de Charmain se apressou a dar um beijo na bochecha da filha.

— Sabemos que você não vai nos decepcionar — disse ele.

Outra mentira, pensou Charmain. Vocês sabem que vou.

— E vamos sentir sua falta, meu amor — afirmou a mãe, quase em lágrimas.

Talvez isso não seja mentira!, pensou Charmain com alguma surpresa. Embora eu me pergunte por que eles gostam de mim.

— *Em frente!* — ordenou severamente tia Semprônia, e foi o que o cocheiro fez. Quando a charrete atravessava tranquilamente as ruas, ela disse: — Agora, Charmain, eu sei que seus pais lhe deram o melhor de tudo e que você nunca teve de fazer nada por conta própria. Está preparada para cuidar de si mesma, para variar?

— Ah, sim — respondeu Charmain sinceramente.

— E da casa *e* do pobre velho? — insistiu tia Semprônia.

— Vou dar o melhor de mim — afirmou Charmain. Temia que tia Semprônia fizesse meia-volta e a levasse direto para casa, se ela não dissesse isso.

— Você recebeu uma boa educação, não foi? — perguntou tia Semprônia.

— Inclusive musical — admitiu Charmain, um tanto amuada, acrescentando em seguida: — Mas eu não era nada boa nisso. Portanto, não espere que eu toque melodias calmantes para o tio-avô William.

— Não espero — retrucou tia Semprônia. — Como ele é um mago, provavelmente pode fazer as próprias melodias calmantes. Eu só estava tentando descobrir se você teve formação básica apropriada em magia. Teve, não foi?

Pareceu a Charmain que suas entranhas desapareciam dentro dela, e era como se levassem junto o sangue do seu rosto. Ela não ousou confessar que não sabia nem mesmo a coisa mais básica sobre magia. Seus pais — particularmente a Sra. Baker — não achavam que magia fosse algo prestigiado. E a parte da cidade em que moravam era tão respeitável que a escola de Charmain nunca ensinou nada sobre magia. Se alguém quisesse aprender uma coisa assim tão vulgar, tinha de procurar um professor particular. E Charmain sabia que os pais nunca teriam pago tais aulas.

— Hã... — ela começou.

Por sorte, tia Semprônia simplesmente continuou:

— Morar numa casa cheia de magia não é brincadeira, você sabe.

— Ah, eu nunca pensaria nisso como uma brincadeira — disse Charmain com sinceridade.

— Ótimo — aprovou tia Semprônia, e recostou-se.

A charrete prosseguia. Atravessaram a Praça Real, passaram pela Mansão Real, que se erguia em uma das extremidades da praça com seu telhado dourado reluzindo ao sol, e seguiram para a Praça do Mercado, onde Charmain raramente tinha permissão para ir. Ela olhava melancólica para as barracas e todas as pessoas comprando coisas e tagarelando, e virou-se para trás, mantendo os olhos naquele lugar, enquanto entravam na parte mais antiga da cidade. Aqui as casas eram tão altas e coloridas, e tão diferentes umas das outras — cada uma delas parecia ter a cumeeira mais íngreme e janelas posicionadas em pontos mais estranhos do que a outra —, que Charmain começou a ter esperanças de que morar na casa do tio-avô William talvez viesse a ser muito interessante, afinal. Mas a charrete seguiu em frente, atravessando as partes mais pobres e sombrias — passando por meros casebres e saindo nos campos, onde um grande rochedo inclinava-se sobre a estrada e casinhas ocasionalmente erguiam-se recuadas em meio às sebes —, e as montanhas pareciam cada vez mais próximas, erguendo-se à frente deles. Charmain começou a pensar que estavam saindo da Alta Norlanda, entrando em outro país. Qual seria ele? Estrângia? Montalbino? Desejou ter prestado mais atenção às aulas de geografia.

No exato momento em que desejava isso, o cocheiro parou diante de uma pequena casa cor de rato, encolhida atrás de um comprido jardim. Charmain olhou-a do outro lado do pequeno portão de ferro e sentiu-se extremamente desapontada. Era a casa mais sem graça que já vira. Havia uma janela de cada lado da porta de entrada marrom e o telhado cor de rato descia sobre elas como sobrancelhas franzidas. Não parecia haver um segundo andar.

— Chegamos — disse tia Semprônia alegremente.

Ela desceu, abriu ruidosamente o pequeno portão de ferro, e conduziu Charmain pelo caminho até a porta da frente. A garota caminhou, desanimada, atrás dela, enquanto o cocheiro as seguia com as duas malas de Charmain. O jardim de ambos os lados do caminho parecia consistir inteiramente de arbustos de hortênsias, azuis, verde-azuladas e malva.

— Não creio que você precise cuidar do jardim — disse tia Semprônia jovialmente.

Eu espero que *não*!, pensou Charmain.

— Tenho quase certeza de que William tem um jardineiro — afirmou tia Semprônia.

— Espero que sim — replicou Charmain. O máximo que ela conhecia de jardins era o quintal dos Baker, que continha um grande pé de amora e uma roseira, e mais as jardineiras em que a mãe cultivava vagem. Sabia que havia terra debaixo das plantas e que a terra continha minhocas. Estremeceu.

Tia Semprônia bateu energicamente com a aldrava na porta marrom e então entrou na casa, gritando:

— U-hu! Eu trouxe Charmain para você!

— Muito obrigado — respondeu o tio-avô William.

A porta da frente levava direto a uma sala de estar bolorenta, onde o tio-avô estava sentado em uma poltrona também bolorenta e cor de rato. Havia uma mala de couro grande ao lado dele, como se já estivesse pronto para partir.

— É um prazer conhecê-la, minha querida — disse ele a Charmain.

— Como vai o senhor? — perguntou ela educadamente.

Antes que qualquer um dos dois pudesse dizer mais alguma coisa, tia Semprônia anunciou:

— Muito bem então, vou ter de deixá-los. Ponha a bagagem dela ali — disse ao cocheiro, que, obedientemente, descarregou as bolsas atrás da porta e se foi. Tia Semprônia o seguiu em um crepitar de sedas caras, gritando ao sair: — Até logo para vocês dois!

A porta se fechou com um ruído, deixando Charmain e o tio-avô William olhando um para o outro.

O tio-avô era um homenzinho quase totalmente careca, exceto por alguns fiapos de cabelos finos e prateados que riscavam o topo de sua cabeça. Sentava-se rígido, encurvado e encolhido, o que mostrava a Charmain que devia estar com muita dor. Ela ficou surpresa ao perceber que sentia pena dele, mas desejou que não a encarasse tão intensamente. Fazia com que se sentisse culpada. E as pálpebras inferiores dele pendiam dos olhos azuis cansados, mostrando a parte interna muito vermelha, como sangue. Charmain não gostava de sangue quase tanto quanto não gostava de minhocas.

— Bem, você parece uma jovem muito alta e competente — disse o tio-avô William. Sua voz era cansada e gentil. — O cabelo vermelho é um bom sinal, na minha opinião. Muito bom. Acha que consegue cuidar daqui enquanto eu estiver fora? O lugar está um tanto bagunçado, receio.

— Espero que sim — disse Charmain. A sala bolorenta parecia-lhe bastante arrumada. — Pode me dizer algumas coisas que tenho de fazer? — Embora eu espere não ficar aqui por muito tempo, pensou ela. Assim que o rei responder à minha carta...

— Bem — disse o tio-avô William —, as tarefas domésticas de hábito, é lógico, só que mágicas. Naturalmente, a maior parte é mágica. Como eu não tinha certeza em que nível de magia você estaria, tomei algumas medidas...

Socorro!, pensou Charmain. Ele acha que eu sei alguma coisa de magia!

Ela tentou interromper o tio-avô e pedir que ele explicasse, mas naquele momento foram ambos interrompidos. A porta da frente se abriu com um ruído, e uma procissão de elfos muito, muito altos entrou em silêncio. Estavam todos vestidos de branco, como médicos, e não havia absolutamente nenhuma expressão em seus lindos rostos. Charmain fitou-os, enervada ao máximo por sua beleza, sua altura, sua neutralidade e, acima de tudo, por seu completo silêncio. Um deles a afastou delicadamente para um lado e ela ficou ali, onde fora colocada, sentindo-se confusa e desajeitada, enquanto o restante se agrupava em torno do tio-avô William, com as cabeças deslumbrantes inclinadas sobre ele. Charmain não teve certeza do que fizeram, mas, segundos depois, o tio-avô William estava vestido em um roupão branco e eles o erguiam da cadeira. Havia o que pareciam três maçãs vermelhas presas na cabeça dele. Charmain pôde ver que ele estava dormindo.

— Hã... vocês não estão esquecendo a valise dele? — perguntou ela enquanto o levavam na direção da porta.

— Não vamos precisar dela — disse um dos elfos, mantendo a porta aberta para os outros passarem com o tio-avô William.

Depois, quando todos desciam o caminho no jardim, Charmain correu até a porta aberta e gritou:

— Quanto tempo ele vai ficar fora?

De repente, pareceu-lhe urgente saber por quanto tempo seria responsável por aquele lugar.

— O tempo que for preciso — replicou outro dos elfos.

Então desapareceram antes de chegar ao portão do jardim.

CAPÍTULO DOIS
No qual Charmain explora a casa

Charmain ficou olhando o caminho vazio por algum tempo, e então fechou a porta com força.

— *Agora* o que eu faço? — perguntou à sala bolorenta e deserta.

— Receio que você vá ter de arrumar a cozinha, minha querida — disse a voz cansada e gentil do tio-avô William, vinda do nada. — Peço desculpas por ter deixado tanta roupa suja. Por favor, abra minha valise para obter instruções mais complexas.

Charmain lançou um olhar à valise. Então o tio-avô William tivera mesmo a intenção de deixá-la ali.

— Em um minuto — disse ela à valise. — Ainda não desfiz as minhas malas. — Ela apanhou as duas bolsas e marchou com elas para a única outra porta que havia ali. Ficava nos fundos da sala e, depois de Charmain tentar abri-la com a mão que segurava a bolsa de comida, depois com essa mesma mão enquanto a outra segurava ambas as bolsas, e finalmente com ambas as mãos e com ambas as bolsas no chão, descobriu que a porta levava à cozinha.

Ficou ali parada, transfixada, por um momento. Então arrastou as duas bolsas, passando-as pela porta pouco antes de esta se fechar, e ficou olhando mais um pouco.

— Que *bagunça*! — exclamou ela.

Devia ter sido uma cozinha espaçosa e confortável. Tinha uma janela ampla que dava para as montanhas, por onde entrava a agradável luz do sol. Infelizmente, o sol servia apenas para realçar as enormes pilhas de pratos e xícaras que se erguiam dentro da pia, no escorredor e no chão ao lado da pia. A luz do sol então avançava — e, com ela, os desolados olhos de Charmain — e lançava um brilho dourado sobre as duas bolsas de lona cheias de roupas sujas encostadas na lateral da pia. Estavam tão abarrotadas que o tio-avô William estivera usando-as como prateleira para uma pilha de panelas e uma frigideira sujas.

Os olhos de Charmain seguiram dali para a mesa no meio do cômodo. Era ali que o tio-avô William parecia guardar seu suprimento de uns trinta bules de chá e o mesmo número de jarros de leite — sem falar nos vários recipientes que um dia contiveram molho. À sua maneira, estava tudo arrumado, pensou Charmain, só que entulhado e sujo.

— Suponho que você esteja *mesmo* doente — disse Charmain, mal-humorada, para o ar.

Não houve resposta dessa vez. Cautelosamente, ela foi até a pia, onde tinha a sensação de que alguma coisa estava faltando. Levou um momento para perceber que não havia torneira. Provavelmente essa casa ficava tão longe da cidade que nenhum cano de água fora instalado. Quando ela olhou pela janela, pôde ver um quintalzinho e uma bomba no meio dele.

— Então eu preciso ir até lá, bombear a água e trazê-la para cá, e *depois* o quê? — perguntou Charmain. Ela olhou para a lareira escura e vazia. Era verão, afinal, então naturalmente não havia fogo nem nada para queimar, pelo que podia ver. — Aqueço a água? — perguntou ela. — Numa panela suja, suponho, e... Pensando bem, como vou *me* lavar? Será que não vou poder tomar banho? Ele não tem um quarto ou um banheiro?

Ela correu para a portinha que ficava além da lareira e a abriu. Todas as portas do tio-avô William pareciam requerer a força de dez homens para abri-las, pensou, zangada. Ela quase podia sentir o peso da magia mantendo-as fechadas. Viu-se olhando dentro de uma pequena despensa. Não havia nada nas prateleiras além de um pequeno pote de manteiga, um pão de aspecto mofado e um grande pacote misteriosamente etiquetado CIBIS CANNICUS, que parecia estar cheio de flocos de sabão. E, amontoadas no fundo da despensa, havia duas outras grandes bolsas de roupa suja, tão cheias quanto as que estavam na cozinha.

— Eu vou gritar — disse Charmain. — Como tia Semprônia pôde fazer isso comigo? Como mamãe permitiu?

Nesse momento de desespero, Charmain só conseguia pensar em fazer o que sempre fazia em momentos de crise: esconder-se em um livro. Ela arrastou suas duas bolsas até a mesa lotada e sentou-se em uma das duas cadeiras que havia ali. Então, desafivelou a bolsa de tapeçaria, colocou os óculos no nariz e mergulhou avidamente entre as roupas em busca dos livros que havia pedido à mãe que guardasse na mala para ela.

Suas mãos não encontraram nada além de maciez. A única coisa dura ali era uma grande barra de sabão entre seus produtos de limpeza. Charmain a atirou do outro lado da cozinha, dentro da lareira vazia, e continuou procurando.

— Eu não acredito nisto! — exclamou. — Ela deve tê-los colocado primeiro, lá no fundo. Então, virou a bolsa de cabeça para baixo e sacudiu tudo no chão da cozinha. E lá se foram caindo montes de saias, vestidos, meias, blusas, dois casacos tricotados, anáguas de renda e roupas de baixo suficientes para um ano, tudo lindamente dobrado. Em cima de tudo, caíram seus chinelos novos. Depois, a bolsa ficou vazia. Ainda assim, Charmain apalpou todo o interior antes de atirá-la para o lado, deixar os óculos despencarem até a extremidade da corrente, e perguntar-se se devia chorar. A Sra. Baker havia de fato *esquecido* de guardar os livros na mala.

— Bem — disse Charmain, depois de um intervalo piscando e engolindo em seco. — Acho que nunca estive longe de casa mesmo. Da próxima vez que for a algum lugar, *eu mesma* vou fazer a mala e enchê-la de livros. Por ora, tenho de fazer o melhor que puder.

Fazendo o melhor que podia, ergueu a outra bolsa até a mesa entulhada e abriu espaço para ela, derrubando quatro jarros de leite e um bule no chão

— E eu *nem* ligo! — disse Charmain enquanto caíam. Para algum alívio seu, os jarros de leite estavam vazios e simplesmente oscilaram, e o bule tampouco se quebrou. Ficou apenas lá caído de lado, pingando chá no chão. — Esse deve ser o lado bom da magia — disse Charmain, pegando melancolicamente um pastel de carne que estava por cima. Embolou o tecido da saia, prendendo entre os joelhos, fincou os cotovelos na mesa e deu uma imensa, saborosa e reconfortante mordida.

Alguma coisa fria e trêmula tocou a parte nua de sua perna direita.

Charmain ficou paralisada, não ousando sequer mastigar. Esta cozinha está cheia de grandes lesmas mágicas!, pensou.

A coisa fria tocou outra parte de sua perna. Com o toque, veio um gemido bem baixinho.

Muito lentamente, Charmain puxou de lado a saia e a toalha e olhou para baixo. Debaixo da mesa, estava um cachorrinho branco extremamente pequeno e maltratado, olhando para ela com um ar patético e se tremendo todo. Quando ele viu que Charmain o olhava, empinou orelhas brancas desiguais e de pelos esfiapados e balançou a cauda curta e fina. Então, emitiu novamente um gemido sussurrado.

— Quem é *você*? — perguntou Charmain. — Ninguém me falou de um cachorro.

A voz do tio-avô William surgiu do nada mais uma vez.

— Este é o Desamparado. Seja muito gentil com ele. Eu o encontrei abandonado e ele parece ter medo de tudo.

Charmain nunca tivera uma opinião muito segura em relação a cães. A mãe dizia que eles eram sujos e que mordiam, e que nunca teriam um em casa, portanto Charmain sempre ficava nervosa com qualquer cachorro que encontrasse. Mas esse era tão pequeno. Parecia muito branco e limpo. E parecia ter muito mais medo de Charmain do que ela dele. Ainda estava se tremendo todo.

— Ah, pare de tremer — disse ela. — Não vou machucar você.

Desamparado continuou tremendo e olhando para ela com ar patético.

Charmain suspirou. Partiu um bom pedaço de seu pastel e o estendeu a ele.

— Aqui — disse ela. — Tome isso por não ser uma lesma.

O nariz reluzente de Desamparado estremeceu na direção do pedaço de pastel. Ele ergueu os olhos, para ter certeza de que ela queria mesmo lhe dar, e então, delicada e educadamente, pegou o pastel com a boca e o comeu. Em seguida, olhou para Charmain pedindo mais. Ela estava fascinada com a delicadeza dele. Tirou outro pedaço do pastel. E mais outro. No fim, dividiram o pastel meio a meio.

— Acabou — disse Charmain, sacudindo as migalhas de sua saia. — Vamos ter de fazer esta sacola durar, pois parece não haver nenhuma outra comida nesta casa. Agora me mostre o que fazer, Desamparado.

Prontamente, Desamparado seguiu para o que parecia ser a porta dos fundos, onde ele parou abanando o fiapo de rabo e emitindo outro gemido sussurrado. Charmain abriu a porta — que era tão difícil de abrir quanto as outras duas — e seguiu Desamparado para o quintal, pensando que isso significava que ela deveria bombear água para a pia. Mas Desamparado passou pela bomba e seguiu para a macieira de aspecto esquálido num canto, onde ele ergueu uma das perninhas e fez pipi no tronco da árvore.

— Entendi — disse Charmain. — Isso é o que você deve fazer, não eu. E não parece que você esteja fazendo muito bem a essa árvore, Desamparado.

O cãozinho lançou-lhe um olhar e continuou andando de um lado para o outro no quintal, farejando tudo e erguendo a perna junto a moitas de capim. Charmain pôde perceber que ele se sentia bastante seguro no quintal. Pensando bem, ela também. Havia uma sensação agradável, de segurança, como se o tio-avô William houvesse colocado proteções de magia em volta do lugar. Ela parou ao lado da bomba e olhou para além da cerca, para as montanhas que se erguiam íngremes. Havia uma leve brisa soprando das alturas, trazendo um cheiro de neve e de flores novas, que, de alguma forma, fez com que Charmain se lembrasse dos elfos. Ela se perguntava se eles teriam levado o tio-avô William lá para cima.

E é melhor que eles o tragam de volta logo, pensou ela. Vou ficar maluca se passar mais de um dia aqui!

Havia uma cabaninha no canto ao lado da casa. Charmain foi até lá investigar, murmurando:

— Pás, suponho, vasos de plantas e coisas assim.

Mas, quando conseguiu puxar a porta rígida, encontrou ali um amplo tanque de cobre, uma máquina de passar e um lugar para acender o fogo debaixo do tanque. Ela olhou para tudo aquilo da maneira como se olha uma estranha exposição

em um museu, até que se lembrou de que havia um abrigo semelhante no quintal de sua casa. Era um lugar tão misterioso
para ela quanto esse, pois sempre fora proibida de entrar lá.
No entanto, sabia que, uma vez por semana, uma lavadeira de
mãos vermelhas e rosto arroxeado vinha e fazia muita fumaça
no abrigo, do qual, de alguma maneira, saíam roupas limpas.

Ah. Uma lavanderia, ela pensou. Acho que você tem de
colocar aquelas bolsas de roupa suja no tanque e fervê-las.
Mas como? Estou começando a pensar que tenho levado a
vida sendo resguardada demais.

— O que é uma boa coisa também — disse em voz
alta, pensando na lavadeira de mãos vermelhas e rosto arroxeado.

Mas isso não me ajuda com a louça para lavar, pensou
ela. Nem em relação ao banho. Esperam que eu me ferva
nesse tanque? E onde vou dormir, pelo amor de Deus?

Deixando a porta aberta para Desamparado, ela voltou
para a casa, onde passou direto pela pia, pelas sacolas de roupa
suja, pela mesa entulhada e pela pilha das suas coisas no chão,
e arrastou a porta na extremidade oposta, abrindo-a. Além
dela, via-se novamente a bolorenta sala de estar.

— Isso é desesperador! — disse ela. — Onde estão os
quartos? Onde tem um *banheiro*?

A voz cansada do tio-avô William soou do nada.

— Para encontrar os quartos e o banheiro, dobre à esquerda assim que abrir a porta da cozinha, minha querida.
Por favor, perdoe a bagunça.

Charmain olhou de volta pela porta da cozinha aberta.

— Ah, é? — disse. — Bem, vamos ver.

Voltou cuidadosamente à cozinha e fechou a porta.
Então voltou a abri-la, com o que ela estava começando a

ver como um esforço habitual, e virou-se energicamente para a moldura da porta antes que tivesse tempo de pensar que aquilo era impossível.

Então, viu-se em um corredor com uma janela aberta na extremidade oposta. A brisa que entrava pela janela trazia o cheiro forte de neve e flores vindo da montanha. Charmain vislumbrou, surpresa, uma campina verde e distâncias azuis, enquanto se ocupava girando a maçaneta e forçando o joelho contra a porta mais próxima.

Essa porta abriu-se facilmente, como se fosse usada com muita frequência. Charmain entrou aos tropeços, mergulhando em um cheiro que fez com que esquecesse instantaneamente os aromas vindos pela janela. Ficou lá parada, o nariz levantado, fungando, encantada. Era a deliciosa e embolorada fragrância de livros velhos. Centenas deles, ela viu, olhando o quarto à sua volta. Nas quatro paredes, havia livros alinhados em prateleiras, empilhados no chão e sobre a mesa, livros antigos com capa de couro em sua maioria, embora alguns no chão tivessem sobrecapas coloridas, de aspecto mais recente. Esse era obviamente o estúdio do tio-avô William.

— Aaah! — disse Charmain.

Ignorando que a vista da janela era das hortênsias no jardim da frente, ela correu para olhar os livros na mesa. Livros grandes, grossos, perfumados, alguns deles com fechos de metal para mantê-los fechados, como se fosse perigoso abri-los. Charmain já tinha um deles nas mãos quando percebeu o pedaço de papel duro aberto na mesa, coberto com uma caligrafia trêmula.

— "Minha querida Charmain" — ela leu, e sentou-se na cadeira acolchoada diante da mesa para ler o restante.

Minha querida Charmain,

Obrigado por você ter tão gentilmente concordado em cuidar desta casa em minha ausência. Os elfos me dizem que devo ficar fora cerca de duas semanas. (*Obrigada, Deus, por isso!, pensou Charmain.*) Ou possivelmente um mês, se houver complicações. (*Ah.*) Por favor, me perdoe qualquer bagunça que encontre aqui. Esse mal vem me afligindo já faz algum tempo. Mas tenho certeza de que você é uma jovem engenhosa e que vai se habituar por aqui logo, logo. Em caso de dificuldade, deixei instruções faladas para você onde me pareceram necessárias. Tudo que você precisa fazer é fazer a pergunta em voz alta e ela será respondida. Você encontrará a explicação para questões mais complexas na valise. Por favor, seja gentil com Desamparado, que não está comigo há tempo suficiente para se sentir seguro, e por favor fique à vontade para pegar quaisquer livros neste estúdio, exceto os que estão sobre esta mesa, que são, em sua maior parte, poderosos e avançados demais para você. (*Bah. Como se eu ligasse para isso!, pensou Charmain.*) Por ora, desejo-lhe uma feliz estada aqui e espero em breve poder lhe agradecer pessoalmente.

Com afeto, seu tio-bisavô-emprestado,
William Norland

— Então ele é emprestado — disse Charmain em voz alta. — Deve ser, na realidade, tio-avô de tia Semprônia, que se casou com tio Ned, que é tio do papai, exceto pelo fato de que agora está morto. Que pena! Estava começando a ter esperanças de que houvesse herdado um pouco de sua magia. — E então disse educadamente para o ar: — Muito obrigada, tio-avô William.

Não houve resposta. Charmain pensou: Bem, não deveria mesmo. Isso não foi uma pergunta. E então começou a explorar os livros em cima da mesa.

O livro grosso que estava nas suas mãos era intitulado *O livro do vazio e do nada*. Previsivelmente, quando o abriu, as páginas estavam em branco. Mas Charmain podia sentir sob os dedos, em cada página vazia, uma espécie de vibração e movimento de magias ocultas. Ela o devolveu à mesa rapidamente e apanhou outro chamado *Guia de Wall da astromancia*. Sentiu uma ligeira decepção com aquele, que consistia basicamente em diagramas de linhas pontilhadas pretas com vários pontos vermelhos quadrados expandindo-se das linhas pretas em vários padrões, mas que quase nada continha para ler. Ainda assim, Charmain ficou mais tempo do que esperava olhando para ele. Os diagramas deviam ser, de algum modo, hipnóticos. Por fim, fazendo um pouco de esforço, ela o pôs de lado e voltou-se para um cujo título era *Feitiçaria seminal avançada*, que não era absolutamente seu tipo de leitura. Era impresso com um texto compacto de longos parágrafos que pareciam começar com: "Se extrapolarmos a partir de nossas descobertas em meu trabalho anterior, estaremos prontos para abordar uma extensão da fenomenologia paratípica..."

Não, pensou Charmain. Não creio que estejamos prontos.

Ela pôs aquele de lado também e ergueu o livro quadrado e pesado no canto da mesa, cujo título era *Das Zauberbuch* e que estava escrito em um idioma estrangeiro. Provavelmente o que falavam em Ingary, concluiu Charmain. No entanto, o mais interessante era que esse livro estava servindo como peso de papel para uma pilha de cartas, vindas de toda parte do mundo. Charmain passou muito tempo bisbilhotando as cartas, cada vez mais impressionada com o tio-avô William. Quase todas eram de outros magos que queriam consultar-se com o tio-avô em relação a sutilezas da magia — era evidente que o viam como um grande especialista — ou para felicitá-lo por sua última descoberta mágica. Todas tinham uma caligrafia horrível. Charmain franziu a testa e fez uma careta, erguendo a pior delas contra a luz.

Caro Mago Norland (*dizia a carta, até onde ela conseguia ler*),

Seu livro, *Truques cruciais*, tem sido de grande ajuda em meu trabalho dimensional (*ou seria "demissional"?, perguntou-se Charmain*), mas gostaria de lhe chamar a atenção para uma pequena descoberta minha relacionada à sua seção sobre a Orelha de Murdoch ("ovelha de Morgado? Abelha de Murundu?" *Eu desisto!, pensou Charmain*). Da próxima vez que eu for à Alta Norlanda, quem sabe não podemos conversar?

Seu admirador ("adulador? advogado? adubador?" *Meu Deus! Que letra!, pensou Charmain*),
Mago Howl Pendragon

— Ora, ora! Ele deve escrever com um atiçador de brasas! — disse Charmain em voz alta, pegando a carta seguinte.

Esta era do rei em pessoa e a caligrafia, embora trêmula e antiquada, era bem mais fácil de ler.

Caro Wm (*leu Charmain, com crescente espanto e surpresa*),

Estamos agora a mais de meio caminho da Nossa Grande Tarefa, mas ainda longe de concluí-la. Contamos com você. É nossa devota esperança que os elfos que lhe enviamos tenham sucesso em devolver-lhe a saúde e que, em breve, tenhamos os inestimáveis benefícios de seu aconselhamento e incentivo.

Com nossos melhores votos e sinceras esperanças,
Adolphus, rei da Alta Norlanda

Então fora o rei quem mandara os elfos!

— Ora, ora — murmurou Charmain, folheando o fim da pilha de cartas. Cada uma delas fora escrita com a caligrafia mais caprichada de alguém. Todas pareciam dizer a mesma coisa, de maneiras diferentes: "Por favor, Mago Norland, eu gostaria de me tornar seu aprendiz. O senhor me aceita?" Algumas chegavam a oferecer dinheiro ao tio-avô William. Uma delas dizia que podia lhe dar um anel de diamante mágico, e outra, que parecia ser uma garota, dizia, um tanto pateticamente: "Eu mesma não sou muito bonita, mas minha irmã é, e ela diz que se casará com o senhor se concordar em me ensinar."

Charmain estremeceu e só passou rapidamente os olhos pelo restante da pilha. Elas a lembravam de sua própria carta ao rei. E que provavelmente era tão inútil quanto, pensou ela. Era óbvio que essas eram do tipo que um mago famoso iria imediatamente responder com um "Não". Ela reuniu todas novamente debaixo de *Das Zauberbuch* e olhou os outros livros sobre a mesa. Havia uma fileira de volumes altos e grossos na extremidade da mesa, todos com a etiqueta *Res magica*, que ela pensou em olhar mais tarde. Então, pegou mais dois livros ao acaso. Um era chamado *Caminho da Sra. Pentstemmon: sinalizadores da verdade*, e lhe pareceu um tantinho moralizante. O outro, depois de ela destravar o fecho de metal e abri-lo na primeira página, viu que era chamado *O livro de Palimpsesto*. Quando Charmain virou as páginas seguintes, viu que cada uma continha um feitiço — que era apresentado de forma fácil, com um título anunciando seu objetivo e, debaixo dele, uma lista de ingredientes, seguida por passos numerados que informavam o que era preciso fazer.

— Este sim! — exclamou Charmain, e acomodou-se para ler.

Muito tempo depois, enquanto tentava chegar a uma conclusão sobre qual era mais útil, se "Um feitiço para distinguir amigos de inimigos" ou "Um feitiço para ampliar a mente" ou talvez "Um feitiço para voar", Charmain de repente percebeu que precisava urgentemente ir ao banheiro. Isso costumava lhe acontecer quando ficava absorta na leitura. Ela se levantou, apertando os joelhos um contra o outro, e então se deu conta de que ainda não havia encontrado um banheiro.

— Ah, como chego ao banheiro daqui? — perguntou ela em voz alta.

Como esperado, a voz frágil e bondosa do tio-avô William soou vinda do nada imediatamente:

— Vire à esquerda na passagem, minha querida, e o banheiro é a primeira porta à direita.

— Obrigada! — arquejou Charmain, e correu.

CAPÍTULO TRÊS
No qual Charmain trabalha em vários feitiços ao mesmo tempo

O banheiro era tão reconfortante quanto a gentil voz do tio-avô William. O piso gasto era de pedra verde e havia uma janelinha na qual flutuava uma cortina de tela verde. E lá estavam todos os acessórios que Charmain conhecia de sua casa, onde não havia nada menos do que o melhor, ela pensou. E mais: tinha torneiras e a descarga do vaso funcionava. Verdade que a banheira *e* as torneiras eram estranhas, ligeiramente bulbosas, como se a pessoa que as instalou não tivesse muita certeza do que estava fazendo; mas as torneiras, quando Charmain experimentou girar uma, tinham água fria e água quente, exatamente como deveriam, e havia toalhas aquecidas em um trilho debaixo do espelho.

Talvez eu possa colocar uma daquelas sacolas de roupas sujas na banheira, refletiu Charmain. Mas como iria secá-las?

No corredor, no lado oposto ao banheiro, havia uma série de portas, estendendo-se a distância, de forma pouco precisa. Charmain dirigiu-se à mais próxima e a empurrou, abrindo-a, na expectativa de que levasse à sala de estar. Mas, em vez disso, atrás dela havia um quarto pequeno, obviamente do tio-avô William, a julgar pela bagunça. As cobertas brancas caíam da cama desfeita, quase cobrindo vários camisões de dormir listrados espalhados pelo chão. Camisas pendiam de gavetas, junto com meias e o que pareciam ceroulas, e o armário aberto deixava ver algum tipo de uniforme com cheiro de mofo. Sob a janela, havia mais duas sacolas abarrotadas de roupa suja.

Charmain gemeu alto.

— Creio que ele está doente há bastante tempo — disse ela, tentando ser caridosa. — Mas, mãe do céu, por que *eu* é que tenho de cuidar de tudo isso?

A cama começou a tremer.

De um salto, Charmain fez meia-volta, ficando de frente para ela. O tremor era causado por Desamparado, confortavelmente enroscado no monte de roupa de cama, coçando-se, tentando livrar-se de uma pulga. Quando viu Charmain olhando para ele, abanou a cauda minúscula, humilde, baixou as orelhas esfiapadas e dirigiu um gemido choroso a ela.

— Você não deveria estar aí, deveria? — perguntou ela. — Muito bem. Dá para ver que você está confortável... e, de qualquer forma, Deus me livre de dormir nessa cama.

Então bateu em retirada do quarto e abriu a porta seguinte. Para seu alívio, lá estava outro quarto quase idêntico ao do tio-avô William, exceto pelo fato de esse estar arrumado. A cama estava limpa e feita, o armário estava fechado, e, quando ela olhou, descobriu que as cômodas estavam vazias. Charmain assentiu em tom de aprovação para o quarto e abriu a porta seguinte no corredor. Havia ainda outro quarto arrumado, e além desse, mais um, todos exatamente iguais.

É melhor eu guardar minhas coisas no que é meu, ou nunca mais vou encontrá-lo, pensou.

Ela se virou para o corredor e viu que Desamparado deixara a cama e agora arranhava a porta do banheiro com as duas patas dianteiras.

— Você não vai querer entrar aí — disse-lhe Charmain. — Nada do que tem aí serve para nós.

Mas, de alguma forma, a porta se abriu antes que Charmain a alcançasse. Além dela, estava a cozinha. Desamparado entrou ali todo lampeiro e Charmain gemeu novamente. A bagunça não desaparecera. Lá estavam a louça e as sacolas de roupa suja, com a adição agora de um bule caído sobre uma poça de chá, as roupas de Charmain numa pilha perto da mesa e uma grande barra de sabão verde na lareira.

— Eu já tinha esquecido disso tudo — disse Charmain.

Desamparado pôs as minúsculas patas dianteiras na trave da cadeira e se ergueu em todo seu diminuto comprimento, suplicante.

— Você está com fome novamente — diagnosticou Charmain. — Eu também.

Ela sentou-se na cadeira, Desamparado sentou-se em seu pé esquerdo e dividiram outro pastel. Em seguida, dividiram também uma tartelete de frutas, duas roscas doces, seis biscoitos de chocolate e um flã de caramelo. Depois, Desamparado arrastou-se um tanto pesadamente em direção à porta interna, que se abriu para ele assim que a arranhou. Charmain juntou sua pilha de roupas e o seguiu, na intenção de colocar seus pertences no primeiro quarto vazio.

Mas aqui as coisas desandaram um pouco. Charmain empurrou a porta com um cotovelo e, naturalmente, virou à direita para entrar no corredor onde ficavam os quartos. Então se viu na mais completa escuridão. Quase imediatamente, ela deparou com outra porta, onde bateu com o cotovelo na maçaneta, produzindo um som metálico.

— Ai! — gemeu ela, procurando, atrapalhada, a maçaneta e abrindo a porta.

Esta deslizou majestosamente. Charmain entrou em uma sala ampla iluminada por janelas em arco em toda à sua volta e viu-se respirando um cheiro úmido, abafado, curtido, abandonado. O odor parecia vir dos assentos de couro de antigas cadeiras entalhadas dispostas em torno da grande mesa também entalhada que ocupava a maior parte da sala. Sobre a mesa, diante de cada cadeira, havia uma pequena toalha de couro e, sobre ela, uma folha de mata-borrão velha e gasta — exceto a grande cadeira na outra extremidade, que tinha as armas da Alta Norlanda esculpidas em seu espaldar. À frente dela, no lugar da toalhinha de couro, havia uma varinha curta e grossa sobre a mesa. Tudo aquilo — cadeiras, mesa e toalhas — estava coberto de poeira e viam-se teias de aranha nos cantos das muitas janelas.

Charmain olhava tudo perplexa.

— Isto é a sala de jantar ou o quê? — perguntou ela. — Como chego aos quartos saindo daqui?

A voz do tio-avô William soou fraca e distante.

— Você chegou à Sala de Conferência — anunciou. — Se você está aí, está bem perdida, minha querida, portanto ouça com atenção. Gire uma vez, no sentido horário. Então, ainda girando no sentido horário, abra a porta apenas com a mão esquerda. Ultrapasse a porta e deixe que ela bata. Então dê dois passos longos, de lado, para sua esquerda. Isso a levará de volta ao lado do banheiro.

Vamos esperar que *sim*!, pensou Charmain, esforçando-se para seguir as instruções.

Tudo correu bem, exceto pelo momento de escuridão depois que a porta se fechou atrás dela, quando Charmain se viu em um corredor de pedra totalmente estranho. Um velho encurvado empurrava um carrinho carregado com bules de prata fumegantes, jarras, *réchauds* e o que parecia uma pilha de panquecas grossas. Ela o observou um pouco, decidiu que não faria bem algum — nem a si mesma nem ao velho — se o chamasse, e então deu duas longas passadas para a esquerda. Para seu alívio, viu-se de pé ao lado do banheiro, de onde podia

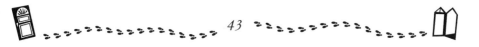

avistar Desamparado girando sobre si mesmo na cama do tio-avô William, tentando encontrar a posição mais confortável.

— Ufa! — exclamou Charmain, e despejou a pilha de roupas no tampo da cômoda do quarto seguinte.

Em seguida, avançou pelo corredor até a janela aberta na extremidade, onde ficou por alguns minutos olhando a campina iluminada pelo sol e respirando o ar fresco que soprava de lá. Podia-se facilmente sair dali pela janela, ela pensou. Ou entrar. Mas, no fundo, Charmain não estava vendo a campina ou pensando no ar fresco. Seus verdadeiros pensamentos estavam no sedutor livro de feitiços que ela deixara aberto na mesa do tio-avô William. Nunca antes ela fora deixada assim solta no meio da magia. Era difícil resistir. Vou abri-lo ao acaso e fazer o primeiro feitiço que vir, pensou ela. Um único feitiço.

No estúdio, *O livro de é palimpsesto* agora estava, por alguma razão, aberto em "Um feitiço para encontrar um belo príncipe". Charmain sacudiu a cabeça e fechou o livro.

— Quem precisa de um príncipe? — perguntou ela.

Então, abriu o livro novamente, com cuidado, em uma página diferente. No alto dessa página, lia-se: "Um feitiço para voar."

— Agora, sim! — exclamou Charmain. — Muito melhor!

Ela pôs os óculos e pôs-se a estudar a lista de ingredientes.

"Uma folha de papel, uma pena para escrita (*fácil, tem os dois nesta mesa*), um ovo (*cozinha?*), duas pétalas de flor — uma cor-de-rosa e a outra azul —, seis gotas de água (*banheiro*), um fio de cabelo ruivo, um fio de cabelo branco e dois botões de pérola."

— Sem problemas — disse Charmain. Então tirou os óculos e começou a correr de um lado para o outro, reunindo os ingredientes.

Correu para a cozinha — aonde chegou abrindo a porta do banheiro e virando à esquerda, e estava tão agitada que quase não percebeu que fizera isso certo — e perguntou ao ar:

— Onde encontro ovos?

A gentil voz do tio-avô William respondeu:

— Os ovos estão em um pote na despensa, minha querida. Acho que estão atrás das sacolas de roupa suja. Peço sinceras desculpas por deixá-la em meio a tamanha bagunça.

Charmain foi para a despensa e inclinou-se sobre as sacolas de roupa suja, onde de fato encontrou uma velha fôrma de torta com meia dúzia de ovos marrons. Ela levou um deles cuidadosamente para o estúdio. Como os óculos estavam pendurados na corrente, ela não percebeu que *O livro de palimpsesto* estava agora aberto em "Um feitiço para encontrar tesouros escondidos". Ela correu para a janela do estúdio, onde as pétalas de flor estavam ao alcance da mão em um arbusto de hortênsia, que era metade rosa, metade azul. Então, deixou-as ao lado do ovo e correu para o banheiro, onde coletou as seis gotas d'água em uma caneca. No caminho de volta, seguiu pelo corredor até onde Desamparado estava agora enroscado como um suspiro sobre as cobertas do tio-avô William.

— Desculpe — disse a ele, correndo os dedos pelas costas brancas e ásperas do cãozinho.

Ela conseguiu vários pelos brancos, um dos quais colocou ao lado das pétalas. Juntou a eles um fio ruivo de seu próprio cabelo. Quanto aos botões de pérola, ela simplesmente arrancou dois dos que fechavam sua blusa.

— Certo — disse, e recolocou os óculos avidamente a fim de olhar as instruções.

O *livro de palimpsesto* estava agora aberto em "Um feitiço para proteção pessoal", mas Charmain estava entusiasmada demais para perceber. Ela olhou apenas as instruções, que consistiam em cinco passos. Passo Um: "Ponha todos os ingredientes, exceto a pena e o papel, em uma tigela apropriada."

Charmain, após tirar os óculos para fazer uma busca pelo quarto, e sem encontrar qualquer tigela, apropriada ou não, foi obrigada a voltar à cozinha. Enquanto estava ausente, lenta e matreiramente, O *livro de palimpsesto* virou mais algumas páginas. Quando Charmain retornou com uma tigela ligeiramente açucarada, tendo despejado todo o açúcar em um prato não muito sujo, o livro estava aberto em "Um feitiço para aumentar o poder mágico".

Charmain não percebeu. Pousou a tigela na mesa e colocou dentro dela o ovo, as duas pétalas, os dois fios de cabelo e seus dois botões, e despejou a água cuidadosamente em cima de tudo. Então pôs os óculos e inclinou-se sobre o livro para descobrir o que fazer em seguida. A essa altura, O *livro de palimpsesto* exibia "Um feitiço para se tornar invisível", mas Charmain olhou apenas as instruções e não viu isso.

Passo Dois: "Amasse todos os ingredientes juntos, usando somente a pena."

Não é fácil amassar um ovo com uma pena, mas Charmain conseguiu, golpeando-o vezes seguidas com a extremidade pontiaguda até a casca se desfazer em pedaços, e então misturando com tanta força que o cabelo lhe caiu sobre o rosto em fios vermelhos, e finalmente, quando nada parecia se misturar homogeneamente, batendo com a ponta da pena. Quando ela, por fim, se ergueu, ofegante, e afastou os cabelos com dedos grudentos, o livro virara mais uma página e agora exibia "Um feitiço para atear fogo", mas Charmain estava ocupada demais tentando evitar que os óculos se sujassem de ovo para ver. Ela voltou a colocá-los e estudou o Passo Três, que nessa página dizia: "Recite três vezes a 'Hegemonia Gauda'."

— Hegemonia Gauda — entoou Charmain obedientemente sobre a tigela. Ela não tinha certeza, mas na terceira repetição achou que os pedacinhos de casca de ovo fervilharam um pouco em torno dos botões de pérola. *Acho* que está funcionando!, pensou. Empurrou os óculos novamente nariz acima e olhou o Passo Quatro. A essa altura, estava examinando o quarto passo de "Um feitiço para fazer objetos se dobrarem à sua vontade".

"Pegue a pena", dizia o livro, "e, usando a mistura preparada, escreva sobre o papel as letras *Ylf* dentro de um pentagrama. Tome cuidado para não tocar no papel ao fazê-lo."

Charmain pegou a pena grudenta e gotejante, enfeitada com caquinhos de casca de ovo e um pedaço de pétala cor-de-rosa, e fez o melhor que pôde. Não era fácil escrever com a mistura e parecia não haver jeito de manter o papel no lugar. Ele escorregava e deslizava, enquanto Charmain mergulhava a pena na mistura e tentava escrever, e o que deveriam ser as letras *Ylf* saiu pegajoso, pouco visível e torto, e parecia mais *Poof*, pois o fio de cabelo vermelho na tigela veio com a pena no meio do processo e desenhou estranhos arcos na palavra. Quanto ao pentagrama, o papel deslizou de lado enquanto Charmain tentava desenhá-lo, e o melhor que se podia dizer é que tinha cinco lados. Terminou como uma sinistra forma amarelo gema de ovo com um pelo de cachorro se projetando de um dos cantos.

Charmain deixou escapar um suspiro, colocou o cabelo para trás com a mão agora extremamente grudenta, e olhou a última etapa, o Passo Cinco. Era o Passo Cinco de "Um feitiço para fazer um desejo se realizar", porém ela estava aturdida demais para notar. Dizia: "Colocando a pena de volta na tigela, bata palmas três vezes e diga '*Tacs*'."

— *Tacs*! — disse Charmain, batendo com força palmas pegajosas.

Alguma coisa evidentemente aconteceu. O papel, a tigela e a pena, tudo desapareceu, silenciosa e completamente. O mesmo ocorreu com a maior parte dos pingos na mesa do tio-avô William. *O livro de palimpsesto* fechou-se com um ruído. Charmain recuou, limpando pedacinhos de casca de ovo das mãos, sentindo-se exausta e bastante decepcionada.

— Mas eu deveria poder voar — disse a si mesma. — Eu me pergunto qual será o melhor lugar para testar.

A resposta era óbvia. Charmain saiu do estúdio e seguiu para o fim do corredor, onde a janela se encontrava convidativamente aberta para a campina verde e ondulante. A janela tinha o peitoril baixo e largo, perfeito para subir. Em questão de segundos, Charmain encontrava-se na campina à luz do entardecer, respirando o ar puro e frio das montanhas.

Ela estava numa altitude elevada ali, tendo a maior parte da Alta Norlanda estendida a seus pés, já azul ao cair da noite. Diante dela, sob a luz laranja do sol que baixava, e ilusoriamente próximos, estavam os picos nevados que separavam seu país de Estrângia, Montalbino e outros lugares estrangeiros. Atrás dela, erguiam-se mais picos, onde grandes nuvens cinza-escuro e carmim se aglomeravam ameaçadoramente. Ia chover logo, como ocorria com frequência na Alta Norlanda, mas, por ora, estava quente e tranquilo. Viam-se ovelhas pastando em outra campina, além de algumas pedras, e Charmain podia ouvir mugidos e sinos tilintando em um rebanho de vacas em algum lugar ali perto. Quando olhou na direção do som, ficou perplexa ao ver que as vacas estavam na campina acima dela e que não havia nenhum sinal da casa do tio-avô William ou da janela por que ela saíra.

Charmain não deixou que isso a preocupasse. Nunca antes estivera tão alto nas montanhas, e estava atônita com a beleza do lugar. O gramado sobre o qual se encontrava era mais verde do que qualquer outro que ela já vira na cidade e dele subiam aromas frescos. Quando olhou mais de perto, percebeu que estes vinham de centenas e mais centenas de flores minúsculas e delicadas que cresciam rasteiras na grama.

— Ah, tio-avô William, como o senhor tem sorte! — disse ela. — Que fantástico ter isto diante do seu estúdio!

Por algum tempo, ela perambulou alegremente por ali, evitando as abelhas que se ocupavam entre as flores e colhendo um buquê, que ela pretendia formar com uma flor de cada tipo. Apanhou uma pequenina tulipa escarlate, uma branca, uma flor dourada em forma de estrela, uma pálida prímula anã, uma campânula malva, uma flor azul que se assemelhava a uma taça, uma orquídea laranja e uma de cada moita de flores cor-de-rosa, brancas e amarelas. No entanto, as que mais a encantaram foram minúsculas trombetas azuis, de um tom mais penetrante do que qualquer azul que ela já houvesse imaginado. Charmain pensou que podiam ser gencianas e colheu mais de uma delas. Eram tão pequenas, tão perfeitas e tão azuis! Enquanto isso, foi avançando mais pela campina, até um ponto no qual parecia haver um tipo de descida. Pensou que poderia saltar dali e ver se o feitiço a havia tornado de fato capaz de voar.

Ela alcançou a descida no momento em que descobriu que tinha mais flores do que conseguia segurar. Havia seis novas espécies na borda pedregosa que ela teve de deixar onde estavam. Mas então se esqueceu das flores e arregalou os olhos.

A campina terminava em um penhasco a meio caminho do alto da montanha. Bem, mas bem lá embaixo, ao lado do fino fio que era a estrada, ela podia ver a casa do tio-avô William como uma minúscula caixa cinzenta, em um borrão de jardim. Via outras casas, igualmente distantes, espalhadas ao longo da estrada, e as luzes se acendendo nelas como minúsculas faíscas cor de laranja. Estavam tão distantes montanha abaixo que Charmain arquejou e seus joelhos tremeram ligeiramente.

— Acho que vou desistir da prática do voo por ora — disse ela. Mas como vou *descer?*, insistia um pensamento reprimido.

Não vamos pensar nisso agora, replicou com firmeza outro pensamento. Vamos simplesmente aproveitar a vista.

Ela podia ver a maior parte da Alta Norlanda dali de cima, afinal. Além da casa do tio-avô William, o vale se estreitava, tornando-se uma passagem verde reluzente com quedas d'água brancas que levava a Montalbino. Do outro lado, além do bojo da montanha onde se encontrava a campina, o fio da estrada se juntava ao fio mais sinuoso do rio e ambos mergulhavam entre os telhados, torres e torreões da Cidade da Alta Norlanda. As luzes iam se acendendo ali também, mas

Charmain ainda podia ver o suave brilho do famoso telhado dourado da Mansão Real, com a bandeira tremulando acima dele, e pensou que podia até mesmo avistar a casa dos pais mais além. Nada daquilo ficava muito longe. Charmain estava bastante surpresa ao ver que o tio-avô William morava, na verdade, nos limites da cidade.

Atrás da cidade, o vale se abria. Estava mais claro ali, fora da sombra das montanhas, fundindo-se a distância, no crepúsculo, exibindo pontos de luz cor de laranja. Charmain podia ver a forma comprida e importante do Castel Joie, onde morava o Príncipe da Coroa, e outro castelo do qual ela nada sabia. Este era alto e escuro, com fumaça escapando de uma das torres. Atrás dele, a terra desbotava a distância, mais azul, cheia de fazendas, vilarejos e indústrias que formavam o coração do país. Na verdade, Charmain podia ver até mesmo o mar, enevoado e indistinto, mais além.

Não somos um país muito grande, somos?, pensou ela.

Mas esse pensamento foi interrompido por um zumbido agudo no buquê que ela segurava. Ela ergueu o feixe de flores para ver o que estava produzindo o barulho. Ali em cima, na campina, o sol ainda estava estonteante, claro o suficiente para que Charmain visse que uma de suas prováveis gencianas no formato de trombetas azuis estava tremendo e vibrando enquanto zumbia. Ela devia ter colhido uma na qual havia uma abelha. Charmain baixou as flores e as sacudiu. Alguma coisa púrpura caiu zunindo na grama a seus pés. Não tinha exatamente a forma de uma abelha e, em vez de fugir voando como uma abelha faria, a coisa sentou-se na grama e zumbiu. Enquanto zumbia, crescia. Charmain deu um passo de lado, nervosa, afastando-se, ao longo do precipício. Já estava maior do que Desamparado e continuava a crescer.

Não estou gostando disso, pensou ela. O que é isto?

Antes que ela pudesse voltar a se mexer — ou mesmo pensar — a criatura cresceu velozmente, alcançando duas vezes o tamanho de uma pessoa. Era roxo-escura e tinha a forma humana, mas não era humano. Tinha pequenas asas púrpura transparentes nas costas que se moviam com grande velocidade, zumbindo, e seu rosto era... Charmain teve de desviar o olhar. Seu rosto era a cara de um inseto, com tentáculos, antenas e olhos salientes que tinham pelo menos 16 olhos menores dentro deles.

— Ah, céus! — sussurrou Charmain. — Acho que esta coisa é um luboque!

— Eu sou o luboque — anunciou a criatura. Sua voz era uma mistura de zumbido e rosnado. — Sou o luboque e sou o dono destas terras.

Charmain ouvira falar em luboques. Na escola, as pessoas contavam histórias sussurradas sobre essas criaturas, nunca coisas agradáveis. A única coisa a fazer, assim diziam, era ser muito educado e torcer para escapar sem ser picado e depois comido.

— Eu sinto muito — disse Charmain. — Não percebi que estava invadindo sua campina.

— Você está invadindo qualquer lugar que pise aqui — rosnou o luboque. — Toda esta terra que você pode ver é minha.

— O quê? Toda a Alta Norlanda? — exclamou Charmain. — Não fale bobagens!

— Eu nunca falo bobagens — disse a criatura. — Tudo é meu. *Você* é minha. — Com as asas zunindo, ele começou a avançar na direção dela com pés finos e amorfos, de aparência totalmente anormal. — Vou reclamar minhas proprie-

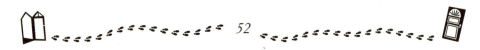

dades muito em breve. Mas eu a reivindico primeiro. — Deu um passo vibrante na direção de Charmain. Seus braços se estenderam. E também um ferrão pontiagudo na parte inferior de sua cara. Charmain gritou, esquivou-se e despencou no penhasco, espalhando flores enquanto caía.

CAPÍTULO QUATRO
Que apresenta Rollo, Peter e misteriosas mudanças em Desamparado

Charmain ouviu o luboque dar um grito de fúria que vibrou, embora ela não conseguisse compreender, por causa do impetuoso vento provocado por sua queda. Ela via a face do imenso precipício passando como um raio diante de seu rosto. E continuou gritando.

— Ylf, YLF! — ela berrava. — Ah, pelo amor de Deus! *Ylf!* Acabei de fazer um feitiço de voo. Por que ele não *funciona*?

Estava funcionando. Charmain se deu conta disso quando as pedras diante dela deixaram de se precipitar para cima e ela passou a se deslocar mais lentamente, depois a planar e então a flutuar sem rumo. Por um momento, ficou suspensa no espaço, balançando-se um pouco acima de algumas gigantescas pontas nos rochedos no fundo do precipício.

Talvez eu esteja morta agora, ela pensou.

Então disse:

— Isto é ridículo! — E conseguiu, por meio de muitos chutes e braçadas desajeitados, virar-se. E lá estava a casa do tio-avô William, ainda muito abaixo dela no luscofusco do entardecer, a pouco menos de quinhentos metros adiante de onde ela estava. — E flutuar está muito bom — disse Charmain —, mas como é que *saio do lugar?* — A essa altura, ela lembrou-se de que o luboque tinha asas e que provavelmente naquele momento estava descendo das alturas, zunindo em sua direção. Depois disso, não precisou mais se perguntar como sair do lugar. Charmain viu-se agitando as pernas furiosamente e deslocando-se na direção da casa do tio-avô William. Ela disparou acima do telhado e atravessou o jardim da frente, onde o feitiço pareceu deixá-la. Ela só teve tempo de se lançar de lado, de modo a se posicionar acima do caminho, antes de cair com um ruído surdo e se ver sentada no calçamento de pedras irregulares, tremendo-se toda.

A salvo!, pensou ela. De alguma forma, parecia não haver dúvida de que dentro dos limites da casa do tio-avô William era seguro. Ela podia sentir que era.

Depois de um instante, disse:

— Ai, meu Deus! Que dia! Quando penso que tudo que eu queria era um bom livro e um pouco de paz para lê-lo...! *Bendita* tia Semprônia!

Os arbustos ao lado dela farfalharam. Charmain recuou, afastando-se, e quase gritou novamente quando as hortênsias curvaram-se para um lado, permitindo que um homenzinho azul saltasse para o caminho.

— Você é a responsável aqui agora? — perguntou a pessoinha azul com vozinha rouca.

Mesmo à luz do crepúsculo, o homenzinho era decididamente azul, não púrpura, e não tinha asas. Seu rosto estava franzido por rugas de mau humor e um nariz enorme quase o ocupava totalmente, mas não era a cara de um inseto. O pânico de Charmain desapareceu.

— O que você é? — perguntou ela.

— Um *kobold*, é óbvio — disse o homenzinho. — A Alta Norlanda é uma terra de *kobolds*. Eu cuido do jardim daqui.

— À *noite*? — perguntou Charmain.

— Nós, *kobolds*, saímos quase sempre à noite — explicou o homenzinho azul. — Voltando à minha pergunta... você é a responsável agora?

— Bem — disse Charmain —, mais ou menos.

— Foi o que pensei — disse o *kobold*, satisfeito. — Vi o mago sendo carregado pelos Altinhos. Então você vai querer que eu corte todas essas hortênsias, não é?

— Para quê? — perguntou Charmain.

— Gosto de cortar as coisas — explicou o *kobold*. — É o maior prazer da jardinagem.

Charmain, que nunca em sua vida pensara em jardinagem, considerou a questão.

— Não — disse ela. — O tio-avô William não as teria se não gostasse delas. Não vai demorar muito para ele voltar, e acho que ele poderia ficar aborrecido se as encontrasse cortadas. Por que você não faz simplesmente seu trabalho noturno costumeiro e vê o que ele diz quando voltar?

— Ah, ele vai dizer não, é evidente — respondeu o *kobold*, abatido. — Ele é um estraga-prazeres, o mago. O preço de sempre, então?

— E qual é o preço de sempre? — indagou Charmain.

— Aceito um pote de ouro e uma dúzia de ovos novos — respondeu o *kobold* prontamente.

Felizmente, a voz do tio-avô William falou do nada ao mesmo tempo.

— Pago a Rollo um quartilho de leite por noite, minha querida, entregue por mágica. Não precisa se preocupar.

O *kobold* cuspiu, desgostoso, no caminho.

— O que foi que eu disse? Eu não disse que ele era um estraga-prazeres? E não vou poder fazer trabalho nenhum se você ficar sentada nesse caminho a noite toda.

— Eu só estava descansando — disse Charmain, com dignidade. — Vou embora agora.

Ela se pôs de pé, sentindo-se surpreendentemente pesada, sem falar na fraqueza nos joelhos, e arrastou-se pelo caminho até a porta da frente. Deve estar trancada, pensou ela. Vou parecer uma idiota se não conseguir entrar.

Mas a porta abriu de supetão antes que ela a alcançasse, revelando um surpreendente clarão de luz e, com a luz, a pequena e saltitante forma de Desamparado, guinchando, agitado, e abanando a cauda de contentamento ao ver Charmain novamente. Ela também estava tão feliz por chegar em casa e ser bem-vinda que pegou Desamparado no colo e o levou para dentro, enquanto ele se contorcia, espichando-se para lhe lamber o queixo.

Dentro da casa, a luz parecia segui-los por magia.

— Ótimo — disse Charmain em voz alta. — Assim, não preciso procurar velas. — Mas sua mente dizia freneticamente: *Deixei a janela aberta! O luboque pode entrar!*

Ela então colocou Desamparado no chão da cozinha e correu para a esquerda, passando pela porta. A luz brilhava com intensidade no corredor, enquanto ela disparava até a extremidade e fechava a janela com força. Infelizmente, a luz fazia a campina parecer tão escura que, por mais que ela espiasse pelo vidro, não conseguia ver se o luboque estava lá fora ou não. Ela se consolou com o pensamento de que não conseguira ver a janela quando estava na campina, mas percebeu que ainda estava tremendo.

Depois disso, não conseguiu mais parar de tremer. Tremeu no caminho de volta à cozinha e tremeu enquanto dividia uma torta de carne de porco com Desamparado, e tremeu mais porque a poça de chá se espalhara debaixo da mesa, molhando e tingindo de marrom a parte inferior de Desamparado. Toda vez que o cãozinho chegava perto dela, partes de Charmain também ficavam pegajosas com o chá. No fim, Charmain tirou a blusa, que, de qualquer forma, estava aberta por causa dos botões que faltavam, e limpou o chá com ela. Isso fez com que tremesse ainda mais. Ela então pegou o grosso suéter de lã que a Sra. Baker havia posto na mala para ela e se agasalhou com ele, mas, ainda assim, continuou a tremer. A chuva anunciada caiu. Os pingos batiam na janela e escorriam pela chaminé da cozinha, e Charmain tremeu ainda mais. Supôs que fosse, na verdade, por causa do choque, mas, apesar disso, sentia frio.

— Ah! — gritou ela. — Como eu acendo o fogo, tio--avô William?

— Acredito que eu tenha deixado o feitiço no lugar — disse a voz bondosa vinda do nada. — Basta você atirar na grelha algo que queime e dizer em voz alta: "Fogo, acenda", e você deve ter fogo.

Charmain olhou ao redor, à procura de algo que queimasse. Viu a bolsa sobre a mesa, mas nela ainda havia uma torta de carne de porco e uma de maçã, e, além disso, era uma bela bolsa, com flores bordadas pela Sra. Baker. Havia papel no estúdio do tio-avô William, naturalmente, mas isso significava ter de se levantar e ir buscá-lo. Havia a roupa suja nas sacolas perto da pia, mas Charmain tinha quase certeza de que o tio-avô William não ficaria satisfeito de ter suas roupas sujas queimadas. Por outro lado, havia sua própria blusa, suja, encharcada de chá e sem dois botões, embolada no chão perto de seus pés.

— Está estragada mesmo — ponderou, e então apanhou o fardo marrom e ensopado, e o atirou na lareira. — Fogo, acenda — disse ela.

A grelha crepitou, ganhando vida. Por aproximadamente um minuto, viu-se o mais alegre e chamejante fogo que alguém poderia desejar. Charmain suspirou de prazer. Estava aproximando sua cadeira do calor quando as chamas se transformaram em nuvens sibilantes de vapor. Então, amontoando-se em meio ao vapor, invadindo a chaminé e espalhando-se pela cozinha, vieram bolhas. Bolhas grandes, bolhas pequenas, bolhas cintilando com as cores do arco-í-ris, saíam em grandes quantidades da lareira para a cozinha.

Elas enchiam o ar, pousavam nas coisas, voavam de encontro ao rosto de Charmain, onde estouravam com um suave suspiro, seguidas por outras. Em segundos, a cozinha era uma tempestade quente e fumegante de espuma, o que fez Charmain arquejar.

— Esqueci da barra de sabão! — exclamou ela, arfando no súbito e úmido calor.

Desamparado concluiu que as bolhas eram inimigos pessoais e retirou-se para debaixo da cadeira de Charmain, ganindo loucamente e rosnando para as bolhas que estouravam. Ele fazia um barulho surpreendente.

— Cale a boca! — disse Charmain. O suor escorria pelo seu rosto, e seu cabelo, que caíra nos ombros, pingava no vapor. Ela espantou uma nuvem de bolhas e disse: — Acho que vou tirar a roupa.

Alguém bateu com veemência na porta dos fundos.

— Acho que não — disse Charmain.

A pessoa lá fora martelou a porta novamente. Charmain ficou parada onde estava, torcendo para que não fosse o luboque. Mas, quando o martelar da porta veio uma terceira vez, ela se levantou, relutante, e abriu caminho em meio às bolhas enfurecidas para ver quem era. Poderia ser Rollo, ela supôs, querendo se abrigar da chuva.

— Quem é? — gritou ela através da porta. — O que você quer?

— Preciso entrar! — a pessoa do lado de fora gritou de volta. — Está chovendo muito!

Quem quer que fosse parecia jovem, e a voz não era áspera como a de Rollo, nem zumbia como a do luboque. E Charmain podia ouvir a chuva desabando, mesmo através do silvo do vapor e do contínuo e suave pipocar das bolhas. Mas podia ser um truque.

— *Deixe-me entrar!* — gritou a pessoa lá fora. — O mago está me *esperando*!

— Isso não é verdade! — gritou Charmain de volta.

— Eu escrevi uma *carta* para ele! — berrou a pessoa.

— Minha mãe *providenciou* para que eu viesse. Você não tem o direito de me deixar do lado de fora!

O trinco da porta sacudiu-se. Antes que Charmain pudesse fazer mais do que estender ambas as mãos para mantê-la fechada, a porta abriu de supetão e um garoto encharcado entrou. Ele estava tão molhado quanto seria possível estar. O cabelo, que provavelmente era encaracolado, pendia em torno do rosto jovem em pontas castanhas e gotejantes. O casaco e a calça de aparência sóbria eram pretos e brilhavam com a água, assim como a grande mochila em suas costas. Suas botas chapinhavam quando ele andava. Ele começou a fumegar no momento em que entrou. Ficou parado, olhando fixamente para as bolhas que flutuavam, para Desamparado latindo sem parar debaixo da cadeira, para Charmain agarrada ao suéter e fitando-o por entre os fios vermelhos do cabelo, para as pilhas de louça suja e para a mesa entulhada com os bules de chá. Seus olhos voltaram-se para as sacolas de roupa suja, e aquilo obviamente foi demais para ele. Sua boca escancarou-se e ele deixou-se ficar ali, de pé, olhando sem parar para todas aquelas coisas a seu redor e fumegando silenciosamente.

Passado um instante, Charmain estendeu a mão e segurou o queixo dele, onde alguns pelos ásperos cresciam, mostrando que era mais velho do que parecia. Ela o empurrou para cima e a boca do garoto fechou-se com um clique.

— Importa-se de fechar a porta? — perguntou ela.

O garoto olhou para trás, para a chuva entrando na cozinha.

— Ah — disse ele. — Sim. — Então empurrou a porta até ela se fechar. — O que está acontecendo? — perguntou ele. — Você também é aprendiz do mago?

— Não — respondeu Charmain. — Só estou tomando conta da casa enquanto ele está fora. Ele estava doente, sabe, e os elfos o levaram para curá-lo.

O garoto pareceu muito abalado.

— Ele não lhe disse que eu viria?

— Ele não teve tempo de me dizer nada — afirmou Charmain. Sua mente voou para a pilha de cartas debaixo de *Das Zauberbuch*. Um daqueles pedidos desesperados para que o mago ensinasse alguém devia ter vindo desse garoto, mas os latidos de Desamparado estavam tornando difícil pensar. — Cale a boca, Desamparado. Qual o seu nome, garoto?

— Peter Regis — disse ele. — Minha mãe é a Bruxa de Montalbino. É uma grande amiga de William Norland e combinou com ele a minha vinda. Fique quieto, cachorrinho. A minha vinda era *mesmo* esperada. — Ele tirou a mochila molhada das costas e a deixou no chão. Desamparado parou de latir a fim de aventurar-se fora da proteção da cadeira e farejar a mochila, no caso de ela ser perigosa. Peter pegou a cadeira e pendurou o casaco molhado nela. A camisa estava quase tão encharcada quanto o casaco. — E quem é você? — perguntou ele, espiando Charmain por entre as bolhas.

— Charmain Baker — ela respondeu e explicou: — Nós chamamos o mago de tio-avô William, mas ele, na verdade, é parente da tia Semprônia. Eu moro na Alta Norlanda. De onde você é? Por que bateu à porta dos fundos?

— Venho de Montalbino — disse Peter. — E me perdi, se quer saber, tentando pegar o atalho na passagem. Eu já vim aqui uma vez, quando minha mãe estava providenciando para que eu fosse o aprendiz do Mago Norland, mas parece que eu não me lembrava corretamente do caminho. Há quanto tempo você está aqui?

— Desde hoje de manhã — disse Charmain, bastante surpresa ao se dar conta de que estava ali não havia nem um dia ainda. Pareciam semanas.

— Ah. — Peter olhou para os bules de chá em meio às bolhas flutuantes, como se estivesse calculando quantas xícaras de chá Charmain havia bebido. — Parece que você está aqui há semanas.

— Já estava assim quando cheguei — replicou Charmain com frieza.

— O quê? As bolhas e tudo? — perguntou Peter.

Charmain pensou: Acho que não gosto desse garoto.

— Não — disse ela. — Isso fui eu. Esqueci que tinha jogado o sabonete na lareira.

— Ah — disse Peter. — Pensei que fosse um feitiço que tivesse dado errado. Foi por isso que supus que você também fosse uma aprendiz. Vamos ter de esperar que o sabonete se gaste então. Você tem alguma comida? Estou faminto.

Os olhos de Charmain seguiram relutantes para a bolsa sobre a mesa. Ela então os desviou rapidamente.

— Não — disse. — Não tenho.

— O que você vai dar para o seu cachorro comer, então? — perguntou Peter.

Charmain olhou para Desamparado, que voltara para debaixo da cadeira, a fim de latir para a mochila de Peter.

— Nada. Ele acabou de comer metade de uma torta de carne de porco — disse ela. — E não é meu cachorro. É um vira-lata que o tio-avô William acolheu. O nome dele é Desamparado.

Desamparado ainda estava latindo.

— Fique quieto, Desamparado — disse Peter, e estendeu o braço em meio à tempestade de bolhas, passando por seu casaco molhado, até onde Desamparado estava encolhido debaixo da cadeira. De alguma forma, ele conseguiu puxá-lo e se ergueu com Desamparado de barriga para cima no colo. Desamparado emitiu um ganido de protesto, agitando as quatro patas, e entortou a cauda esfiapada entre as patas traseiras. Peter desentortou a cauda.

— Você está ferindo a dignidade dele — disse Charmain. — Ponha-o no chão.

— Não é ele — disse Peter. — É ela. E ela não tem dignidade alguma, tem, Desamparada?

Desamparada evidentemente discordava, e conseguiu escapar dos braços de Peter para a mesa. Outro bule caiu, e a bolsa de Charmain tombou. Para grande consternação de Charmain, a torta de carne de porco e a torta de maçã rolaram para fora dela.

— Ah, ótimo! — disse Peter, pegando a torta de carne de porco segundos antes de Desamparada alcançá-la. — Esta é toda a comida que você tem? — perguntou ele, mordendo com vontade a torta.

— Sim — respondeu Charmain. — Esse era o café da manhã. — Ela pegou o bule caído. O chá que havia derramado rapidamente se transformou em bolhas marrons, que turbilhonaram para o alto, criando um veio marrom entre as outras bolhas. — Olhe só o que você fez.

— Um pouquinho mais não vai fazer diferença nessa bagunça — replicou Peter. — Você nunca arruma isto aqui? Esta torta está muito gostosa. O que é essa outra?

Charmain olhou para Desamparada, que estava sentada, melancólica, ao lado da torta de maçã.

— Maçã — disse ela. — E, se você a comer, tem de dar um pedaço para Desamparada também.

— Isso é uma regra? — perguntou Peter, engolindo a última mordida da torta de carne de porco.

— É — disse Charmain. — Desamparado a criou e ele... quero dizer, *ela*... é muito firme nesse sentido.

— Ela é mágica, então? — sugeriu Peter, apanhando a torta de maçã. Imediatamente, Desamparada começou a emitir leves ruídos expressivos e pôs-se a andar entre os bules de chá.

— Eu não sei — começou Charmain. Então, ela pensou na maneira como Desamparada parecia capaz de ir a qualquer lugar da casa e como a porta da frente se abrira para ela mais cedo. — Sim — disse. — Tenho certeza de que é. *Muito* mágica.

Lenta e relutantemente, Peter quebrou um pedacinho da torta de maçã. A cauda esfiapada de Desamparada se agitou e seus olhos seguiram cada movimento dele. Ela parecia saber exatamente o que Peter estava fazendo, por mais que as bolhas se interpusessem no caminho.

— Entendo o que quer dizer — observou Peter, e passou o pedaço para Desamparada.

Ela o abocanhou delicadamente, pulou da mesa para a cadeira e então para o chão, e foi comer em algum lugar entre as sacolas de roupa suja.

— Que tal uma bebida quente? — sugeriu Peter.

Uma bebida quente era algo que Charmain estivera ansiando desde que caíra da encosta da montanha. Ela estremeceu e apertou o suéter em torno do corpo.

— Que ótima ideia! — exclamou. — Prepare uma se descobrir como.

Peter desviou as bolhas para um lado, a fim de examinar os bules sobre a mesa.

— *Alguém* deve ter feito todos esses bules de chá — afirmou ele.

— Só pode ter sido o tio-avô William — disse Charmain. — Não fui eu.

— Mas isso mostra que pode ser feito — observou Peter. — Não fique aí parada, parecendo frágil. Procure uma panela ou algo parecido.

— *Você* procura — retorquiu Charmain.

Peter lançou-lhe um olhar de desdém e atravessou a cozinha, desviando as bolhas para o lado enquanto avançava, até alcançar a pia entulhada. Ali, ele naturalmente fez as descobertas que Charmain fizera mais cedo.

— Não tem torneira! — exclamou, incrédulo. — E todas estas panelas estão sujas. Onde ele pega água?

— Tem uma bomba lá fora no quintal — disse Charmain, com aspereza.

Peter olhou em meio às bolhas para a janela, em cujas vidraças a chuva ainda escorria.

— Não tem um banheiro? — perguntou ele. E, antes que Charmain pudesse explicar como chegar a ele, acenou e abriu caminho aos tropeços pela cozinha em direção à outra porta, chegando à sala de estar. As bolhas se agitaram ao redor dele quando emergiu, furioso, de volta à cozinha. — Isso é uma piada? — perguntou, incrédulo. — Ele *não* pode ter só estes dois cômodos!

Charmain suspirou, apertando o suéter ainda mais em torno do corpo, e foi mostrar a ele.

— Abra a porta novamente e vire à esquerda — explicou ela, e então teve de agarrar Peter quando ele virava para a direita. — Não. Por aí você vai para um lugar muito estranho. A esquerda é para cá. Não sabe?

— Não — disse Peter. — Nunca sei dizer. Em geral, tenho de amarrar um pedaço de barbante no meu polegar.

Charmain revirou os olhos para o alto e o empurrou para a esquerda. Ambos chegaram ao corredor, onde a chuva golpeava ruidosamente a janela na outra extremidade. Lentamente a luz inundou o lugar enquanto Peter ficava ali parado, olhando tudo à sua volta.

— *Agora* você pode virar à direita — disse Charmain, empurrando-o naquela direção. — O banheiro é esta porta aqui. Aquela sequência de portas são os quartos.

— Ah! — disse Peter, admirado. — Ele consegue dominar o espaço. Aí está algo que mal posso esperar para aprender. Obrigado — acrescentou, e entrou no banheiro. Sua voz flutuou até Charmain quando ela se dirigia na ponta dos pés para o estúdio. — Ah, ótimo! Torneiras! Água!

Charmain entrou rapidamente no estúdio do tio-avô William e fechou a porta enquanto a estranha lâmpada espiralada na mesa se acendia e ia se tornando mais clara. Quando ela alcançou a mesa, estava quase tão claro como o dia ali. Charmain empurrou para o lado *Das Zauberbuch* e pegou o feixe de cartas debaixo dele. Ela precisava verificar. Se Peter estava dizendo a verdade, uma das cartas solicitando a vaga de aprendiz do tio-avô William tinha de ser dele. Como havia apenas passado os olhos por elas, não tinha qualquer lembrança de que essa carta existisse, e se *não* existisse, ela estava lidando com um impostor, possivelmente outro luboque. Precisava saber.

Ah! Ali estava, na metade da pilha. Ela colocou os óculos e leu:

Estimado Mago Norland,

Sobre o início de minha instrução como seu aprendiz, seria conveniente se eu chegasse aí daqui a uma semana, e não no outono, como combinado? Minha mãe precisa viajar para Ingary e prefere me ver instalado antes de partir. A menos que ouça o contrário de sua parte, eu me apresentarei à sua casa no dia 13 deste mês.

Esperando que isso lhe seja conveniente,

Sinceramente,
Peter Regis

Então parece que está tudo certo!, pensou Charmain, metade aliviada e metade aborrecida. Quando, mais cedo, ela havia passado os olhos pelas cartas, devia ter enxergado a palavra *aprendiz* perto do alto da folha e a palavra *esperando* perto do fim, e essas palavras estavam em *todas* as cartas. Então ela havia presumido que se tratava de mais uma carta de solicitação. E, aparentemente, o tio-avô William fizera o mesmo. Ou talvez estivesse doente demais para responder. O que quer que tenha acontecido, ela parecia estar presa com Peter. Droga! Pelo menos ele não é sinistro, pensou.

Nesse momento, ela foi interrompida pelos gritos aflitos de Peter a distância. Charmain apressou-se a enfiar as cartas debaixo de *Das Zauberbuch* novamente, tirou os óculos e disparou para o corredor.

O vapor jorrava do banheiro, misturando-se às bolhas que haviam se extraviado até lá e quase ocultando algo grande e branco que se avultava na direção de Charmain.

— O que você f... — ela começou.

Isso foi tudo que teve tempo de dizer antes que a enorme coisa branca pusesse uma gigantesca língua cor-de-rosa para fora e lambesse seu rosto. E também emitisse um estrondoso som de trombeta. Charmain cambaleou para trás. Era como ser lambida por uma toalha de banho molhada e ouvir o bramido de um elefante. Ela encostou-se à parede e ergueu a vista para os olhos enormes e suplicantes da criatura.

— Eu conheço esses olhos — disse Charmain. — O que foi que ele *fez* com você, Desamparada?

Peter surgiu do banheiro, arfando.

— Não sei o que deu errado — ele arquejou. — A água não saiu quente o suficiente para fazer um chá, então pensei em deixá-la mais quente com um feitiço de aumento.

— Bem, desfaça-o imediatamente — disse Charmain. — Desamparada está do tamanho de um elefante.

Peter lançou um olhar perturbado à imensa Desamparada.

— Só de um cavalo. Mas os canos estão incandescentes — disse ele. — O que você acha que eu devo fazer?

— Ah, *francamente!* — replicou Charmain. Ela empurrou a enorme Desamparada delicadamente para o lado e seguiu para o banheiro. Até onde podia ver em meio ao vapor, a água jorrava em ponto de fervura das quatro torneiras e no vaso sanitário, e os canos na parede de fato brilhavam incandescentes. — Tio-avô William! — ela gritou. — Como é que deixo a água do banheiro *fria?*

A voz gentil do tio-avô William falou em meio aos silvos e ruídos da água.

— Você vai encontrar instruções em algum lugar na valise, minha querida.

— *Isso* não é nada bom! — disse Charmain. Ela sabia que não havia tempo para ficar procurando em valises. Alguma coisa ia explodir logo logo. — *Esfrie!* — ela gritou para o vapor. — Congelem! Todos vocês, canos, esfriem *imediatamente!* — ela berrou, sacudindo os braços. — *Ordeno* que vocês esfriem!

Para seu espanto, funcionou. O vapor se reduziu a meras baforadas e então desapareceu por completo. A descarga do vaso sanitário cessou. Três torneiras gorgolejaram e a água parou de correr. Quase instantaneamente formou-se gelo na torneira que ainda estava aberta — a de água fria na pia — e um pingente de gelo surgiu na sua ponta. Outro apareceu nos canos que corriam ao longo da parede e deslizou, assobiando, para dentro da banheira.

— Assim está melhor — declarou Charmain, e fez meia-volta para olhar Desamparada, que lhe devolveu um olhar triste. Continuava enorme. — Desamparada — disse Charmain —, diminua. Agora. Eu lhe ordeno.

Desamparada abanou melancolicamente a ponta da cauda monstruosa e continuou do mesmo tamanho.

— Se ela é mágica — disse Peter —, provavelmente pode voltar ao tamanho anterior se quiser.

— Ah, cale a boca! — retrucou Charmain, ríspida. — O que você achou que estava fazendo? Ninguém consegue beber água fervendo.

Peter lançou-lhe um olhar furioso sob as pontas retorcidas e gotejantes de seu cabelo.

— Eu queria uma xícara de chá — disse ele. — Chá se faz com água fervendo.

Charmain nunca fizera chá em sua vida. Ela deu de ombros.

— É mesmo? — E voltou o rosto para o teto. — Tio-
-avô William — disse —, como conseguimos uma bebida
quente neste lugar?

A voz bondosa voltou a falar.

— Na cozinha, bata na mesa e diga "chá", minha querida. Na sala de estar, bata no carrinho de chá no canto e diga
"chá da tarde". No seu quarto...

Nem Peter nem Charmain esperaram para ouvir sobre
o quarto. Eles se precipitaram e bateram a porta do banheiro,
tornaram a abri-la — Charmain dando em Peter um forte em-
purrão para a esquerda — e se espremeram por ela, entrando
na cozinha. Então, fizeram meia-volta, fecharam a porta, tornaram a abri-la e finalmente chegaram à sala de estar, onde
olharam à sua volta, ansiosos, à procura do carrinho. Peter o
avistou em um canto e o alcançou antes de Charmain.

— Chá da tarde! — ele gritou, batendo com força em
sua superfície vazia e envidraçada. — Chá da tarde! Chá da
tarde! Chá...

Quando Charmain o alcançou e agarrou o braço que
se agitava no ar, o carrinho estava lotado com bules de chá,
jarros de leite, açucareiros, xícaras, biscoitos, potes de creme,
potes de geleia, pratos de torradas quentes com manteiga,
pilhas de bolinhos e um bolo de chocolate. Uma gaveta deslizou, abrindo-se, em uma das extremidades do carrinho, cheia
de facas, colheres e garfos. Charmain e Peter, de comum
acordo, arrastaram o carrinho até o sofá bolorento e se aco-
modaram para comer e beber. Um minuto depois, Desamparada enfiou a cabeça pela porta, farejando. Vendo o carrinho,
ela empurrou a porta e entrou na sala também, arrastando-
-se, tristonha e gigantesca, até o sofá, em cujo encosto pôs o
enorme e peludo queixo, atrás de Charmain. Peter dirigiu-lhe

um olhar distraído e lhe deu vários bolinhos, que ela comeu de uma só vez, com imensa polidez.

Uma boa meia hora depois, Peter recostou-se e esticou as pernas.

— Isso foi ótimo — disse ele. — Pelo menos não vamos morrer de fome. Mago Norland — acrescentou ele, experimentando —, como conseguimos almoço nesta casa?

Não houve resposta.

— Ele só responde a mim — disse Charmain, um tanto presunçosa. — E eu não vou perguntar agora. Tive de enfrentar um luboque antes de você chegar, e estou exausta. Vou para a cama.

— O que são luboques? — perguntou Peter. — Acho que um deles matou meu pai.

Charmain não estava com vontade de responder. Ela se levantou e dirigiu-se para a porta.

— Espere — pediu Peter. — Como nos livramos destas coisas no carrinho?

— Não tenho ideia — disse Charmain, e abriu a porta.

— Espere, espere, espere! — gritou Peter, correndo atrás dela. — Mostre o meu quarto primeiro.

Acho que vou ter de fazer isso, pensou Charmain. Ele não consegue distinguir a esquerda da direita. Ela suspirou. De má vontade, empurrou Peter entre as bolhas que ainda tomavam a cozinha, agora mais espessas, para que ele pudesse pegar a mochila, e então o girou para a esquerda, de volta pela porta, para onde ficavam os quartos.

— Fique no terceiro — disse ela. — Aquele ali é o meu e o primeiro é do tio-avô William. Mas tem quilômetros deles, se quiser um diferente. Boa noite — acrescentou ela, e entrou no banheiro.

Tudo ali estava congelado.

— Ora, pois bem — disse Charmain.

Quando chegou ao quarto e vestiu a camisola, que, por alguma razão, estava manchada de chá, Peter estava no corredor, gritando:

— Ei! Este banheiro está congelado!

Que azar!, pensou Charmain. Ela se deitou e adormeceu quase imediatamente.

Cerca de uma hora depois, sonhou que estava sendo esmagada por um mamute peludo.

— Desça, Desamparada — disse ela. — Você é grande demais.

Depois disso, sonhou que o mamute descia lentamente da cama, resmungando baixinho, antes que ela mergulhasse em outros sonhos mais profundos.

CAPÍTULO CINCO
No qual Charmain recebe sua mãe ansiosa

Quando Charmain acordou, descobriu que Desamparada plantara a imensa cabeça na cama, sobre suas pernas. O resto de Desamparada estava encolhido no chão em um monte branco e peludo que tomava conta da maior parte do quarto.

— Então você não consegue voltar ao seu tamanho por sua própria conta — disse Charmain. — Vou ter de pensar em alguma coisa.

A resposta de Desamparada foi uma série de gemidos gigantes, após o que ela aparentemente voltou a dormir. Charmain, com dificuldade, arrastou as pernas de debaixo da cabeça de Desamparada e contornou o corpo enorme, encontrando roupas limpas e vestindo-as. Quando foi arrumar o cabelo, descobriu que todos os grampos com os quais costumava prender os fios pareciam ter desaparecido, provavelmente durante seu mergulho do precipício. Tudo que lhe restava era uma fita. Mamãe sempre insistia que as garotas respeitáveis deveriam prender o cabelo em um coque caprichado no alto da cabeça. Charmain jamais usara o cabelo de outra forma.

— Ah, bem — disse ela para o reflexo no espelhinho. — Mamãe não está aqui, não é? — E arrumou o cabelo em uma trança grossa caída sobre um ombro e a prendeu com a fita. Pensou que assim seu reflexo parecia melhor do que de costume, com o rosto mais cheio e menos magra e mal-humorada. Ela fez um gesto afirmativo com a cabeça para o reflexo e contornou Desamparada para chegar ao banheiro.

Para seu alívio, o banheiro se descongelara durante a noite. O cômodo estava cheio de suaves ruídos gotejantes da água que cobria todos os canos como um orvalho, mas nada mais parecia errado até Charmain tentar as torneiras. Das quatro, saía água fria como gelo, independentemente de quanto tempo a água corresse.

— Eu não queria mesmo tomar banho — disse Charmain, indo para o corredor.

Não havia o menor sinal de Peter. Ela se lembrou da mãe lhe dizendo que os meninos eram sempre difíceis de acordar pela manhã. Não deixou que isso a preocupasse. Abriu a porta e virou à esquerda, entrando na cozinha, em meio à densa espuma. Blocos de espuma e grandes bolhas isoladas passaram deslizando por ela, indo para o corredor.

— Maldição! — exclamou Charmain. Ela abaixou a cabeça, pôs os braços na frente e abriu caminho cômodo adentro. Estava tão quente ali quanto a cozinha de seu pai quando assava uma grande fornada. — Puxa! — disse ela. — Suponho que uma barra de sabão leve *dias* para gastar. — Depois, ela não disse mais nada, pois sua boca se enchia de espuma de sabão quando a abria. As bolhas subiam por seu nariz, fazendo-a espirrar e provocando um pequeno turbilhão de espuma. Ela bateu de encontro à mesa e ouviu outra chaleira cair, mas continuou avançando até alcançar as sacolas de roupa suja e ouvir os pires chacoalhar em cima delas. Então soube onde estava. Tirou uma das mãos do rosto a fim de tatear, à procura da pia, e prosseguiu, ao longo da bancada, até sentir a porta dos fundos sob os dedos. Ela tateou em busca da maçaneta — por um momento, pensou que esta havia desaparecido no meio da noite, até se dar conta de que estava na outra extremidade da porta — e, por fim, abriu bruscamente a porta. Então ficou ali parada, respirando em arquejos fundos e ensaboados e piscando os olhos que lacrimejavam, irritados e cheios de sabão, diante de uma linda e amena manhã.

As bolhas passavam por ela voando em enormes aglomerados. À medida que seus olhos iam clareando, Charmain passou a admirar a forma como bolhas grandes e brilhantes captavam a luz do sol enquanto planavam contra as encostas verdes das montanhas. A maior parte, Charmain percebeu, parecia estourar quando alcançava o fim do quintal, como se houvesse uma barreira invisível ali, mas algumas continuavam a subir, cada vez mais, como se fossem durar para sempre. Charmain seguiu-as com os olhos, passando por penhascos marrons e verdes ondulações. Uma daquelas ondulações devia ser a campina onde ela havia encontrado o luboque, mas Charmain era incapaz de dizer qual. Deixou os olhos seguirem até o pálido céu azul acima dos picos. Era um dia verdadeiramente adorável.

A essa altura, havia uma torrente constante e tremeluzente de bolhas saindo da cozinha. Quando Charmain virou-se para olhar, a cozinha não mais era densa espuma, mas ainda havia bolhas por toda parte e mais e mais saindo da lareira. Charmain suspirou e voltou para dentro, até conseguir debruçar-se sobre a pia e abrir a janela também. Isso ajudou imensamente. Duas linhas de bolhas agora planavam a partir da casa, com mais rapidez do que antes, desenhando vários arco-íris no quintal. A cozinha esvaziou-se rapidamente. Logo logo estava claro bastante para que Charmain visse que agora havia *quatro* sacolas de roupa suja ao lado da pia, em vez das duas da véspera.

— Que chateação! — disse Charmain. — Tio-avô William, como é que consigo café da manhã?

Era bom ouvir a voz do tio-avô William em meio às bolhas.

— Basta bater na lateral da lareira e dizer "Café da manhã, por favor", minha querida.

Charmain correu imediatamente para lá, faminta. E deu à ensaboada tinta ali uma impaciente batidinha.

— Café da manhã, por favor.

Então descobriu que precisava recuar, desviando-se de uma bandeja que flutuava, esbarrando nos óculos que pendiam em seu peito. No centro dessa bandeja, viam-se um prato crepitante de ovos com bacon, e, entulhados em torno dele, uma garrafa de café, uma xícara, uma porção de torradas, geleia, manteiga, leite, uma tigela de compota de ameixas, além de talheres em um guardanapo engomado.

— Ah, *maravilhoso*! — exclamou, e, antes que tudo ficasse ensaboado, ela agarrou a bandeja e a carregou para a sala. Para sua surpresa, não havia nenhum sinal do banquete de chá que ela e Peter haviam tido na noite anterior, e o carrinho estava caprichosamente de volta ao canto; mas a sala estava muito bolorenta e havia algumas bolhas fugitivas à deriva no ar. Charmain prosseguiu e saiu pela porta da frente. Lembrou-se de que, enquanto apanhava as pétalas cor-de-rosa e azuis para o feitiço do *Livro de palimpsesto*, tinha visto uma mesa de jardim com bancos diante da janela do estúdio. Dobrou a esquina com a bandeja, à sua procura.

Ela a encontrou, no lugar onde o sol da manhã estava mais forte, e acima dela, sobre o arbusto rosa e azul, a janela do estúdio, embora não houvesse nenhum espaço na casa para o estúdio. A magia é interessante, ela pensou enquanto pousava a bandeja na mesa. Embora os arbustos à sua volta ainda estivessem gotejando a chuva da noite, o banco e a mesa estavam secos. Charmain sentou-se e tomou o café da manhã mais agradável que já tivera na vida, aquecida pelo sol e sentindo-se preguiçosa, voluptuosa e extremamente adulta. A única coisa que faltava era um croissant de chocolate, como o que papai faz, pensou ela, recostando-se para bebericar o café. Tenho de dizer isso ao tio-avô William quando ele voltar.

Tinha a impressão de que o tio-avô William devia sentar-se ali com frequência, desfrutando seu café da manhã. As flores nos arbustos de hortênsias à sua volta eram as mais belas no jardim, como se para agradá-lo especialmente. Cada arbusto tinha flores de mais de uma cor. O que estava na frente dela tinha flores brancas, rosa-pálido e malva. O seguinte, ao lado do primeiro, começava azul do lado esquerdo e escurecia, tornando-se um intenso azul-esverdeado à direita. Charmain sentia-se bastante satisfeita por não ter permitido que o *kobold* cortasse esses arbustos, quando Peter enfiou a cabeça pela janela do estúdio. Isso destruiu em parte a felicidade de Charmain.

— Ei, onde você conseguiu esse café da manhã? — perguntou Peter.

Charmain explicou, e a cabeça dele desapareceu. Charmain ficou onde estava, na expectativa de que ele chegasse a qualquer instante e torcendo para que não chegasse. Mas nada aconteceu. Depois de tomar sol por mais algum tempo, ela pensou em ir pegar um livro para ler. Levou a bandeja para dentro da casa até a cozinha, parabenizando-se por ser tão organizada e eficiente. Peter obviamente estivera ali, pois fechara a porta dos fundos, deixando apenas a janela aberta, de modo que o cômodo estava mais uma vez cheio de bolhas flutuando gentilmente em direção à janela, por onde saíam rapidamente. Entre essas bolhas, avultava-se a grande forma branca de Desamparada. Quando Charmain chegou, Desamparada esticou a imensa cauda esfiapada e a abanou bruscamente de encontro ao consolo da lareira. Um potinho, com a quantidade de comida adequada a um cachorro muito pequeno, aterrissou entre as bolhas, à frente de suas enormes patas dianteiras. Desamparada o olhou com tristeza, baixou a imensa cabeça e engoliu a ração ruidosamente de uma só vez.

— Ah, pobre Desamparada! — disse Charmain.

A cadela levantou a cabeça e a viu. Sua cauda imensa começou a abanar, batendo na lareira. Um novo pote de comida de cachorro aparecia a cada abano. Em segundos, Desamparada estava cercada por pequenos potes espalhados por todo o chão.

— Não exagere, Desamparada — aconselhou Charmain, avançando entre os potes. Ela pousou a bandeja em cima de uma das duas novas sacolas de roupa suja e falou, dirigindo-se a Desamparada: — Estarei no estúdio, procurando um livro, se precisar de mim — e afastou-se com cuidado, seguindo naquela direção.

Desamparada estava ocupada, comendo, e não lhe deu atenção.

Peter estava no estúdio. A bandeja de seu café da manhã, já terminado, estava no chão ao lado da mesa e Peter se encontrava na cadeira, folheando um dos grandes livros de couro da fileira na borda mais distante da mesa. Ele parecia bem mais respeitável hoje. Agora que o cabelo estava seco, apresentava-se em jeitosos cachos castanho-claros e Peter usava o que era obviamente sua segunda melhor roupa, que era de um bom *tweed* verde. Estava amarrotada, por causa da mochila, e tinha uma ou outra marca redonda molhada, onde bolhas haviam estourado, mas Charmain certamente a aprovava. Quando ela entrou, ele fechou o livro com um suspiro e o empurrou de volta ao lugar. Charmain notou que Peter tinha um pedaço de fio verde amarrado no polegar esquerdo. Então foi assim que ele conseguiu chegar aqui, ela pensou.

— Não estou entendendo nada — disse ele a ela. — *Deve* estar aqui em algum lugar, mas não consigo achar.

— O que você está procurando? — perguntou Charmain.

— Você disse algo ontem à noite sobre um luboque — afirmou Peter — e eu me dei conta de que, na verdade, não sei o que eles são. Estou tentando encontrá-los aqui. Ou você sabe tudo sobre eles?

— Na verdade, não... exceto que são apavorantes — confessou Charmain. — Gostaria de descobrir mais sobre eles também. Como podemos fazer isso?

Peter apontou o polegar com o fio verde para a fileira de livros.

— Aqui. Sei que estes livros são a enciclopédia de um mago, mas você precisa saber o que está procurando antes de encontrar o volume certo.

Charmain empurrou os óculos no nariz e inclinou-se para olhar os livros. Todos traziam as palavras *Res magica* em ouro, seguidas por um número e então um título. *Volume 3*, leu ela, *Girolóptica*; *volume 5*, *Panacticon*; depois, na outra extremidade, *volume 19*, *Seminal avançado*; *volume 27*, *Oniromancia terrestre*; *volume 28*, *Oniromancia cósmica*.

— Entendo o seu problema — disse ela.

— Estou dando uma olhada neles por ordem agora — disse Peter. — Acabei de olhar o 5. São só feitiços que não fazem o menor sentido para mim. — Ele puxou o volume 6, que se intitulava apenas *Hex*, e o abriu. — Você olha o próximo.

Charmain deu de ombros e puxou o volume 7, que se chamava *Potentes*, o que não ajudava em nada. Ela o levou até o peitoril da janela, onde havia espaço e luz, e o abriu não muito longe do início. Assim que o fez, soube que era aquele.

— Demônio: ser poderoso e às vezes perigoso — ela leu —, frequentemente confundido com um Elemental *q.v.* — e avançando mais algumas páginas —, Diabo: uma criatura do inferno... — Depois disso, ela foi para: — Dom de Elfo: contém poderes agraciados por duendes *q.v.* para a segurança de um reino... — e então, algumas páginas depois: — Íncubo: Diabo *q.v.* especializado, inimigo principalmente das mulheres... — Ela virou as páginas muito lenta e cuidadosamente depois disso, e vinte páginas depois, encontrou. — Luboque. Achei! — anunciou ela.

— Ótimo! — Peter fechou *Hex* com força. — Este aqui é praticamente só diagramas. O que diz aí? — Ele foi até a janela e se debruçou no parapeito ao lado de Charmain, e ambos leram o verbete.

"LUBOQUE: criatura, felizmente, rara. Um luboque é um ser semelhante a um inseto, de cor arroxeada, de qualquer tamanho entre um gafanhoto e algo maior que um ser humano. É muito perigoso, embora hoje felizmente só seja encontrado em áreas selvagens ou desabitadas. Um luboque ataca qualquer pessoa que veja, quer com seus apêndices semelhantes a tenazes, quer com sua formidável probóscide. Durante dez meses do ano, ele simplesmente despedaça a pessoa para se alimentar, mas nos meses de julho e agosto, sua estação de reprodução, torna-se especialmente perigoso, pois fica à espreita de viajantes humanos e, quando pega um, põe seus ovos no corpo daquele humano. Os ovos eclodem 12 meses depois, quando então o primeiro a eclodir devora os restantes, e então esse novo luboque abre caminho para sair do hospedeiro humano. Caso este seja um humano macho, morrerá. A fêmea humana dará à luz de maneira normal, e a cria assim nascida será um LUBOQUIM (veja abaixo). A fêmea humana, então, geralmente morre."

Meu Deus, eu escapei por pouco!, pensou Charmain, e seus olhos, assim como os de Peter, correram para o verbete seguinte.

"LUBOQUIM: filho de um LUBOQUE *q.v.* com uma fêmea humana. Essas criaturas normalmente têm a aparência de uma criança humana, exceto pelo fato de que invariavelmente têm olhos violeta. Alguns têm também a pele púrpura, e podem até nascer com asas vestigiais. Uma parteira irá destruir na hora um luboquim facilmente identificável, mas em muitos casos os luboquins são criados equivocadamente como crianças humanas. Eles são quase invariavelmente maus, e como podem se reproduzir com humanos, sua natureza do mal não desaparece até que várias gerações se tenham passado. Diz-se que muitos habitantes de áreas remotas como a Alta Norlanda e Montalbino têm suas origens em um ancestral luboquim."

Era difícil descrever o efeito que ler isso causou tanto em Charmain quanto em Peter. Ambos desejaram não ter lido aquilo. O ensolarado estúdio do tio-avô William de repente parecia totalmente inseguro, com estranhas sombras nos cantos. De fato, pensou Charmain, a casa toda lhe pareceu assim. Tanto ela quanto Peter se viram olhando ao redor, inquietos, e então voltando os olhos com urgência, pela janela, para o jardim. Ambos deram um pulo quando Desamparada deu um bocejo enorme em algum ponto do corredor. Charmain queria ir correndo até lá e se certificar de que a janela na extremidade dele estava muito, muito bem fechada. Mas primeiro precisava olhar para Peter com muito, muito cuidado, à procura de sinais púrpura nele. Afinal, ele disse que viera de Montalbino.

Peter ficara muito pálido. Isso destacava algumas sardas em seu nariz, mas eram sardas de um laranja pálido, e os escassos pelos que cresciam em seu queixo eram meio alaranjados também. Seus olhos eram de um marrom cor de ferrugem, em nada parecidos com o amarelo-esverdeado dos olhos da própria Charmain, mas tampouco eram púrpura. Ela podia ver tudo isso facilmente porque Peter a estava olhando com a mesma atenção. Ela sentia o rosto frio. Sabia que ele ficara tão branco quanto o de Peter. Por fim, os dois se manifestaram.

Charmain disse:

— Você é de Montalbino. A sua família é roxa?

Peter disse:

— Você esteve com um luboque. Ele colocou ovos em você?

Charmain respondeu:

— Não.

Peter disse:

— Minha mãe é *chamada* de Bruxa de Montalbino, mas, na verdade, ela é da Alta Norlanda. E *não* é roxa. Fale-me sobre esse luboque que você encontrou.

Charmain explicou como saíra pela janela e chegara ao pasto na montanha, onde o luboque estava escondido dentro da flor azul e...

— Mas ele *tocou* você? — interrompeu Peter.

— Não, porque caí do penhasco antes que ele tivesse chance — disse Charmain.

— Caiu do... Então por que não está morta? — perguntou Peter. Ele se afastou dela ligeiramente, como se pensasse que ela poderia ser uma espécie de zumbi.

— Eu fiz um feitiço — disse-lhe Charmain alegremente, pois estava muito orgulhosa de ter feito magia de verdade. — Um feitiço para voar.

— Verdade? — replicou Peter, meio entusiasmado, meio desconfiado. — Qual feitiço? De onde?

— De um livro daqui — disse Charmain. — E, quando caí, comecei a flutuar e aterrissei em segurança no caminho do jardim. Não precisa parecer tão incrédulo. Havia um *kobold* chamado Rollo no jardim quando desci. Pergunte a ele, se não acredita em mim.

— Vou fazer isso — afirmou Peter. — Que livro era esse? Me mostre.

Charmain lançou a trança com altivez sobre o ombro e dirigiu-se à mesa. *O livro de palimpsesto* parecia estar tentando se esconder. Ele certamente não estava onde ela o deixara. Talvez Peter o tivesse tirado do lugar. Ela o encontrou na extremidade da mesa, espremido entre a fileira de *Res magica*, fingindo ser outro volume da enciclopédia.

— Ali — disse ela, deitando-o pesadamente em cima de *Hex*. — Como você ousa duvidar da minha palavra? Agora vou procurar um livro para ler.

Ela foi até uma das prateleiras, pegando alguns títulos. Nenhum dos livros parecia ser de histórias, o que Charmain teria preferido, mas alguns dos títulos eram bem interessantes. Que tal *O taumaturgo como artista*, por exemplo, ou *Memórias de um exorcista*? Por outro lado, *Teoria e prática de invocação coral* parecia decididamente seco, mas Charmain gostou bastante do que estava ao lado dele, chamado: *A varinha de doze ramos*.

Enquanto isso, Peter sentava-se à mesa e folheava avidamente *O livro de palimpsesto*. Charmain descobria que *O taumaturgo como artista* estava cheio de dizeres desconcertantes como "assim nosso mágico pequenino e feliz pode trazer a nossos ouvidos uma melodia doce e no estilo das fadas", quando Peter disse irritado:

— Não tem nenhum feitiço para voar aqui. Já olhei tudo.

— Talvez eu o tenha gasto — sugeriu Charmain, vagamente. Ela deu uma olhadinha dentro de *A varinha de doze ramos* e descobriu ali uma leitura muito promissora.

— Os feitiços não funcionam assim — disse Peter. — Onde você o encontrou de fato?

— Aí. Eu já disse — respondeu Charmain. — E, se você não acredita em uma palavra do que eu digo, por que continua me fazendo perguntas? — Ela tirou os óculos do nariz, fechou o livro com força e carregou uma pilha inteira de volumes promissores para o corredor, onde bateu a porta do estúdio na cara de Peter, recuando e depois seguindo pela porta do banheiro até alcançar a sala de estar. Foi ali, apesar do mofo, que ela decidiu ficar. Depois do verbete em *Res magica*, o jardim ensolarado lá fora não parecia mais um lugar seguro. Ela pensou no luboque erguendo-se acima das hortênsias e acomodou-se com firmeza no sofá.

Já havia mergulhado fundo em *A varinha de doze ramos*, começara inclusive a entender do que se tratava, quando soaram batidas secas e rápidas na porta da frente. Charmain pensou, como sempre fazia: Outra pessoa pode atender, e continuou a ler.

A porta se abriu com um estrépito impaciente e a voz de tia Semprônia soou:

— É óbvio que ela está bem, Berenice. Ela simplesmente está com o nariz enfiado em um livro, como de costume.

Charmain forçou-se a deixar o livro e tirou os óculos a tempo de ver sua mãe seguindo tia Semprônia e entrando na casa. Tia Semprônia, como sempre, estava muitíssimo exuberante, vestida em sedas. A Sra. Baker tinha a mais respeitável aparência, vestida de cinza, com colarinho e punhos de um branco brilhante, e usava seu mais respeitável chapéu cinza.

Que sorte eu ter vestido roupas limpas esta... Charmain estava começando a pensar quando lhe ocorreu que o restante da casa simplesmente não estava em condições de que nenhuma dessas duas senhoras visse. Não só a cozinha estava cheia de louça humana suja e louça canina suja, de bolhas, roupa suja e um imenso cachorro branco, como ainda havia Peter no estúdio. A mãe provavelmente só encontraria a cozinha, e isso já era ruim o bastante. Mas tia Semprônia era (com quase toda certeza) uma feiticeira, e encontraria o estúdio e Peter. Então mamãe iria querer saber o que um garoto desconhecido estava fazendo ali. E, quando a presença de Peter tivesse sido explicada, mamãe diria que, *nesse* caso, ele podia cuidar da casa do tio-avô William, e Charmain deveria fazer o que era respeitável e voltar para casa imediatamente. Tia Semprônia concordaria, e Charmain seria obrigada a ir. E, então, adeus paz e liberdade!

Charmain pôs-se de pé de um pulo e sorriu esplendidamente, um sorriso tão amplo e acolhedor que ela pensou que talvez tivesse dado um mau jeito no rosto.

— Ah, *olá!* — cumprimentou. — Eu não ouvi a porta.

— Você nunca ouve — disse tia Semprônia.

A Sra. Baker examinou Charmain, cheia de ansiedade.

— Você está bem, meu amor? Bem mesmo? Por que não arrumou o cabelo adequadamente?

— Gosto dele assim — disse Charmain, mudando de lugar, de modo a se colocar entre as duas senhoras e a porta da cozinha. — Não acha que combina comigo, tia Semprônia?

Tia Semprônia apoiou-se no guarda-sol e olhou para ela criticamente.

— Sim — disse. — Combina. Faz com que pareça mais jovem e rechonchuda. É assim que quer parecer?

— É, sim — respondeu Charmain, desafiadora.

A Sra. Baker suspirou.

— Querida, gostaria que você não falasse nesse tom atrevido. As pessoas não gostam disso, você sabe. Mas estou muito feliz de vê-la assim tão bem. Fiquei acordada metade da noite ouvindo a chuva e torcendo para que o telhado desta casa não tivesse goteiras.

— Não tem — disse Charmain.

— Ou com medo de que você pudesse ter deixado uma janela aberta — acrescentou a mãe.

Charmain estremeceu.

— Não, eu fechei a janela — disse, e imediatamente teve a certeza de que Peter naquele momento estava abrindo a janela que dava para a campina do luboque. — A senhora não precisa se preocupar com nada, mamãe — mentiu ela.

— Bem, para dizer a verdade, eu *estava* mesmo um pouco preocupada — disse a Sra. Baker. — É a sua primeira vez longe do ninho, você sabe. Conversei com seu pai a esse respeito. Ele disse que você podia não estar se alimentando adequadamente. — Ela ergueu a volumosa bolsa bordada que trazia. — Ele mandou mais um pouco de comida para você aqui. Vou deixá-la na cozinha, está bem? — perguntou ela, e passou por Charmain, indo na direção da porta interna.

Não! Socorro!, pensou Charmain. Ela segurou a bolsa bordada com o que esperava fossem modos gentis e civilizados, em vez de arrebatá-la como teve vontade de fazer, e disse:

— Não precisa se preocupar, mamãe. Em um instante eu a levo e trago a outra para você...

— Ah, por quê? Não é nenhum trabalho, meu amor — protestou a mãe, continuando a segurar a bolsa.

— ... porque primeiro tenho uma surpresa para você — disse Charmain mais do que depressa. — Vá e sente-se. Esse sofá é muito confortável, mãe. — E fica de costas para esta porta. — Por favor, sente-se, tia Semprônia...

— Mas não vai me levar mais do que um momento — insistiu a Sra. Baker. — Se eu a deixar na mesa da cozinha, onde você pode encontrá-la...

Charmain acenou a mão livre. A outra agarrava-se à bolsa, como se desta dependesse a sua vida.

— Tio-avô William! — gritou ela. — Café! Por favor!

Para seu imenso alívio, a bondosa voz do tio-avô William respondeu:

— Bata no carrinho de chá do canto, minha querida, e diga: "Café."

A Sra. Baker arfou, assombrada, e olhou à sua volta para ver de onde vinha a voz. Tia Semprônia olhou primeiro interessada, depois zombeteira, e foi até o carrinho dar-lhe uma rápida batidinha com a sombrinha.

— Café? — disse ela.

Instantaneamente, a sala foi tomada por um aroma quente de café. Um bule de prata alto encontrava-se na bandeja, fumegando, acompanhado por pequeninas xícaras douradas, uma cremeira dourada, um açucareiro de prata e uma travessa de bolinhos açucarados. A Sra. Baker estava tão perplexa que soltou a bolsa bordada. Charmain rapidamente a colocou atrás da poltrona mais próxima.

— Magia muito elegante — disse tia Semprônia. — Berenice, venha e sente-se aqui e deixe Charmain trazer o carrinho para o lado deste sofá.

A Sra. Baker obedeceu, parecendo atordoada, e, para grande alívio de Charmain, a visita começou a se transformar em um elegante e respeitável café no meio da manhã. Tia Semprônia serviu o café, enquanto Charmain passava os bolinhos açucarados. Charmain estava de pé de frente para a porta da cozinha, estendendo a travessa para tia Semprônia, quando a porta se abriu e a imensa cara de Desamparada surgiu por ela, obviamente atraída pelo aroma dos bolinhos açucarados.

— Vá *embora*, Desamparada! — disse Charmain. — Xô! Estou falando sério! Você não pode entrar aqui, a menos que seja... que seja... que seja *respeitável*. Vá!

Desamparada fitou-a tristonha, suspirou ruidosamente e recuou. Quando a Sra. Baker e tia Semprônia, ambas segurando cuidadosamente uma xicarazinha bem cheia de café, conseguiram se virar para ver com quem Charmain estava falando, Desamparada já tinha ido e a porta estava fechada novamente.

— O que foi isso? — perguntou a Sra. Baker.

— Nada — respondeu Charmain, tranquilizadora. — Apenas o cão de guarda do tio-avô William, você sabe. Ela é muito gulosa...

— Você tem um *cachorro* aqui! — interrompeu-a a Sra. Baker, alarmada. — Não sei se gosto disso, Charmain. Os cães são tão sujos. E você pode ser mordida! Espero que o mantenha na corrente.

— Não, não, não, ela é muito limpa. E obediente — disse Charmain, perguntando-se se isso era verdade. — É só que... é só que ela come demais. O tio-avô tenta mantê-la na dieta, por isso ela estava atrás de um desses bolinhos...

A porta da cozinha tornou a se abrir. Dessa vez, foi o rosto de Peter que apareceu atrás dela, com uma expressão que sugeria que tinha algo urgente para dizer. A expressão se transformou em horror quando ele percebeu o refinamento de tia Semprônia e a respeitabilidade da Sra. Baker.

— Aqui está ela outra vez — disse Charmain, um tanto desesperada. — Desamparada, vá embora!

Peter pegou a deixa e desapareceu, segundos antes que tia Semprônia se virasse novamente e o visse. A Sra. Baker parecia mais alarmada do que nunca.

— Você se preocupa demais, Berenice — disse tia Semprônia. — Admito que os cães são fedorentos, sujos e barulhentos, mas nada melhor do que um bom cão de guarda para proteger a casa. Você deveria ficar feliz por Charmain poder contar com um.

— Creio que sim — concordou a Sra. Baker, não parecendo nada convencida. — Mas... mas você não me disse que esta casa é protegida pelas... hã... pelas artes de magia de seu tio-avô?

— Sim, sim, é sim! — confirmou, ansiosa, Charmain. — O lugar é *duplamente* seguro!

— É óbvio que é — disse tia Semprônia. — Acredito que nada pode entrar aqui sem ser convidado.

Como se para provar que tia Semprônia estava completamente errada, um *kobold* de repente apareceu no chão ao lado do carrinho.

— Ora, vejam só! — disse ele, pequeno, azul e agressivo.

A Sra. Baker soltou um grito e agarrou a xícara junto ao peito. Tia Semprônia levantou a barra da saia, afastando-a dele com altivez. O *kobold* olhou-as, visivelmente confuso, e então olhou para Charmain. Aquele não era o *kobold* do jardim. Seu nariz era maior, seu traje azul era de um tecido mais fino, e ele parecia estar acostumado a dar ordens.

— Você é um *kobold* importante? — perguntou-lhe Charmain.

— Bem — disse o *kobold*, bastante surpreso —, pode-se dizer que sim. Sou o líder nestas bandas, e meu nome é Timminz. Estou no comando dessa delegação, e estamos todos muito aborrecidos. E agora nos dizem que o mago não está aqui, ou que não nos verá, ou...

Charmain podia ver que a fúria dele estava crescendo.

— É verdade — disse ela rapidamente. — Ele não está aqui. Está doente. Os elfos levaram-no para tratar dele, e eu estou cuidando da casa na sua ausência.

O *kobold* olhou-a, zangado, acima do grande nariz azul.

— Você está dizendo a verdade?

Parece que o dia todo há alguém me dizendo que estou mentindo!, pensou Charmain, furiosa.

— É a mais pura verdade — disse tia Semprônia. — William Norland não se encontra aqui no momento. Assim, você faria a gentileza de se retirar, meu bom *kobold*? Está assustando a pobre Sra. Baker.

O *kobold* fuzilou-a com o olhar e, em seguida, a Sra. Baker.

— Então — disse ele a Charmain —, não vejo nenhuma chance de resolvermos esta contenda, *jamais*! — E se foi tão rapidamente quanto viera.

— Ah, meu Deus! — arquejou a Sra. Baker, segurando o peito. — Tão pequeno! Tão azul! Como foi que ele *entrou*? Não o deixe subir pela sua saia, Charmain!

— Era só um *kobold* — disse tia Semprônia. — Acalme-se, Berenice. Os *kobolds*, em regra, não se dão muito bem com humanos, portanto não tenho a menor ideia do que ele estava fazendo aqui. Mas suponho que o tio-avô William devia ter algum tipo de negócio com as criaturas. Nada surpreende quando se trata de magos.

— *E* eu derramei café... — gemeu a Sra. Baker, tentando limpar a saia.

Charmain pegou a pequena xícara e a encheu, tranquilizadora.

— Coma outro bolinho, mãe — disse, estendendo-lhe a travessa. — O tio-avô William tem um *kobold* trabalhando no jardim, e aquele também estava zangado quando o encontrei...

— O que o jardineiro estava fazendo na *sala de estar*? — perguntou a Sra. Baker.

Como sempre acontecia, Charmain começou a se desesperar para fazer a mãe entender. Ela não é estúpida, simplesmente nunca relaxa a mente, pensou.

— Esse *kobold* era diferente — ela começou.

A porta da cozinha se abriu e Desamparada entrou. Estava do tamanho certo outra vez. O que significava que estava menor do que o *kobold* e muito satisfeita consigo mesma por ter encolhido. Ela trotou vivamente até Charmain e ergueu o nariz, cobiçosa, na direção da travessa de bolinhos.

— Francamente, Desamparada! — disse Charmain. — Quando penso no quanto você comeu no café da manhã!

— É este o cão de guarda? — perguntou a Sra. Baker com a voz aguda.

— Se é de fato — opinou tia Semprônia —, seria o segundo melhor numa disputa com um camundongo. Quanto foi que você disse que ele comeu no café da manhã?

— Umas cinquenta tigelas de cachorro cheias — disse Charmain, sem pensar.

— *Cinquenta!* — exclamou a mãe.

— Eu estava exagerando — corrigiu Charmain.

Desamparada, ao perceber que todas a olhavam, sentou-se em posição de súplica, com as patas debaixo do queixo. Intencionalmente, ela parecia encantadora. Era a maneira como conseguia fazer uma orelha esfiapada cair que lhe dava essa aparência, concluiu Charmain.

— Ah, que cachorrinha mais fofa! — exclamou a Sra. Baker. — Tá com fominha, é? — Ela deu a Desamparada o restante do bolinho que estava comendo. Desamparada o apanhou educadamente, engoliu de uma só vez, e continuou a pedir. A Sra. Baker lhe deu um bolinho inteiro da travessa. Isso fez com que Desamparada pedisse com mais insistência do que nunca.

— Estou envergonhada — Charmain disse a Desamparada.

Tia Semprônia, indulgente, também estendeu um bolinho para Desamparada.

— Devo dizer — disse ela a Charmain — que, com esse grande cão para guardá-la, ninguém precisa se preocupar com sua segurança, embora você possa acabar ficando com fome.

— Ela é boa para latir — disse Charmain. E não precisa ser sarcástica, tia Semprônia. Eu *sei* que ela não é um cão de guarda. Mal esse pensamento ocorreu a Charmain e ela se deu conta de que Desamparada estava sim, protegendo-a. Ela desviara completamente a atenção da mãe dos *kobolds*, e da cozinha, ou de quaisquer perigos para Charmain, e conseguira se reduzir ao tamanho certo para fazer isso. Charmain se viu tão grata que ela mesma deu um bolinho a Desamparada, que lhe agradeceu com muito charme, cutucando-lhe a mão com o nariz, e então voltou sua atenção expectante novamente para a Sra. Baker.

— Ah, ela é tão *doce*! — suspirou a Sra. Baker, e premiou Desamparada com um quinto bolinho.

Ela vai explodir, pensou Charmain. No entanto, graças a Desamparada, o restante da visita transcorreu em paz, até bem no fim, quando as senhoras se levantaram para ir.

— Ah, eu quase esqueci! — disse a Sra. Baker, tateando no bolso. — Chegou esta carta para você, querida. — Ela estendeu para Charmain um envelope comprido e rijo com um selo de cera vermelha na parte posterior. Estava endereçado à "Srta. Charmain Baker", em uma letra elegante e trêmula.

Charmain olhou para a carta e percebeu que seu coração estava batendo nos ouvidos e seu peito parecia um ferreiro trabalhando numa bigorna. Os olhos perderam o foco. A mão tremia quando ela pegou a carta. O rei havia respondido. Ela sabia que era o rei. O endereço estava escrito na mesma letra trêmula que ela encontrara na carta no estúdio do tio-avô William.

— Ah, obrigada — disse ela, tentando parecer casual.

— Abra, querida — disse a mãe. — Parece muito solene. O que você acha que é?

— Ah, não é nada — replicou Charmain. — Apenas meu certificado de conclusão.

Foi um erro. A mãe exclamou:

— *O quê*? Mas seu pai está esperando que você fique na escola para estudar um pouco de *cultura*, querida!

— Sim, eu sei, mas eles sempre dão à pessoa um certificado no fim do décimo ano — inventou Charmain. — No caso de alguns quererem mesmo sair, você sabe. Minha turma toda deve ter recebido um também. Não se preocupe.

Apesar dessa explicação, que Charmain considerou brilhante, a Sra. Baker estava preocupada, sim. Ela teria feito um alvoroço em relação ao assunto, não tivesse Desamparada de repente se colocado de pé sobre as patas traseiras e caminhado até a Sra. Baker, com o queixo apoiado encantadoramente sobre as patas dianteiras.

— Ah, *docinho*! — exclamou a Sra. Baker. — Charmain, se seu tio-avô lhe permitir levar essa cachorrinha adorável para casa quando ele estiver melhor, eu não vou me opor nem um pouco. Não vou mesmo.

Charmain conseguiu enfiar a carta do rei na cintura e beijar a mãe e tia Semprônia, despedindo-se delas, sem nenhuma das duas voltar ao assunto. Ela acenou alegremente para as duas ao longo do caminho entre as hortênsias e fechou a porta atrás delas com um arquejo de alívio.

— *Obrigada*, Desamparada! — exclamou. — Sua cachorrinha esperta!

Recostou-se na porta e começou a abrir a carta do rei — embora eu saiba de antemão que ele vai dizer não, disse a si mesma, tremendo de emoção. *Eu* diria não, se fosse ele!

Antes que tivesse conseguido abrir metade do envelope, a outra porta foi aberta por Peter.

— Elas já foram? — perguntou ele. — Finalmente! Preciso da sua ajuda. Estou sendo atacado por *kobolds* furiosos aqui dentro.

CAPÍTULO SEIS
Que diz respeito à cor azul

Charmain suspirou e enfiou a carta do rei no bolso. Não queria partilhar com Peter o que quer que estivesse escrito ali.

— Por quê? — perguntou ela. — Por que estão furiosos?

— Venha ver — chamou Peter. — Para mim, parece tudo ridículo. Eu disse a eles que você era a responsável e que eles tinham de esperar até que você tivesse terminado de ser educada com aquelas bruxas.

— Bruxas! — exclamou Charmain. — Uma delas é a minha mãe!

— Bem, a minha mãe é uma bruxa — disse Peter. — E basta olhar para a orgulhosa de seda para ver que ela é uma bruxa. Venha, entre.

Ele manteve a porta aberta para Charmain e ela passou, pensando que Peter provavelmente estava certo em relação à tia Semprônia. Ninguém na respeitável casa dos Baker jamais mencionava bruxaria, mas Charmain havia pensado durante anos que tia Semprônia era uma bruxa, sem jamais expressar isso para si mesma assim tão abertamente.

Ela esqueceu de tia Semprônia assim que entrou na cozinha. Havia *kobolds* por toda parte. Homenzinhos azuis com grandes narizes azuis de diferentes formatos espalhavam-se pelo chão, por qualquer espaço que não estivesse cheio de tigelas de cachorro ou chá derramado. Eles estavam na mesa entre os bules e na pia, equilibrados em pratos sujos. Havia pequenas mulheres azuis também, a maior parte delas empoleirada nas bolsas de roupa suja. As mulheres se distinguiam por seus narizes menores, mais delicados, e por suas muito elegantes saias azuis de babados. Gostaria de ter uma saia assim, pensou Charmain. Só que maior, é óbvio. Havia tantos *kobolds* que Charmain demorou um momento para perceber que as bolhas da lareira estavam quase extintas.

Todos os *kobolds* emitiram um grito estridente quando Charmain entrou.

— Parece que temos toda a tribo aqui — disse Peter.

Charmain pensou que ele devia estar certo.

— Muito bem — disse ela acima da gritaria. — Eu estou aqui. Qual é o problema?

A resposta foi tamanha tempestade de gritos que Charmain tapou os ouvidos com as mãos.

— Chega! — berrou ela. — Como posso entender uma única palavra do que vocês dizem quando estão todos gritando ao mesmo tempo? — Ela reconheceu o *kobold* que havia aparecido na sala, de pé numa cadeira, ao lado de pelo menos outros seis. Seu nariz tinha um formato memorável. — *Você* fala. Qual era mesmo o seu nome?

Ele lhe dirigiu uma breve mesura.

— Timminz é o meu nome. Entendo que você é Charme Baker e que fala em nome do mago. Correto?

— Mais ou menos — disse Charmain. Não parecia haver muito sentido em discutir por causa do nome. Além disso, ela até gostava de ser chamada de Charme. — Eu lhe disse que o mago está doente. Ele foi levado daqui para se tratar.

— É o que você diz — respondeu Timminz. — Tem certeza de que ele não *fugiu*?

Isso provocou tantos gritos e vaias, vindos de todos os cantos da cozinha, que Charmain teve de gritar de novo para se fazer ouvir.

— Fiquem *quietos*! É óbvio que ele não fugiu. Eu estava aqui quando ele foi levado. Estava muito doente e os elfos tiveram de carregá-lo. Ele teria *morrido* se os elfos não o tivessem levado.

No quase silêncio que se seguiu a essas palavras, Timminz disse sombriamente:

— Se você diz, nós acreditamos. Nossa briga é com o mago, mas talvez você possa resolver. E eu lhe digo que não gostamos disso. É indecente.

— O quê? — perguntou Charmain.

Timminz estreitou os olhos e a encarou, descontente, por cima do nariz.

— Você não deve rir. O mago riu quando me queixei com ele.

— Eu prometo não rir — disse Charmain. — Então, o que é?

— Estávamos muito zangados — contou Timminz. — Nossas mulheres se recusavam a lavar a louça para ele e nós levamos as torneiras para que ele não pudesse lavá-la, mas tudo que ele fez foi sorrir, e dizer que não tinha forças para discutir...

— Bem, ele estava doente — disse Charmain. — Agora você sabe disso. Então, qual é o problema?

— O jardim dele — disse Timminz. — A queixa veio primeiro de Rollo, mas eu vim dar uma olhada e Rollo tem razão. O mago estava cultivando arbustos com flores azuis, que é a cor correta e sensata para as flores, mas por meio de sua magia ele deixou metade das flores dos arbustos *cor-de-rosa*, e algumas até mesmo verdes ou brancas, o que é repulsivo e incorreto.

Aqui Peter não conseguiu se conter.

— Mas hortênsias são assim! — explodiu ele. — Eu expliquei isso para vocês! Qualquer jardineiro pode lhe dizer isso. Se você não colocar o pó azulante debaixo de todo o arbusto, algumas flores serão cor-de-rosa. Rollo é jardineiro. Ele devia saber disso.

Charmain olhou a cozinha apinhada, mas não viu Rollo em lugar nenhum entre os enxames de pessoas azuis.

— Provavelmente ele só se queixou disso porque gosta de cortar as coisas — afirmou ela. — Aposto que ele ficava pedindo ao mago para cortar as plantas e o mago dizia não. Ele me perguntou ontem à noite...

Nesse momento, Rollo surgiu ao lado de uma tigela de cachorro, quase aos pés de Charmain. Ela o reconheceu principalmente pela vozinha áspera quando ele gritou:

— E então eu perguntei mesmo a ela! E ela estava sentada lá no caminho, depois de descer flutuando do céu, como se fosse a coisa mais simples do mundo, e me disse que eu só queria me divertir. *Ela* é tão má quanto o mago!

Charmain olhou para ele, de cima, furiosa.

— Você é um monstrinho destruidor — acusou ela. — O que está querendo é criar problemas porque não consegue fazer as coisas do seu jeito!

Rollo esticou um braço.

— Vocês ouviram? Ouviram o que ela disse? Quem é errado aqui? Ela ou eu?

Um clamor estridente e terrível elevou-se por toda a cozinha. Timminz gritou, pedindo silêncio e, quando o clamor se transformou em murmúrios, ele disse a Charmain:

— Então você agora vai dar permissão para que esses malditos arbustos sejam podados?

— Não vou, não — disse Charmain. — Essas plantas são do tio-avô William e eu devo tomar conta de todas as coisas para ele. E Rollo só está criando confusão.

— Essa é a sua última palavra? — perguntou Timminz, estreitando os olhos.

— É, sim — disse Charmain.

— Então — replicou Timminz —, você está por sua própria conta. Nenhum *kobold* vai fazer nenhum trabalho para você a partir de agora.

E foram-se todos embora. De repente, a multidão azul desapareceu entre bules, tigelas de cachorro e louça suja, deixando uma leve brisa movimentando as últimas bolhas e o fogo que agora queimava vivamente na lareira.

— Isso foi estupidez sua — disse Peter.

— O que você quer dizer? — perguntou Charmain, indignada. — Foi você que disse que aquelas plantas deviam ser assim. E dava para ver que Rollo estava atiçando todos de propósito. Eu não podia deixar o tio-avô William voltar para casa e encontrar seu jardim todo depredado, podia?

— Não, mas podia ter tido mais tato — insistiu Peter. — Eu esperava que você dissesse que íamos fazer um feitiço azulante para tornar todas as flores azuis, ou algo assim.

— Ainda assim Rollo ia querer cortá-las — afirmou Charmain. — Ele me disse ontem à noite que eu era um estraga-prazeres por não lhe dar permissão.

— Você podia tê-los feito *ver* como ele é — disse Peter —, em vez de deixá-los ainda mais furiosos.

— Pelo menos eu não ri deles como fez o tio-avô William — retorquiu Charmain. — Foi *ele* que os deixou zangados, não eu!

— E olhe aonde isso o levou! — disse Peter. — Eles arrancaram as torneiras dele e deixaram toda a louça suja. Agora *nós* temos de lavar tudo isso sem ter nem água quente no banheiro.

Charmain deixou-se cair na cadeira e recomeçou, novamente, a abrir a carta do rei.

— Por que temos de fazer isso? — perguntou ela. — De qualquer forma, eu não tenho a menor ideia de como lavar louça.

Peter ficou escandalizado.

— Você não tem? Você *nunca* lavou louça?

Charmain abriu o envelope e tirou uma folha de papel duro, grande e bonita.

— Minha mãe me educou para ser respeitável — disse ela. — Nunca me deixou chegar perto da copa nem da cozinha.

— Não acredito nisso! — exclamou Peter. — Por que seria respeitável não saber como fazer as coisas? É respeitável acender a lareira com uma barra de sabão?

— Aquilo foi um acidente — disse Charmain com altivez. — Por favor, fique quieto e deixe-me ler minha carta. — Ela empurrou os óculos para o alto do nariz e desdobrou o grosso papel.

— "Cara Senhorita Baker" — começava.

— Bem, eu vou tentar — disse Peter. — Não vou me deixar intimidar por uma multidão de pessoinhas azuis. E eu pensei que você tivesse orgulho bastante para me ajudar a fazer isso.

— Cale a boca — disse Charmain e concentrou-se na carta.

Cara Senhorita Baker,

Que gentileza a sua em Nos oferecer seus serviços. Normalmente, Nós buscaríamos a ajuda de Nossa Filha, a princesa Hilda, suficiente para as nossas necessidades. Mas acontece que a princesa está prestes a receber Visitantes Importantes e se vê obrigada a abster-se de seu Trabalho na Biblioteca pelo tempo que durar a Visita. Portanto, Nós aceitamos agradecidos sua Gentil Oferta, em caráter temporário. Se tiver a Gentileza de se apresentar na Mansão Real na manhã desta próxima Quarta-feira, por volta das 10h30, será um prazer recebê-la em Nossa Biblioteca e instruí-la sobre Nosso Trabalho.

Seu Penhorado e Agradecido,
Adolphus Rex Norlandi Alti

O coração de Charmain pulava e saltava enquanto ela lia a carta, e foi só ao chegar ao fim da leitura que percebeu que o surpreendente, o improvável, o inacreditável havia acontecido: o rei havia concordado em deixá-la ajudá-lo na Biblioteca Real! Seus olhos se encheram de lágrimas, Charmain não sabia bem por quê, e teve de tirar os óculos. Seu coração martelava de felicidade. Depois de alarme. Hoje era quarta-feira? Ela havia perdido sua oportunidade?

Ouvira, sem prestar atenção, Peter batendo panelas e chutando tigelas de comida de cachorro, tirando-as do caminho, enquanto se dirigia para a porta interna. Agora o ouvia voltar.

— Que dia é hoje? — perguntou ela.

Peter colocou a panela grande que carregava, silvando, no fogo.

— Eu digo se você me disser onde ele guarda o sabão — disse ele.

— Que chato você! — replicou Charmain. — Está na despensa, em uma sacola com o rótulo de alguma coisa como Caninitis. Agora, que dia é hoje?

— Panos de prato — disse Peter. — Primeiro me diga onde ficam os panos de prato. Sabia que tem mais duas sacolas de roupa suja na despensa agora?

— Não sei onde tem panos de prato — afirmou Charmain. — Que dia é hoje?

— Primeiro os panos de prato — insistiu Peter. — Ele não me responde quando pergunto.

— Ele não sabia que você viria — disse Charmain. — Já é quarta-feira?

— Não vejo por que ele não saberia — observou Peter. — Ele recebeu minha carta. Pergunte pelos panos de prato.

Charmain suspirou.

— Tio-avô William — disse ela —, este garoto estúpido quer saber onde estão os panos de prato, por favor.

A voz gentil respondeu:

— Sabe, minha querida, eu quase esqueci dos panos de prato. Eles estão na gaveta da mesa.

— É terça-feira — disse Peter, puxando a gaveta com força, o que a fez abrir quase na barriga de Charmain. Enquanto pegava punhados de panos de prato, ele continuou: — Sei que deve ser terça porque saí de casa no sábado e levei três dias para andar até aqui. Satisfeita?

— Obrigada — disse Charmain. — É muita gentileza sua. Então receio que eu tenha de ir à cidade amanhã. Devo ficar fora o dia todo.

— Então não é uma sorte que eu esteja aqui para tomar conta da casa para você? — perguntou Peter. — Aonde você vai?

— O rei me pediu que fosse até lá ajudá-lo — informou Charmain, com grande dignidade. — Leia isto, se não acredita em mim.

Peter pegou a carta e a examinou.

— Entendo — disse ele. — Você combinou estar em dois lugares ao mesmo tempo. Ótimo para você. Então você pode muito bem me ajudar a lavar esta louça *agora*, enquanto a água está quente.

— Por quê? Eu não a sujei — replicou Charmain, guardando a carta no bolso e se levantando. — Vou até o jardim.

— Não fui eu tampouco quem a sujou — disse Peter. — E foi o seu tio que deixou os *kobolds* chateados.

Charmain passou por ele em direção à sala de estar.

— Você não tem nada de respeitável! — gritou Peter atrás dela. — Você só é preguiçosa.

Charmain não lhe deu atenção e seguiu para a porta da frente. Desamparada a seguiu, alvoroçando-se em torno de seus tornozelos, mas Charmain estava aborrecida demais com Peter para se importar com Desamparada.

— Sempre criticando! — exclamou ela. — Ele não parou de fazer isso desde que chegou aqui. Como se *ele* fosse perfeito! — disse ela enquanto abria a porta da frente.

Ela arquejou. Os *kobolds* tinham andado ocupados. Muito ocupados e muito rápidos. Verdade seja dita, eles não haviam arrancado as plantas porque ela lhes dissera que não o fizessem, mas haviam cortado cada flor cor-de-rosa e a maior parte das cor de malva e brancas. O caminho estava coberto com cachos de flores de hortênsia cor-de-rosa e lilás, e ela podia ver que havia mais além dos arbustos. Charmain soltou um grito, afrontada, e correu para catá-las.

— Preguiçosa, eu? — murmurou ela enquanto recolhia os buquês de hortênsia em sua saia. — Ah, *pobre* tio-avô William! Que confusão! Ele *gostava* delas de todas as cores. Ah, aqueles *monstrinhos* azuis!

Foi despejar as flores colhidas na mesa diante da janela do estúdio e descobriu uma cesta encostada na parede. Ela a pegou e levou para o meio dos arbustos. Enquanto Desamparada saltitava, resfolegava e farejava à sua volta, Charmain recolhia os cachos de hortênsias arrancados, enchendo a cesta várias vezes. Ela riu um tanto maldosa ao descobrir que os *kobolds* nem sempre tinham certeza de quais eram azuis. Eles haviam deixado a maior parte das esverdeadas e algumas cor de lavanda, e aparentemente com um dos arbustos tiveram grande dificuldade, pois as flores em todos os cachos eram cor-de-rosa no meio e azuis na parte externa. A julgar pelo número de minúsculas pegadas em torno desse arbusto, tinham feito uma reunião sobre o assunto. No fim, haviam decepado as flores de metade do arbusto e deixado as outras.

— Estão vendo? Não é assim tão fácil — disse Charmain em voz alta, para o caso de haver algum *kobold* ali por perto. — E o que vocês fizeram foi vandalismo, e espero que estejam envergonhados.

Ela carregou a última cesta cheia de flores para a mesa, repetindo "Vândalos. Delinquentes. Monstrinhos", na esperança de que Rollo pelo menos estivesse em algum lugar ouvindo.

Alguns dos cachos maiores tinham caules bastante longos. Charmain reuniu estes em um grande ramalhete cor-de-rosa, malva e branco-esverdeado e espalhou o restante sobre a mesa para secar ao sol. Ela lembrou-se de ter lido em algum lugar que as hortênsias secas ao sol conservavam a cor e eram ótimas para usar na decoração no inverno. O tio-avô William ficaria feliz com estas, ela pensou.

— Então, como se vê, sentar-se e ler muito é útil! — anunciou ela para o ar. A essa altura, porém, sabia que estava tentando se justificar para o mundo... se não para Peter... porque havia ficado impressionadíssima consigo mesma por receber uma carta do rei. — Então, está bem — disse ela. — Venha, Desamparada.

Desamparada seguiu Charmain até a casa, mas recuou diante da porta da cozinha, tremendo. Charmain entendeu o porquê quando entrou na cozinha e Peter ergueu os olhos de sua panela fumegante. Ele encontrara um avental em algum lugar e arrumara toda a louça em pilhas organizadas pelo chão. Lançou um olhar de mágoa a Charmain.

— Muito próprio das mulheres — disse ele. — Eu peço a sua ajuda na limpeza e você vai colher flores!

— Não foi bem assim — replicou ela. — Aqueles abomináveis *kobolds* cortaram todas as flores cor-de-rosa.

— Cortaram? — espantou-se Peter. — Isso é péssimo! Seu tio vai ficar aborrecido quando voltar para casa, não é? Você pode pôr suas flores naquela travessa onde estão os ovos.

Charmain olhou para o prato de torta cheio de ovos apertado ao lado de uma grande sacola de sabão em pó, entre os bules de chá sobre a mesa.

— E onde colocamos os ovos? Só um momento. — Ela foi para o banheiro e colocou as hortênsias na cuba da pia. Estava sinistramente úmido e escorregadio ali, mas Charmain preferiu não pensar no assunto. Voltou à cozinha e disse: — Agora vou nutrir os arbustos de hortênsia esvaziando estes bules de chá neles.

— Bela tentativa — disse Peter. — Isso vai lhe tomar algumas horas. Acha que esta água já está quente?

— Só fumegante — respondeu Charmain. — Acho que precisa borbulhar. E não vai me tomar horas. Observe. — Ela escolheu duas panelas grandes e começou a esvaziar os bules dentro delas. — Existem algumas vantagens em ser preguiçosa, você sabe — ela ia dizendo quando percebeu que, assim que esvaziava um bule e o colocava em cima da mesa, ele desaparecia.

— Deixe um para nós — pediu Peter, ansioso. — Eu gostaria de beber algo quente.

Charmain pensou nisso e, com cuidado, colocou o último bule na cadeira. Ele desapareceu também.

— Ah, puxa — disse Peter.

Como ele estava obviamente tentando não ser tão hostil, Charmain disse:

— Podemos tomar o chá da tarde na sala depois que eu tiver esvaziado estas panelas. E minha mãe trouxe outra bolsa de comida quando veio.

Peter animou-se visivelmente.

— Então podemos fazer uma refeição decente quando tivermos terminado a limpeza — disse ele. — Vamos terminar isto primeiro, não adianta reclamar.

E ele envolveu Charmain na tarefa, apesar dos protestos dela. Assim que ela voltou do jardim, Peter veio e tirou o livro de suas mãos e a presenteou com um pano para amarrar na cintura. Então a levou até a cozinha, onde o horrível e misterioso processo teve início. Peter enfiou outro pano em suas mãos.

— Você tira o resto da comida e eu lavo — disse Peter, erguendo a panela fumegante do fogo e despejando metade da água quente no sabão em pó salpicado dentro da pia. Em seguida, levantou um balde de água fria retirada com a bomba e também despejou metade na pia.

— Por que está fazendo isso? — perguntou Charmain.

— Para não me queimar — respondeu Peter, mergulhando facas e garfos na mistura, e logo depois uma pilha de pratos. — Você não sabe *nada*?

— Não — disse Charmain. Ela pensou com irritação que nem um único dos muitos livros que ela lera sequer mencionara lavagem de louças, muito menos explicara como fazê-lo. Ela ficou observando enquanto Peter limpava com um pano de prato restos muito, muito velhos de comida de um prato decorado. O prato surgiu limpo e brilhando na espuma de sabão. Charmain até gostou do desenho e estava quase inclinada a acreditar que isso era magia. Observou Peter mergulhar o prato em outro balde para enxaguá-lo. Então ele o entregou a Charmain.

— O que eu faço com isso? — perguntou ela.

— Seque — disse ele. — Depois faça uma pilha sobre a mesa.

Charmain tentou. O negócio todo, que era horrível, levou séculos. O pano mal absorvia a água e o prato ficava escorregando de suas mãos o tempo todo. Ela era tão mais lenta em enxugar do que Peter em lavar que ele não demorou a ter uma pilha de pratos escorrendo ao lado da pia e começou a ficar impaciente. Naturalmente, a essa altura, o prato de desenho mais bonito escorregou das mãos de Charmain e caiu no chão. Diferentemente dos estranhos bules de chá, ele quebrou.

— Oh — disse Charmain, fitando os cacos. — Como se conserta isso?

Peter revirou os olhos.

— Não se conserta — disse ele. — Só tome cuidado para não deixar outro cair. — Ele recolheu os cacos do prato e os jogou dentro de outro balde. — *Eu* vou enxugar agora. Você tenta lavar, ou vamos ficar aqui o dia todo. — Deixou a água agora marrom escoar da pia, recolheu facas, garfos e colheres que estavam ali, e colocou-os no balde de enxágue. Para surpresa de Charmain, agora todos pareciam limpos e brilhantes.

Enquanto observava Peter encher a pia novamente com mais sabão e água quente, ela decidiu, mal-humorada mas muito racionalmente, que Peter escolhera a parte mais fácil do trabalho.

Logo descobriu que estava errada. Não era nada fácil. Ela levou séculos em cada peça de louça, e no processo encharcou a frente de sua roupa. E Peter ia devolvendo-lhe pratos e xícaras, pires e canecas, dizendo que ainda estavam sujos. Tampouco ele a deixou lavar qualquer das muitas tigelas de cachorro até que a louça humana estivesse limpa. Charmain achou que era muita maldade dele. Desamparada havia lambido cada uma delas tanto que Charmain sabia que seriam mais fáceis de lavar do que qualquer outra coisa. Então, para completar, ela ficou horrorizada ao ver que suas mãos estavam saindo da espuma de sabão vermelhas e cobertas por estranhas rugas.

— Eu devo estar doente! — exclamou ela. — Estou com uma terrível doença de pele!

Ela ficou aborrecida e ofendida quando Peter riu dela.

Mas finalmente o horrível trabalho chegou ao fim. Charmain, com a roupa molhada e as mãos enrugadas, dirigiu-se amuada para a sala, a fim de ler *A varinha de doze ramos* à luz oblíqua do sol poente, deixando a Peter a tarefa de empilhar a louça limpa na despensa. A essa altura, sentia que poderia enlouquecer se não se sentasse e lesse um pouco. *Eu mal li uma palavra durante todo o dia*, ela pensou.

Peter a interrompeu cedo demais ao entrar na sala com um vaso que encontrara e enchera com as hortênsias, pousando-o na mesa diante dela.

— Onde está aquela comida que você disse que sua mãe trouxe? — perguntou ele.

— O quê? — perguntou Charmain, olhando-o por entre a folhagem.

— Eu disse *comida* — respondeu Peter.

Desamparada o apoiou encostando-se nas pernas de Charmain e gemendo.

— Ah — disse Charmain. — Sim. Comida. Você pode comer um pouco se prometer não sujar um só prato.

— Está tudo bem — disse Peter. — Estou com tanta fome que poderia lamber a comida no tapete.

Assim, relutante, Charmain parou de ler e arrastou a bolsa de comida de trás da poltrona, e os três comeram vários dos deliciosos pastéis do Sr. Baker, seguidos duas vezes pelo chá da tarde do carrinho. Durante essa enorme refeição, Charmain colocou o vaso de hortênsias no carrinho, para que ficasse fora do caminho. Quando tornou a olhar para lá, as flores haviam desaparecido.

— Para onde será que foram? — perguntou Peter.

— Você pode se sentar no carrinho e descobrir — sugeriu Charmain.

Mas Peter não estava disposto a ir tão longe, para decepção de Charmain. Enquanto ela comia, tentava pensar em meios de persuadir Peter a ir embora, a voltar para Montalbino. Não que ela desgostasse dele de todo. Era só irritante dividir a casa com ele. E ela sabia, tão nitidamente quanto se Peter lhe tivesse dito, que a próxima coisa que ele ia obrigá-la a fazer seria tirar as roupas sujas daquelas sacolas e lavá-las. A ideia de lavar mais coisas a fez estremecer.

Pelo menos, pensou, eu não vou estar aqui amanhã, então ele não pode me obrigar a fazer isso.

De repente, sentiu-se extremamente nervosa. Ela iria ver o rei. Fora totalmente insensata ao escrever para ele, e agora teria de ir vê-lo. Seu apetite desapareceu. Ela ergueu os olhos do último bolinho com creme e viu que já estava escuro lá fora. A iluminação mágica já fora acionada dentro da casa, enchendo a sala com o que parecia uma luz do sol dourada, mas as janelas estavam escuras.

— Eu vou para a cama — anunciou ela. — Tenho um longo dia amanhã.

— Se esse seu rei tiver algum bom senso — disse Peter —, vai colocá-la para fora de lá assim que a vir. Então você pode voltar para cá e lavar a roupa.

Como essas duas coisas eram exatamente o que Charmain temia, ela não respondeu. Simplesmente apanhou *Memórias de um exorcista*, para uma leitura leve, caminhou com ele até a porta e virou à esquerda, para onde ficavam os quartos.

CAPÍTULO SETE
No qual várias pessoas chegam à Mansão Real

Charmain teve uma noite bastante agitada. Em parte, certamente por causa das *Memórias de um exorcista*, cujo autor havia se ocupado de muitas assombrações e aberrações, todas descritas por ele de uma forma prosaica que não deixava a Charmain qualquer dúvida de que os fantasmas eram de todo reais e, principalmente, muito desagradáveis. Ela passou grande parte da noite tremendo e desejando saber como acender a luz.

Parte da agitação também se devia a Desamparada, que estava certa de que tinha o direito de dormir no travesseiro de Charmain.

A maior parte da perturbação, porém, era nervosismo, puro e simples, e o fato de que Charmain não tinha como saber as horas. Ela ficava acordando, pensando: E se eu perder a hora? Acordou ao amanhecer, ouvindo pássaros gorjeando em algum lugar, e quase decidiu levantar-se então. Mas, de alguma forma, voltou a adormecer e, quando acordou, era já dia claro.

— Socorro! — ela gritou e jogou as cobertas para longe, acidentalmente atirando Desamparada no chão também. Cambaleou pelo quarto para encontrar as roupas que havia separado para a ocasião. Enquanto vestia sua melhor saia verde, finalmente lhe ocorreu a coisa sensata a fazer. — Tio-avô William — chamou ela —, como posso saber que *horas* são?

— Basta dar um tapinha em seu punho esquerdo — replicou a voz gentil — e dizer "horas", minha querida. — Charmain percebeu que a voz estava mais incerta e fraca do que antes. Ela esperava que fosse porque o feitiço estivesse enfraquecendo, e não que o tio-avô William estivesse ficando, ele mesmo, mais fraco, onde quer que estivesse.

— Horas? — disse ela, dando o tapinha.

Esperava ouvir uma voz, ou mais provavelmente que um relógio aparecesse. As pessoas na Alta Norlanda eram loucas por relógios. Sua própria casa tinha 17 deles, inclusive um no banheiro. Ela ficara vagamente surpresa com o fato de que o tio-avô William aparentemente não tivesse um relógio cuco em nenhum lugar, mas percebeu a razão para isso quando o que aconteceu foi que ela simplesmente *soube* a hora. Oito horas.

— E vou levar pelo menos uma hora para andar até lá! — arquejou, enfiando os braços em sua melhor blusa de seda enquanto corria para o banheiro.

Estava mais nervosa do que nunca ao arrumar os cabelos. Seu reflexo — com água escorrendo por ele por algum motivo — parecia terrivelmente jovem com o cabelo preso em um rabo de cavalo cor de ferrugem caindo sobre o ombro. Ele vai saber que sou apenas uma estudante, ela pensou. Mas não havia tempo para ficar se preocupando com isso. Charmain saiu correndo do banheiro e passou pela mesma porta à esquerda, entrando apressada na cozinha quente e arrumada.

Havia agora cinco sacolas de roupa suja encostadas à pia, mas Charmain não perdeu tempo com isso. Desamparada veio correndo ao encontro dela, ganindo pateticamente, e correu de volta para a lareira, onde o fogo ainda queimava alegremente. Charmain estava prestes a dar uma batidinha no console e pedir o café da manhã quando percebeu o problema de Desamparada. A cadelinha era agora pequena demais para fazer com que a cauda batesse na lareira. Assim, Charmain bateu e disse "Comida de cachorro, por favor" antes de pedir o café da manhã para si mesma.

Sentada à mesa tomando, apressada, seu café da manhã, enquanto Desamparada limpava energicamente a tigela de cachorro aos seus pés, Charmain não podia deixar de pensar de má vontade que era muito melhor ter a cozinha limpa e arrumada. Suponho que Peter tenha sua utilidade, pensou ela, servindo-se de uma última xícara de café. Mas então sentiu que deveria dar uma batidinha no pulso outra vez. E soube que agora faltavam seis minutos para as nove. Assim, levantou-se de um salto, em pânico.

— Por que levei *tanto* tempo? — perguntou em voz alta, e correu de volta ao quarto para pegar o casaco.

Talvez porque estivesse vestindo o casaco enquanto corria, de alguma forma ela virou na direção errada ao passar pela porta e se viu em um lugar muito peculiar. Era uma sala comprida e estreita, com canos correndo por toda parte e, no meio, um tanque grande e gotejante, misteriosamente coberto por peles azuis.

— Ah, *droga!* — exclamou Charmain, e voltou pela porta.

Então, viu-se novamente na cozinha.

— Pelo menos daqui eu sei o caminho — disse, correndo para a sala e saindo em disparada pela porta da frente. Lá fora, ela quase tropeçou em um jarro de leite que devia destinar-se a Rollo. — E ele nem *merece!* — exclamou enquanto batia a porta da frente.

Atravessou o caminho correndo entre as hortênsias decapitadas e saiu pelo portão, que se fechou com um estrondo atrás dela. Então, Charmain desacelerou, porque era tolice correr as muitas milhas até a Mansão Real, mas seguiu pela estrada com passo enérgico, e acabara de chegar à primeira curva quando o portão do jardim se fechou novamente com um estrondo atrás dela. Charmain olhou para trás. Desamparada corria atrás dela, indo o mais rápido que suas perninhas lhe permitiam. Charmain suspirou e marchou de volta em direção a ela. Vendo-a voltar, Desamparada fazia piruetas, encantada, e emitia pequenos guinchos de prazer.

— Não, Desamparada — disse Charmain. — Você não pode vir. Volte para casa. — Apontou severamente na direção da casa do tio-avô William. — *Casa!*

Desamparada baixou ambas as orelhas, sentou-se e choramingou.

— Não! — ordenou Charmain, apontando novamente. — *Volte para casa!*

Desamparada jogou-se no chão e se transformou em um infeliz bolo de pelos brancos, abanando apenas a pontinha da cauda.

— Ah, *francamente!* — exclamou Charmain. E como Desamparada parecesse decidida a não arredar pé do meio da estrada, Charmain foi forçada a pegá-la no colo e correr para a casa do tio-avô William com ela. — Eu *não* posso levar você comigo — explicou, sem fôlego, enquanto prosseguiam. — Tenho de ir ver o rei, e as pessoas não *levam* cachorros para ver o rei. — Ela abriu o portão da frente e deixou Desamparada no caminho do jardim. — Pronto. Agora, *fique* aí!

Fechou o portão na cara acusadora de Desamparada e tomou a estrada novamente. Enquanto seguia, deu uma batidinha ansiosa no pulso e disse:

— Horas?

Mas estava fora dos domínios do tio-avô William e o feitiço não funcionou. Tudo que Charmain sabia era que estava ficando tarde. Pôs-se a andar com passo apressado.

Atrás dela, o portão bateu novamente. Charmain olhou para trás e viu Desamparada mais uma vez correndo atrás dela.

Charmain gemeu, fez meia-volta, correu ao encontro de Desamparada, pegou-a no colo e tornou a colocá-la atrás do portão.

— Agora seja uma boa cadelinha e *fique* aí! — arfou, afastando-se apressada de novo.

O portão bateu mais uma vez e Desamparada veio correndo de novo atrás dela.

— Eu vou gritar! — exclamou Charmain. Voltou e largou Desamparada atrás do portão pela terceira vez. — *Fique* aí, sua cachorrinha tola! — Dessa vez partiu na direção da cidade correndo.

Atrás dela, o portão bateu ainda outra vez. Minúsculos passinhos ressoavam na estrada.

Charmain fez meia-volta e correu na direção de Desamparada, gritando:

— Ah, diabos a levem, Desamparada! Eu vou chegar *atrasada*! — Dessa vez ela apanhou Desamparada e a carregou na direção da cidade, arquejando: — Muito bem. Você venceu. Vou ter de levar você porque senão vou chegar atrasada, mas eu não *quero* você! Não entende?

Desamparada estava encantada. Esticou-se e lambeu o queixo de Charmain.

— Pare com isso — disse Charmain. — Não estou feliz. Eu odeio você, que é um verdadeiro incômodo. Fique quieta ou largo você.

Desamparada aquietou-se nos braços de Charmain com um suspiro de contentamento.

— Grrr! — rosnou Charmain, enquanto corria pela estrada.

Ela tivera a intenção de, ao contornar o imenso bojo do precipício, olhar para o alto, para o caso de o luboque querer saltar sobre ela da campina acima, mas a essa altura estava tão apressada que se esqueceu por completo dele e simplesmente continuou em seu passo apressado. E, para sua grande surpresa, quando fez a curva, a cidade estava praticamente diante dela. Não se lembrava de que era tão perto assim. Havia casas e torres, rosadas e cintilantes no sol da manhã, apenas alguns metros adiante. Acho que a charrete de tia Semprônia esticou bastante a viagem, pensou Charmain quando alcançava as primeiras casas.

A estrada atravessava o rio e se tornava uma rua urbana. Charmain achava que se lembrava de que esta ponta da cidade era um tanto rústica e desagradável e continuou sua marcha apressada e nervosa. Mas, embora a maior parte das pessoas por quem passava aparentasse ser bem pobre, nenhuma delas pareceu notar Charmain particularmente — ou, se notavam, era apenas Desamparada, espiando tudo, animada, nos braços de Charmain.

— Que cachorro bonitinho — observou uma mulher carregando fieiras de cebolas para vender, quando Charmain passou por ela.

— *Monstrinho* bonitinho — replicou Charmain. A mulher a olhou, surpresa. Desamparada se contorceu, protestando. — Sim, você é sim — disse-lhe Charmain, no momento em que alcançaram uma área com ruas mais largas e casas mais elegantes. — Você é impertinente e chantagista, e, se eu chegar atrasada por sua causa, nunca vou perdoá-la.

Quando alcançaram o mercado, o grande relógio na prefeitura bateu 10 horas. E Charmain de repente se viu passando da situação de ter de correr à de se perguntar como ia esticar uma caminhada de dez minutos por meia hora. A Mansão Real ficava praticamente na outra esquina. Pelo menos ela poderia ir mais devagar e se refrescar. A essa altura, o sol já havia atravessado a névoa das montanhas e, com isso — e mais o calor do corpo de Desamparada —, Charmain sentia-se decididamente morrendo de calor. Ela tomou um desvio ao longo da esplanada que seguia acima do rio, correndo rápida e esbaforida em seu caminho para o grande vale além da cidade, e começou a passear. Três de suas livrarias prediletas ficavam nessa rua. Ela abriu caminho em meio a outras pessoas que também passeavam e olhou avidamente para as vitrines.

— Que gracinha de cachorro — várias pessoas diziam quando ela passava.

— Hum! — exclamou Charmain para Desamparada. — *Eles* não sabem de nada!

Chegou à Praça Real no instante em que o grande relógio que havia ali começava a soar a meia hora. Charmain estava satisfeita. Mas, ao cruzar a praça sob o repicar do relógio, por algum motivo, ela não se sentia mais satisfeita, nem sentia mais calor. Estava com frio e sentindo-se pequena e insignificante. Sabia que fora idiota em vir. Era uma tola. Eles poriam os olhos nela e a mandariam embora. O vislumbre das telhas douradas do telhado da Mansão Real desencorajou-a por completo. O que a reconfortou foi a língua pequena e quente de Desamparada lhe lambendo o queixo outra vez. Quando começou a subir os degraus em direção à pesada porta de entrada da Mansão, estava tão nervosa que quase deu meia-volta e saiu correndo.

Então, disse com firmeza a si mesma que isso era o que ela mais queria fazer no mundo — mesmo que eu não tenha certeza de que quero agora, ela pensou. E todo mundo *sabe* que aquelas telhas são apenas estanho enfeitiçado para *parecer* ouro!, acrescentou, erguendo a enorme aldrava pintada de ouro, e corajosamente martelou a porta. Então seus joelhos ameaçaram vergar sob o corpo e ela se perguntou se *conseguiria* sair correndo. Ficou ali de pé tremendo e agarrando Desamparada com força.

A porta foi aberta por um criado muito, muito velho. Provavelmente o mordomo, pensou Charmain, perguntando-se onde já tinha visto aquele senhor. Devo ter passado por ele na cidade, a caminho da escola, pensou.

— Hã... — começou ela. — Eu sou Charmain Baker. O rei me mandou uma carta... — Liberou uma das mãos que segurava Desamparada para pegar a carta no bolso, mas, antes que pudesse alcançá-la, o velho mordomo abriu de todo a porta.

— Por favor, entre, Srta. Charme — disse ele numa voz velha e trêmula. — Sua Majestade a espera.

Charmain se viu entrando na Mansão Real com pernas que bamboleavam quase tanto quanto as do velho mordomo. Ele estava tão encurvado pela idade que seu rosto ficou nivelado com o de Desamparada quando Charmain passou, vacilante, por ele.

Ele a deteve com a mão trêmula.

— Por favor, segure bem o cachorrinho, senhorita. Não seria bom ele perambular por aqui.

Charmain pegou-se tagarelando.

— Eu espero sinceramente que não haja problema por eu tê-la trazido. Ela ficou me seguindo, sabe, e no fim eu tive de pegá-la e trazê-la ou teria ficado...

— Está tudo bem, senhorita — disse o mordomo, fechando a grande porta. — Sua Majestade gosta muito de cães. De fato, ele já foi mordido várias vezes tentando fazer amizade com... Bem, o fato, senhorita, é que o nosso cozinheiro *rajpuhti* tem um cão que não é absolutamente uma criatura simpática. Ele tem a fama de matar outros cães quando invadem seu território.

— Oh, céus — disse Charmain, debilmente.

— Precisamente — replicou o velho mordomo. — Queira, por gentileza, me seguir, senhorita.

Desamparada contorceu-se nos braços de Charmain porque esta a estava apertando muito enquanto seguia o mordomo por um amplo corredor de pedra. Era frio dentro da mansão e um tanto escuro. Charmain ficou surpresa ao descobrir que não havia ornamentos em nenhuma parte e praticamente nenhum indício de grandeza real, a menos que se contassem um ou dois quadros grandes e pardos em molduras douradas sujas. Havia grandes quadrados pálidos nas paredes a certos intervalos, de onde quadros tinham sido retirados, mas Charmain, a essa altura, estava tão nervosa que nem pensou no assunto. Ela simplesmente foi ficando mais fria e mais magra e cada vez mais insignificante até que sentiu que devia estar do tamanho de Desamparada.

O mordomo parou e empurrou uma pesada porta de carvalho, que se abriu, rangendo.

— Vossa Majestade, a Srta. Charme Baker — anunciou ele. — E seu cão. — Então se afastou, trêmulo.

Charmain conseguiu entrar, tremendo, na sala. Os tremores devem ser contagiosos!, ela pensou, e não ousou fazer uma mesura, temendo que seus joelhos fraquejassem.

A sala era uma ampla biblioteca. Estantes de livros sombrias e encardidas estendiam-se em ambas as direções. O cheiro de livros antigos, que Charmain normalmente amava, era quase asfixiante. Diretamente à frente dela, estava uma imensa mesa de carvalho, com pilhas enormes de livros e documentos antigos e amarelados, e alguns mais novos, mais brancos, na extremidade mais próxima. Havia três grandes cadeiras entalhadas nessa mesma ponta, arrumadas em torno de um pequeno fogareiro a carvão em uma cesta de ferro. A cesta estava em uma espécie de bandeja de ferro, que, por sua vez, se encontrava sobre um tapete quase gasto. Duas pessoas idosas estavam sentadas em duas das cadeiras entalhadas. Uma era um homem velho e grande, com uma barba branca bem aparada e — Charmain notou quando ousou fitá-lo — olhos azuis enrugados e bondosos. Ela sabia que aquele deveria ser o rei.

— Venha aqui, minha querida — ele a chamou —, e sente-se. Ponha o cachorrinho no chão, perto da lareira.

Charmain conseguiu fazer o que o rei disse. Desamparada, para seu alívio, parecia dar-se conta de que deveria se comportar ali de maneira exemplar. Sentou-se, circunspecta, no tapete e abanou a cauda educadamente. Charmain sentou-se na ponta da poltrona entalhada, completamente trêmula.

— Deixe-me apresentar-lhe minha filha — disse o rei. — Princesa Hilda.

A Princesa Hilda também era velha. Se Charmain não soubesse que ela era a filha do rei, teria pensado que a princesa e o rei tinham a mesma idade. A principal diferença entre eles era que a princesa parecia duas vezes mais majestosa do que ele. Era corpulenta, como o pai, com cabelos grisalhos bem penteados e um terno de *tweed*, cor de *tweed*, tão sem enfeites que Charmain soube que se tratava de um traje altamente aristocrático. Seu único ornamento era um anel grande na mão envelhecida e coberta de veias.

— Que cachorrinha encantadora — disse ela, numa voz firme e franca. — Qual o nome dela?

— Desamparada, Vossa Alteza — balbuciou Charmain.

— E você a tem há muito tempo? — perguntou a princesa.

Charmain percebeu que a princesa estava puxando assunto a fim de deixá-la à vontade, e isso a fez ficar mais nervosa ainda.

— Não... hã... é... — gaguejou. — A verdade é que ela é perdida. Ou... hã... o tio-avô William disse que era. E ele não deve tê-la há muito tempo, porque ele não sabia que ela era... hã... uma ca... hã... uma menina. William Norland, vocês sabem. O mago.

O rei e a princesa disseram ao mesmo tempo:

— Ah!

E o rei continuou:

— Quer dizer que você é parente do Mago Norland, minha querida?

— Um grande amigo nosso — acrescentou a princesa.

— Eu... hã... Na verdade, ele é tio-avô da minha tia Semprônia — confessou Charmain.

De alguma forma, a atmosfera tornou-se mais informal. O rei disse, um tanto saudoso:

— Suponho que você ainda não tenha notícias de como o Mago Norland está.

Charmain balançou a cabeça;

— Receio que não, Vossa Majestade, mas ele parecia mesmo muito doente quando os elfos o levaram.

— Não é de se estranhar — afirmou a princesa Hilda. — Pobre William. Agora, Srta. Baker...

— Ah... ah... por favor, me chame de Charmain — gaguejou ela.

— Muito bem — concordou a princesa. — Mas agora precisamos ir direto ao assunto, criança, pois terei de deixá--los em breve para cuidar do meu primeiro convidado.

— Minha filha reservou cerca de uma hora — disse o rei — para lhe explicar o que fazemos aqui na biblioteca e qual a melhor forma de você nos ajudar. Isso porque deduzimos por sua letra que você não tinha muita idade... o que vemos que é o caso... e, portanto, provavelmente é inexperiente. — Ele dirigiu a Charmain o mais encantador dos sorrisos. — Estamos mesmo muito gratos a você por sua oferta de ajuda, minha querida. Ninguém jamais pensou na possibilidade de precisarmos de ajuda.

Charmain sentiu o rosto queimar. Ela sabia que estava enrubescendo horrivelmente.

— É um prazer, Vossa... — foi o que conseguiu murmurar.

— Leve sua cadeira até a mesa — interrompeu a princesa Hilda — e vamos ao trabalho.

Enquanto Charmain se levantava e arrastava a pesada poltrona, o rei disse amavelmente:

— Esperamos que você não sinta muito calor aqui com o braseiro ao seu lado. Pode ser verão, mas nós, os velhos, sentimos frio.

Charmain ainda estava congelada com o nervosismo.

— Em absoluto, senhor — disse ela.

— E Desamparada pelo menos está feliz — disse o rei, apontando um dedo nodoso para ela.

Desamparada se deitara de costas com as quatro patas no ar e se aquecia no calor do braseiro. Parecia bem mais feliz do que Charmain.

— Ao trabalho, pai — disse a princesa severamente.

Pegou os óculos pendurados em uma corrente no pescoço e os apoiou em seu aristocrático nariz. O rei pegou um pincenê. Charmain apanhou seus próprios óculos. Se não estivesse tão nervosa, teria tido vontade de rir da maneira como todos eles tinham de fazer isso.

— Bem — disse a princesa —, temos nesta biblioteca livros, documentos e rolos de pergaminho. Depois de toda uma vida de trabalho, papai e eu conseguimos listar cerca de metade dos livros... por título e nome do autor... e atribuímos a cada um deles um número, junto a um breve relato do conteúdo de cada livro. Papai vai continuar fazendo isso, enquanto você se responsabiliza por minha principal tarefa, que é catalogar documentos e pergaminhos. Mas temo que eu mal tenha dado a partida aqui. Eis a minha lista. — Ela abriu uma pasta grande cheia de folhas de papel cobertas com uma caligrafia fina e elegante, e espalhou uma série delas diante de Charmain. — Como você vê, tenho várias categorias: Cartas de Família, Contas Domésticas, Relatos Históricos, e assim por diante. Sua tarefa é examinar cada pilha de papel e determinar exatamente o que cada folha contém. Você então escreve uma descrição na categoria apropriada e, em seguida, põe o papel cuidadosamente em uma dessas caixas etiquetadas. Até aqui entendido?

Charmain, inclinando-se para a frente a fim de olhar as listas elegantemente escritas, temia parecer estúpida.

— O que eu faço — perguntou ela — se encontrar um papel que não se encaixe em nenhuma de suas categorias, senhora?

— Uma pergunta muito boa — disse a princesa Hilda.

— Esperamos que você encontre um grande número de coisas que não se enquadram. Quando isso acontecer, consulte meu pai imediatamente, para o caso de o documento ser importante. Se não for, coloque-o na caixa etiquetada Miscelânea. Bem, aqui está seu primeiro maço de documentos. Vou ficar observando enquanto você os classifica para ver como se sai. Aqui está o papel para sua lista. A pena e a tinta estão aqui. Por favor, comece. — Ela empurrou para a frente de Charmain um pacote de cartas pardo e desgastado, atado com fita cor-de-rosa, e recostou-se para observar.

Nunca vi nada tão chato!, pensou Charmain. Trêmula, desfez o nó cor-de-rosa e tentou espalhar um pouco as cartas.

— Pegue cada uma pelos cantos opostos — disse a princesa Hilda. — Não empurre.

Ah, céus!, pensou Chairman. Olhou de lado para o rei, que havia apanhado um livro com capa de couro de aparência murcha e macia e o folheava com cuidado. Era o que eu esperava fazer, pensou. Então suspirou e cuidadosamente abriu a primeira carta amarelada e quebradiça.

— Minha querida, esplêndida, maravilhosa amada — ela leu. — Sinto sua falta tão terrivelmente... — Hã — disse para a princesa Hilda —, tem uma caixa específica para cartas de amor?

— Tem, de fato — disse a princesa. — Esta aqui. Registre a data e o nome da pessoa que a escreveu... Quem foi, por falar nisso?

Charmain olhou no fim da carta.

— Hum, aqui diz "Grande Golfinho".

Tanto o rei quanto a princesa disseram "Ora!" e riram, o rei com mais entusiasmo.

— Então é do meu pai para a minha mãe — afirmou a princesa Hilda. — Minha mãe morreu faz muitos anos. Mas não ligue para isso. Registre na sua lista.

Charmain olhou para o estado amarelado e quebradiço do papel e pensou que devia ser de *muitos* anos atrás. Ficou surpresa que o rei não parecesse se importar que ela as lesse, mas nem ele nem a princesa pareciam preocupados com isso. Talvez as pessoas da realeza sejam diferentes, ela pensou, olhando a carta seguinte, que começava assim: "Querida fofinha e gorduchinha." Ah, pois bem! Ela seguiu com sua tarefa.

Algum tempo depois, a princesa se levantou e empurrou a cadeira, arrumando-a junto à mesa.

— Parece bastante satisfatório — disse. — Eu preciso ir. Minha convidada vai chegar logo. Ainda lamento não ter chamado o marido dela também, pai.

— Fora de questão, minha querida — disse o rei, sem erguer os olhos das anotações que estava fazendo. — Invasão de propriedade. Ele é o mago real de outro reino.

— Ah, eu sei — disse a princesa Hilda. — Mas eu também sei que Ingary tem *dois* magos reais. E nosso pobre William está doente e pode até estar morrendo.

— A vida nunca é justa, minha querida — replicou o rei, ainda escrevendo sem parar com sua pena. — Além disso, William não teve mais êxito do que nós.

— Também estou ciente disso, pai — disse a princesa Hilda saindo da biblioteca. A porta fechou-se com um ruído surdo atrás dela.

Charmain curvou-se sobre sua próxima pilha de papéis, tentando fingir que não estivera ouvindo. Parecia um assunto particular. Essa pilha de papéis estava amarrada havia tanto tempo que cada folha havia grudado na seguinte, seca e escurecida, como o ninho de vespa que Charmain certa vez encontrara no sótão de casa. Ela teve muito trabalho tentando separar as camadas de papel.

— Hã-hã — disse o rei. Charmain ergueu os olhos e viu que ele estava sorrindo para ela, com a pena parada no ar, e deu uma piscadela de lado por cima dos óculos. — Vejo que você é uma jovem muito discreta — disse ele. — E deve ter deduzido da conversa que acabamos de ter que nós... e seu tio-avô junto conosco... estamos procurando coisas muito importantes. Os tópicos da minha filha irão lhe dar algumas pistas do que procurar. Suas palavras-chave serão "tesouro", "receitas", "ouro" e "dom de elfo". Se encontrar uma menção a qualquer uma delas, minha querida, por favor me informe imediatamente.

A ideia de procurar coisas tão importantes fez os dedos de Charmain ficar frios e desajeitados no papel frágil.

— Sim. Sim, naturalmente, Vossa Majestade — disse ela.

Para seu alívio, o maço de papéis nada mais era do que listas de mercadorias com o preço — todos parecendo surpreendentemente baixos.

— Por 5 quilos de velas de cera a 4 centavos o quilo, 20 centavos — ela leu. Bem, aquilo parecia datar de duzentos anos atrás. — Por 100 gramas de excelente açafrão, 30 centavos. Por nove galhos de macieira fragrante para aromatizar os aposentos principais, 1 vintém. — E assim por diante. A página seguinte estava cheia de coisas como "Por 40 metros de cortinas de linho, 44 xelins". Charmain fez anotações cuidadosas, pôs aquelas páginas na caixa etiquetada Contas Domésticas e desgrudou a folha seguinte.

— Ah! — exclamou. A folha seguinte dizia: "Para o Mago Melicot, pelo encantamento de 100 pés quadrados de telhas para criar a aparência de um telhado de ouro, 200 guinéus."

— O que foi, minha querida? — perguntou o rei, pondo um dedo no livro no ponto em que havia parado de ler.

Charmain leu para ele em voz alta a conta antiga. Ele deu uma risadinha e sacudiu um pouco a cabeça.

— Então, definitivamente, foi feito por mágica, não é? — disse ele. — Devo confessar que sempre torci para que acabasse sendo ouro de verdade, você não?

— Sim, mas seja como for, *parece* ouro — disse Charmain, consoladora.

— E é um feitiço muito bom, para durar duzentos anos — acrescentou o rei, assentindo com a cabeça. — E caro também. Duzentos guinéus era muito dinheiro naquela época. Ah, pois bem! Eu nunca esperei resolver nossos problemas financeiros dessa forma. Além disso, seria chocante se subíssemos até lá e arrancássemos todas as telhas. Continue procurando, minha querida.

Charmain continuou procurando, mas tudo que encontrou foi alguém cobrando 2 guinéus para plantar um jardim de rosas e outra pessoa recebendo 10 guinéus para restaurar o tesouro — não, *não* outra pessoa, o mesmo Mago Melicot que fez o telhado!

— Melicot era um especialista, imagino — observou o rei, quando Charmain leu aquele pagamento em voz alta. — Para mim, parece um sujeito que se interessa por falsificar metais preciosos. O Tesouro Real certamente estava vazio àquela altura. Há anos sei que minha coroa é falsa. Deve ser obra desse tal Melicot. Você está ficando com fome, minha querida? Está com frio ou enrijecida? Não nos damos ao trabalho de parar para um almoço apropriado... minha filha não aprova isso... mas, em geral, peço ao mordomo que traga um lanche mais ou menos nesse horário. Por que não se levanta e estica as pernas enquanto toco o sino?

Charmain se levantou e começou a andar, fazendo Desamparada se erguer e observá-la, inquisidora, enquanto o rei mancava até a corda do sino ao lado da porta. Decididamente era um homem frágil, pensou Charmain, e muito alto. Era como se sua altura fosse demais para ele. Enquanto esperavam que alguém atendesse ao sino, Charmain aproveitou a oportunidade de olhar os volumes nas estantes. Pareciam livros sobre *tudo*, dispostos ali em desordem, livros de viagens ao lado de livros de álgebra e poemas ombro a ombro com geografia. Charmain acabara de abrir um chamado *Segredos do universo revelados*, quando a porta da biblioteca se abriu e um homem com chapéu alto de cozinheiro entrou carregando uma bandeja.

Para a surpresa de Charmain, o rei, ágil, saltou para trás da mesa.

— Minha querida, pegue o seu cachorro! — ele gritou, em tom de urgência.

Outro cão havia entrado, colado às pernas do cozinheiro, como se estivesse inseguro — um cachorro marrom de aspecto amargo com orelhas nodosas e cauda esfiapada. Ele grunhiu ao entrar. Charmain não teve a menor dúvida de que aquele era o cão que matava outros cães, e mergulhou no chão para pegar Desamparada.

A cadelinha, porém, de alguma forma escapuliu-lhe das mãos e seguiu rapidamente na direção do cão do cozinheiro. Os grunhidos do outro cachorro cresceram, tornando-se um rosnado. Os pelos eriçaram-se ao longo de suas costas desgrenhadas. Ele parecia tão ameaçador que Charmain não ousou se aproximar. Desamparada, porém, não parecia sentir nenhum medo. Com seu jeito vivaz, foi direto até o cão que rosnava, apoiou-se nas minúsculas patas traseiras, e, atrevida, encostou seu nariz no dele. O outro cão ficou tão surpreso que parou de rosnar. Então, empinou as orelhas caídas e, com muita cautela, cheirou de volta o nariz de Desamparada. Ela soltou um gritinho e pôs-se a saltar, eufórica. No instante seguinte, ambos estavam saltitando, encantados, por toda a biblioteca.

— Ora! — disse o rei. — Suponho que esteja tudo bem, então. O que significa isso, Jamal? Por que você está aqui no lugar de Sim?

Jamal — que tinha apenas um olho, Charmain percebeu — avançou e, com ar de quem pede desculpas, pôs a bandeja sobre a mesa.

— Nossa princesa levou Sim com ela para receber a convidada, senhor — ele explicou —, e não havia ninguém, exceto eu, para trazer a comida. E meu cão quis vir. Eu acho — ele acrescentou, observando os dois animais saltitantes — que ele nunca aproveitou a vida até agora. — Fez uma mesura na direção de Charmain. — Por favor, traga sempre seu cachorrinho branco aqui, Srta. Charme.

Ele assoviou para o seu cão, que fingiu não ouvir. Jamal foi até a porta e tornou a assoviar.

— Comida — disse ele. — Venha comer uma lula. — Dessa vez, ambos os cachorros foram. E, para surpresa e consternação de Charmain, Desamparada saiu pela porta andando ao lado do cão do cozinheiro, e a porta fechou-se atrás deles.

— Não se preocupe — disse o rei. — Eles parecem ser amigos. Jamal a trará de volta. Um sujeito muito confiável, Jamal. Se não fosse aquele cachorro dele, seria um cozinheiro perfeito. Vamos ver o que ele nos trouxe, que tal?

Jamal havia levado um jarro de limonada e uma travessa com uma porção de coisas marrons crocantes debaixo de um pano branco.

— Ah! — disse o rei, ao erguer avidamente o pano. — Coma enquanto está quente, minha querida.

E foi o que Charmain fez. Uma mordida foi o suficiente para lhe assegurar que Jamal era um cozinheiro ainda melhor do que seu pai — e o Sr. Baker tinha a reputação de melhor cozinheiro da cidade. As coisas marrons eram crocantes, mas ao mesmo tempo macias, com um sabor um tanto picante que Charmain jamais havia experimentado. Faziam com que você precisasse da limonada. Ela e o rei, juntos, limparam toda a travessa e beberam toda a limonada. Então voltaram ao trabalho.

A essa altura, eles já estavam bem à vontade. Agora Charmain não tinha timidez em perguntar ao rei tudo que queria saber.

— Por que eles precisariam de setenta litros de pétalas de rosa, senhor? — ela perguntou.

E o rei respondeu:

— Eles gostavam de tê-las sob os pés no salão de jantar naquela época. Hábito emporcalhado, na minha opinião. Ouça o que esse filósofo tem a dizer sobre camelos, minha querida. — E leu em voz alta uma página do livro que tinha nas mãos que fez com que os dois gargalhassem. O filósofo evidentemente não se dera bem com camelos.

Muito tempo depois, a porta da biblioteca se abriu e Desamparada entrou, faceira, parecendo muito satisfeita consigo mesma. Ela foi seguida por Jamal.

— Mensagem de nossa princesa, senhor — ele disse. — A senhora já se acomodou, e Sim está levando chá para o salão da frente.

— Ah — murmurou o rei. — Panquecas?

— E bolinhos também — disse Jamal, e se foi.

O rei fechou o livro e se levantou.

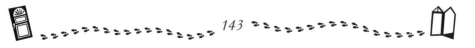

— É melhor eu ir cumprimentar nossa convidada — disse ele.

— Vou continuar examinando as contas, então — disse Charmain. — Vou fazer uma pilha daquelas sobre as quais eu tiver alguma pergunta.

— Não, não — disse o rei. — Você vem também, minha querida. Traga o cachorrinho. Ajuda a quebrar o gelo, você sabe. Essa senhora é amiga da minha filha. Eu mesmo nunca a encontrei.

Charmain imediatamente sentiu-se nervosíssima de novo. Ela havia achado a princesa Hilda muitíssimo intimidadora e altiva demais para que ficasse à vontade com ela, e qualquer amiga dela provavelmente seria parecida. Mas Charmain não podia recusar o convite, não quando o rei a esperava, segurando a porta aberta para que ela passasse. Desamparada já estava indo atrás dele. Charmain sentiu-se forçada a se levantar e segui-los.

O salão da frente era uma ampla sala cheia de sofás desbotados com braços ligeiramente puídos e franjas um tanto esfarrapadas. Havia mais quadrados desbotados nas paredes, onde antes devia haver quadros. O quadrado desbotado maior ficava acima da grandiosa lareira de mármore, onde, para alívio de Charmain, um alegre fogo queimava. O salão, como a biblioteca, era frio, e Charmain tremia novamente por causa do nervosismo.

A princesa Hilda encontrava-se sentada ereta em um sofá ao lado da lareira, para onde Sim acabara de empurrar um carrinho de chá. Assim que viu Sim empurrando o carrinho, Charmain soube onde o vira antes. Fora quando ela se perdera ao lado da Sala de Conferência e vislumbrara o velho empurrando um carrinho ao longo do estranho corredor.

Que estranho!, pensou ela. Sim colocava com a mão trêmula uma travessa de panquecas com manteiga diante da lareira. À vista das panquecas, o nariz de Desamparada tremeu e ela disparou naquela direção. Charmain mal teve tempo de pegá-la. Quando se levantou, segurando com firmeza nos braços a cachorrinha, que se contorcia, a princesa disse:

— Ah, meu pai, o rei.

Todos no salão se levantaram.

— Pai — disse a princesa —, permita-me apresentá-lo à minha grande amiga, a Sra. Sophie Pendragon.

O rei avançou mancando, com a mão estendida e fazendo a ampla sala parecer um pouco menor. Charmain não se dera conta antes do quanto ele era grande. Quase tão alto quanto aqueles elfos, ela pensou.

— Sra. Pendragon — disse ele —, encantado em conhecê-la. Os amigos de minha filha são meus amigos também.

A Sra. Pendragon surpreendeu Charmain. Era bastante jovem, muito mais que a princesa, e estava elegantemente vestida com um traje azul-pavão que realçava à perfeição seu cabelo louro-avermelhado e os olhos azul-esverdeados. Ela é *linda*!, pensou Charmain, com certa inveja. A Sra. Pendragon fez uma pequena mesura para o rei quando se cumprimentaram com um aperto de mãos e disse:

— Estou aqui para fazer o melhor que puder, senhor. É o que posso dizer.

— Muito bem, muito bem — replicou o rei. — Por favor, sente-se outra vez. Todos vocês. E vamos tomar um chá.

Todos se sentaram, e teve início um educado e afável zunzum de conversas, enquanto Sim cambaleava distribuindo xícaras de chá. Charmain sentia-se uma completa estranha. Certa de que não deveria estar ali, sentou-se no canto do sofá mais distante e tentou deduzir quem eram as outras pessoas. Enquanto isso, Desamparada acomodou-se sossegadamente no sofá ao lado de Charmain, com um ar de recato. Seus olhos seguiam avidamente o cavalheiro que servia as panquecas. O homem era tão silencioso e inexpressivo que Charmain esqueceu-se de sua aparência assim que tirou os olhos dele e teve de voltar a olhá-lo para lembrar-se. O outro cavalheiro, cuja boca parecia fechada mesmo quando ele estava falando, ela concluiu que fosse o chanceler do rei. Parecia ter muitas coisas secretas para dizer à Sra. Pendragon, que ficava assentindo com a cabeça — e então piscando um pouco, como se o que o chanceler dizia a surpreendesse. A outra, uma senhora idosa, parecia ser a dama de companhia da princesa Hilda, e era muito boa em falar sobre o tempo.

— E eu não ficaria surpresa se chovesse novamente esta noite — ela ia dizendo, quando o cavalheiro inexpressivo parou ao lado de Charmain e lhe ofereceu uma panqueca. O nariz de Desamparada girou, seguindo com ansiedade a travessa.

— Ah, obrigada — disse Charmain, satisfeita por ele não a haver esquecido.

— Pegue duas — sugeriu o cavalheiro inexpressivo. — Sua Majestade certamente comerá as que sobrarem. — Naquele momento o rei comia dois bolinhos, um esborrachado em cima do outro, e observava as panquecas tão avidamente quanto Desamparada.

Charmain agradeceu novamente ao cavalheiro e pegou duas. Eram as panquecas mais amanteigadas que ela já havia provado. O nariz de Desamparada girou para cutucar delicadamente a mão de Charmain.

— Está bem, está bem — murmurou Charmain, tentando tirar um pedaço sem deixar pingar manteiga no sofá.

A manteiga escorria por seus dedos e ameaçava cair em suas mangas. Ela estava tentando limpá-la com o lenço, quando a dama de companhia terminou de dizer tudo que se podia dizer sobre o tempo, e virou-se para a Sra. Pendragon.

— A princesa Hilda me disse que você tem um filhinho encantador — ela disse.

— Sim. Morgan — disse a Sra. Pendragon. Ela também parecia estar tendo problemas com a manteiga e limpava os dedos com o lenço, aparentemente confusa.

— Qual a idade de Morgan agora, Sophie? — perguntou a princesa Hilda. — Quando o vi, era apenas um bebezinho.

— Ah, quase dois — replicou a Sra. Pendragon, recolhendo uma grande gota dourada de manteiga antes que ela caísse em sua saia. — Eu o deixei com...

A porta do salão se abriu e por ela entrou um menininho gorducho com uma roupinha azul imunda e lágrimas escorrendo pelo rostinho.

— Ma-ma-mãe! — ele chorava ao entrar cambaleando na sala. Mas, assim que viu a Sra. Pendragon, seu rosto abriu-se em um sorriso ofuscante. Ele estendeu os bracinhos, correu para ela e enterrou o rosto em sua saia. — *Mãe!* — gritou.

Atrás dele, veio flutuando pela mesma porta uma criatura azul, no formato de uma lágrima comprida com um rosto na frente, que aparentava estar muito agitada. Parecia feita de chamas. Trouxe consigo uma onda de calor e provocou um arquejo em todos na sala. Uma criada ainda mais agitada entrou correndo atrás dela.

Seguindo a criada, veio outro garotinho, a criança mais angelical que Charmain já vira. Tinha uma massa de cachos louros reunida em torno do rosto rosado de anjo. Os olhos azuis eram grandes e tímidos. O queixinho delicado descan-

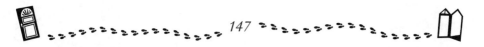

sava em um babado de renda branquíssima, e o restante de seu gracioso corpinho estava vestido em um conjuntinho de veludo azul com grandes botões prateados. Sua boca em formato de botão de rosa abriu-se em um sorriso tímido quando ele entrou, mostrando uma encantadora covinha na bochecha delicada. Charmain não podia *entender* por que a Sra. Pendragon o olhava com tamanho horror. Ele era certamente uma criança encantadora. E com aqueles cílios longos e curvos!

— ... meu marido e seu demônio do fogo — concluiu a Sra. Pendragon. Seu rosto estava vermelho como o fogo, e ela fuzilava com o olhar o garotinho por cima da cabeça do menorzinho.

CAPÍTULO OITO
No qual Peter tem problemas com o encanamento

— **A**h, senhora, senhor! — arquejou a criada. — Tive de deixá-los entrar. O pequenino estava tão aborrecido!

Ela disse isso para uma sala repleta de confusão. Todos se levantaram e alguém derrubou uma xícara de chá. Sim correu para resgatar a xícara e o rei correu, passando por ele, a fim de apanhar a travessa de panquecas. A Sra. Pendragon se levantou com Morgan nos braços, ainda lançando um olhar furioso ao outro menino, enquanto a criatura azul em forma de gota balançava-se diante de seu rosto.

— Não foi culpa minha, Sophie! — ela repetia, numa voz agitada e crepitante. — Juro que não foi culpa minha! Não conseguimos fazer Morgan parar de chorar chamando você.

A princesa Hilda pôs-se de pé, tranquilizadora.

— Você pode ir — disse ela à criada. — Não há motivo para ninguém ficar aborrecido. Sophie, querida, eu não fazia ideia de que você não tinha uma babá.

— Não, não tenho. E eu esperava ter um descanso — afirmou a Sra. Pendragon. — Esperava — acrescentou, fuzilando com o olhar o garotinho angelical — que um mago e um demônio do fogo pudessem, juntos, controlar um menininho.

— Homens! — disse a princesa. — Não tenho uma opinião muito favorável sobre a habilidade dos homens de controlar qualquer coisa. Naturalmente, Morgan e o outro garotinho serão nossos hóspedes também, agora que estão aqui. Que tipo de acomodação um demônio do fogo requer? — perguntou ela ao cavalheiro inexpressivo.

Ele parecia totalmente confuso.

— Eu agradeceria uma boa lareira com lenha queimando — crepitou o demônio do fogo. — Vejo que tem uma muito boa nesta sala. Isso é tudo de que preciso. A propósito, eu sou Calcifer, senhora.

Tanto a princesa quanto o cavalheiro inexpressivo pareceram aliviados.

— Sim, eu sei — respondeu a princesa. — Tivemos um breve encontro em Ingary, há dois anos.

— E quem é este outro amiguinho? — perguntou o rei jovialmente.

— *Fophie* é minha titia — respondeu o garotinho numa doce voz ceceante, erguendo o rosto angelical e os imensos olhos azuis para o rei.

A Sra. Pendragon parecia insultada.

— Prazer em conhecê-lo — disse o rei. — E qual é seu nome, meu homenzinho?

— Faísca — sussurrou o garotinho, abaixando timidamente a cabeça coberta de cachos louros.

— Coma uma panqueca, Faísca — disse o rei cordialmente, estendendo-lhe a travessa.

— Obrigado — replicou Faísca com gravidade, pegando uma panqueca.

Nisso, Morgan estendeu uma mãozinha gorducha e imperiosa e começou a gritar: "Eu, eu, *eu*!", até o rei lhe dar uma panqueca também. A Sra. Pendragon sentou Morgan em um sofá para que ele comesse. Sim olhou ao redor e, engenhosamente, pegou no carrinho de chá um pano, que deu a ele. De imediato, o pano ficou encharcado de manteiga. Morgan dirigiu um sorriso radiante a Sim, à princesa, à dama de companhia e ao chanceler, com o rostinho todo gorduroso.

— Panqueca — disse ele. — Panqueca *gotosa*.

Enquanto isso se passava, Charmain notou que a Sra. Pendragon havia, de alguma forma, prendido o pequeno

Faísca atrás do sofá no qual estava sentada. Charmain não pôde deixar de ouvir a Sra. Pendragon perguntar:

— O que acha que está fazendo, Howl? — Ela parecia tão furiosa que Desamparada pulou para o colo de Charmain e ficou encolhida ali.

— Eles *esqueferam* de me convidar — replicou a doce vozinha de Faísca. — Foi *tolife. Vofê* não pode resolver *efa* confusão *fozinha, Fophie. Vofê prefisa* de mim.

— Não, *não* preciso! — retorquiu Sophie. — E você *precisa* falar desse modo?

— *Fim* — disse Faísca.

— Dã! — exclamou Sophie. — Isso não é engraçado, Howl. E você arrastou Morgan até aqui...

— Estou lhe dizendo — Faísca a interrompeu — que Morgan não parou de chorar desde que *vofê* partiu. Pergunte a *Calfifer fe* não acredita em mim!

— Calcifer é tão ruim quanto você! — disse Sophie, exaltada. — Não acredito que vocês dois tenham sequer *tentado* fazê-lo parar. Tentaram? Vocês só estavam procurando uma desculpa para fazer essa... essa *encenação* diante da pobre princesa Hilda!

— Ela *prefisa* de nós, *Fophie* — disse Faísca gravemente.

Charmain estava fascinada com toda essa conversa, mas, infelizmente, Morgan procurou a mãe nesse exato momento e avistou Desamparada tremendo no joelho de Charmain. Então, soltou um grito de "Cacholinho!", desceu do sofá, pisando no pano enquanto andava, e correu para Desamparada com as mãos amanteigadas estendidas. Desamparada saltou, desesperada, para as costas do sofá, onde ficou latindo. E latia como uma versão esganiçada de alguém com uma tosse seca. Charmain foi forçada a pegá-la no colo e recuar, pondo-se fora do alcance de Morgan, de modo que tudo que ouviu do que se seguiu da estranha conversa atrás do sofá foi a Sra. Pendragon dizendo algo sobre mandar Faísca (ou seria o nome dele Howl?) para a cama sem jantar e Faísca desafiando-a "a *tentar* fazer isso".

Quando Desamparada se aquietou, Faísca disse, melancólico:

— *Vofê* não acha nem que *fou* bonitinho?

Ouviu-se então um estranho estampido oco, como se a Sra. Pendragon tivesse esquecido as boas maneiras a ponto de bater os pés.

— Sim — Charmain ouviu-a dizer. — *Odiosamente* bonito!

— Bem — disse a princesa Hilda, perto da lareira, enquanto Charmain ainda recuava, afastando-se de Morgan —, as coisas certamente ficam *animadas* com crianças por perto. Sim, dê um bolinho a Morgan, *rápido*.

Morgan imediatamente mudou de direção e correu para Sim e os bolinhos. Charmain ouviu o próprio cabelo crepitar. Olhou à sua volta e descobriu o demônio do fogo flutuando ao lado de seu ombro, olhando-a com olhos cor de laranja flamejantes.

— Quem é você? — perguntou o demônio.

O coração de Charmain bateu um pouco mais forte, embora Desamparada parecesse perfeitamente calma. Se eu não tivesse acabado de encontrar um luboque, pensou Charmain, ficaria com muito medo desse Calcifer.

— Eu... hã... sou apenas a ajudante temporária na biblioteca — disse ela.

— Então vamos precisar falar com você mais tarde — crepitou Calcifer. — Você cheira a magia, sabia? Você e sua cadelinha.

— Ela não é minha. Pertence a um mago — disse Charmain.

— Esse tal Mago Norland, que parece ter atrapalhado as coisas? — perguntou Calcifer.

— Eu não acho que o tio-avô William tenha atrapalhado nada — replicou Charmain. — Ele é uma pessoa *boa*!

— Parece que ele procurou em todos os lugares errados — disse Calcifer. — Não é preciso ser ruim para atrapalhar as coisas. Olhe só Morgan. — E então sumiu. Ele tinha a capacidade, pensou Charmain, de desaparecer em um lugar e aparecer em outro, como uma libélula voejando em um lago.

O rei aproximou-se de Charmain, limpando as mãos jovialmente em um guardanapo grande e limpo.

— Melhor voltarmos ao trabalho, minha querida. Temos de arrumar as coisas para encerrar.

— Sim, senhor — concordou Charmain e seguiu-o em direção à porta.

Antes que alcançassem a saída, o angelical Faísca conseguiu escapar da zangada Sra. Pendragon e puxou a manga da dama de companhia.

— Por favor — pediu ele, encantador —, a *fenhora* tem algum brinquedo?

A senhora pareceu estupefata.

— Eu não tenho brinquedos, querido — disse ela.

Morgan captou a palavra.

— *Binquedo!* — gritou, acenando ambos os braços, com um bolinho amanteigado apertado em uma das mãos. — Binquedo, binquedo, binquedo!

Uma caixinha de surpresas pousou diante de Morgan, abrindo a tampa, e um boneco saltou com um *toimmm*. Uma grande casa de boneca aterrissou ao lado dele, seguida por uma chuva de velhos ursos de pelúcia. Um instante depois, um cavalinho de pau gasto surgiu perto do carrinho de chá. Morgan gritou, encantado.

— Acho melhor deixarmos minha filha cuidar de seus convidados — disse o rei, conduzindo Charmain e Desamparada para fora do salão. Ele fechou a porta no momento em que mais e mais brinquedos surgiam e o menino Faísca parecia muitíssimo sério, enquanto todos os outros corriam de um lado para o outro, numa grande confusão. — Os magos, com frequência, são hóspedes muito ativos — observou o rei no caminho de volta à biblioteca —, embora eu não tivesse a menor ideia de que começassem tão cedo. Um tanto difícil para as mães, imagino.

Meia hora depois, Charmain estava no caminho de volta para a casa do tio-avô William, com Desamparada seguindo-a, parecendo tão circunspecta quanto o menino Faísca.

— Puxa! — disse Charmain a ela. — Sabe, Desamparada, nunca vivi tanto em três dias, nunca! — Mesmo assim, ainda se sentia um tanto tristonha. Fazia sentido que o rei lhe passasse as contas e cartas de amor, mas Charmain queria tanto que pudessem alternar com os livros. Ela teria adorado passar parte do dia pelo menos folheando um volume encadernado em couro antigo e bolorento. Era o que esperara. Mas não tinha problema. Assim que chegasse à casa do tio-avô William, poderia isolar-se com *A varinha de doze ramos*, ou talvez *Memórias de um exorcista* fosse melhor, pois parecia o tipo de livro mais adequado para ler à luz do dia. Ou tentar um título totalmente diferente, quem sabe?

Ela aguardava tão ansiosa o momento de poder fazer uma boa leitura que mal percebeu a caminhada, exceto para voltar a pegar Desamparada quando ela começou a ofegar e andar com dificuldade. Com Desamparada nos braços, abriu o portão do tio-avô William com um chute e viu-se frente a frente com Rollo no meio do caminho, olhando mal-humorada seu pequeno rostinho azul.

— O que foi *agora*? — Charmain perguntou a ele, e seriamente considerou pegar Rollo também e jogá-lo em meio às hortênsias. Ele era pequeno o bastante para ser facilmente arremessado, mesmo ela estando com um braço ocupado com Desamparada.

— Aqueles cachos de flores que você espalhou pela mesa lá fora — disse Rollo. — Você espera que eu os cole de volta, ou algo assim?

— Não, é óbvio que não — disse Charmain. — Eles estão secando ao sol. Então eu os levarei para dentro.

— Hum! — exclamou Rollo. — Embelezando a casa, é? O que você pensa que o mago vai achar disso?

— Não é da sua conta — disse Charmain com insolência, e seguiu em frente, obrigando Rollo a pular fora do seu caminho. Ele gritou alguma coisa às costas dela, quando ela abria a porta da frente, mas Charmain não se deu ao trabalho de ouvir. Sabia que era algo grosseiro. Bateu a porta na cara dele.

Lá dentro, o cheiro na sala era mais do que de mofo. Parecia um lago estagnado. Charmain pôs Desamparada no chão e fungou, desconfiada. Desamparada fez o mesmo. Dedos marrons e compridos de alguma coisa escorriam por baixo da porta que dava para a cozinha. Desamparada foi até lá na pontinha dos pés, com cautela. Charmain, igualmente cautelosa, esticou o pé e, com o dedo, cutucou o fio marrom mais próximo. Parecia que estava pisando em um pântano.

— Ah, o que foi que Peter fez agora? — perguntou-se Charmain. Então abriu a porta.

Cinco centímetros de água ondulavam sobre todo o chão da cozinha. Charmain podia ver a água encharcando as seis sacolas de roupas sujas ao lado da pia.

— *Dã!* — ela gritou. Então, fechou a porta rapidamente, tornou a abri-la e virou à esquerda.

O corredor também estava coberto de água. A luz do sol vinda da janela na extremidade cintilava na água de uma forma que sugeria uma forte corrente vindo do banheiro. Furiosa, Charmain chapinhou até lá. Tudo que eu queria era me sentar e ler um livro, pensou ela, e chego em casa e encontro uma inundação!

Quando alcançou o banheiro, com Desamparada patinhando, infeliz, atrás dela, a porta se abriu e Peter saiu em disparada, com a frente da roupa molhada, parecendo totalmente atormentado. Estava descalço, com a calça enrolada até o joelho.

— Ah, que bom, você está de volta — disse ele, antes que Charmain pudesse falar. — Tem um buraco em um dos canos aqui. Já tentei seis feitiços diferentes para fazer cessar o vazamento, mas tudo que consegui foi mudá-lo de lugar. Eu estava indo desligar a água naquele tanque lanudo... ou pelo menos tentar... mas talvez você possa fazer outra coisa.

— Tanque lanudo? — perguntou Charmain. — Ah, você se refere àquela coisa coberta de peles azuis. O que o faz pensar que aquilo vai adiantar alguma coisa? Está tudo *inundado*!

— Foi a única coisa que eu não tentei — Peter resmungou. — A água tem de vir de lá, de alguma forma. Você pode ouvi-la gotejando. Pensei que poderia encontrar uma válvula de regulagem...

— Ah, você é um *inútil* — Charmain rosnou. — Deixe-me dar uma olhada. — Ela empurrou Peter para um lado e precipitou-se no banheiro, erguendo um lençol de água enquanto andava.

Havia de fato um buraco. Um dos canos entre a pia e a banheira tinha uma rachadura longitudinal, e a água jorrava dali como em uma alegre fonte. Aqui e ali, ao longo do cano, havia pedaços amorfos de massa cinza de aspecto mágico, que deviam ser os seis feitiços inúteis de Peter. E isso tudo é culpa dele!, reclamou para si mesma. Foi ele que deixou os canos incandescentes. Ah, *francamente!*

Ela correu para a rachadura de onde a água vazava e, furiosa, plantou as duas mãos ali.

— Pare com isso! — ordenou. A água espirrou por baixo de suas mãos, atingindo-lhe o rosto. — Pare *agora mesmo!*

A única coisa que aconteceu foi a rachadura deslizar para o lado, escapando de seus dedos cerca de 15 centímetros, e borrifar água em seu rabo de cavalo e no ombro direito. Charmain juntou as mãos em concha para cobri-la novamente.

— Pare com isso! *Pare!*

A fenda moveu-se de lado outra vez.

— Então é assim, não é? — disse Charmain, e tornou a cobri-la. A rachadura afastou-se. Ela a seguiu com as mãos. Em questão de instantes ela a tinha encurralada acima da banheira, a água borrifando, inofensiva, na banheira e escoando pelo ralo. Ela a manteve ali, escorando no cano com uma das mãos, enquanto pensava no que fazer a seguir. É de admirar que Peter não tenha pensado nisso, pensou ela, em vez de ficar correndo por aí lançando feitiços inúteis. — Tio-avô

William — chamou —, como faço o cano do banheiro parar de vazar?

Não houve resposta. Obviamente, isso não era algo que o tio-avô William pensasse que Charmain precisaria saber.

— Não creio que ele saiba muito sobre encanamento — disse Peter da porta. — Tampouco na valise há algo útil. Tirei tudo para ver.

— Ah, você *fez* isso? — perguntou Charmain, desdenhosa.

— É, algumas coisas que estão ali são interessantes de verdade — disse Peter. — Vou lhe mostrar se você...

— Fique *quieto* e me deixe *pensar*! — advertiu Charmain, rispidamente.

Peter pareceu perceber que Charmain talvez não estivesse de muito bom humor. Ele parou de falar e esperou enquanto ela se mantinha de pé na banheira, apoiada no cano, pensando. Era preciso atacar esse vazamento de duas formas, para que a rachadura não pudesse deslizar de novo. Primeiro fixá-lo em algum lugar e então o cobrir. Mas como? Rápido, antes que meus pés fiquem encharcados.

— Peter — disse ela —, vá e me traga alguns panos de prato. Pelo menos três.

— Para quê? — replicou Peter. — Você não acha...

— *Agora!* — ordenou Charmain.

Para seu alívio, Peter foi chapinhando, com raiva, resmungando sobre gente autoritária e mal-humorada. Charmain fingiu não ouvir. Enquanto isso, ela não ousava largar a rachadura, que continuava a espargir água, deixando-a cada vez mais molhada. Ah, *maldito* Peter! Ela colocou a outra mão na extremidade mais distante da fenda e começou a empurrar e deslizar as mãos juntas o mais forte que podia.

— Feche! — ordenou ao cano. — Pare de vazar e feche! — A água jorrou, impertinente, em seu rosto. Ela podia
sentir a rachadura tentando deslizar, mas se recusou a deixá-
-la. Charmain empurrou e empurrou. *Eu posso fazer mágica!*, ela dirigiu-se ao cano em pensamento. *Eu fiz um feitiço.
Posso fazer você fechar!* — Então, *feche!*

E funcionou. Quando Peter voltou chapinhando com
apenas dois panos de prato, dizendo que aqueles foram os
que conseguira achar, Charmain estava encharcada até a roupa de baixo, mas o cano se encontrava novamente inteiro.
Charmain pegou os panos de prato e os enrolou no cano,
onde antes estivera a fenda. Então pegou a longa escova para
as costas ao lado da banheira — esta era a única coisa remo-
tamente semelhante ao bastão de um mago que ela conseguia
ver — e bateu nos panos com ele.

— Fiquem aí. Não ousem sair do lugar! — disse aos
panos, batendo na fenda remendada. — Fique fechada —
ordenou — ou vai ser pior para você! — Depois disso, voltou a escova para os feitiços cinzentos e amorfos de Peter e
bateu neles também. — Vão! — disse-lhes ela. — Vão embora! Vocês são *inúteis!* — E todos, obedientemente, desapareceram. Charmain, tomada por uma sensação de grande
poder, bateu na torneira de água quente ao lado de seus joelhos. — Fique quente novamente — disse —, e vamos deixar
de bobagens! *E* vocês — acrescentou ela, esticando-se para
bater na torneira quente da pia. — Ambas quentes... mas não
quente demais, ou eu vou lhes passar um sermão. Mas vocês continuem frias — ela instruiu às torneiras frias, batendo
nelas. Por fim, Charmain saiu do banheiro espadanando na
água e bateu com a escova no chão. — E você, vá! Ande,
seque, escoe. Agora! Ou vai se ver comigo!

Peter avançou até a pia, abriu a torneira quente e manteve a mão debaixo dela.

— Está quente! — exclamou ele. — Você conseguiu! Que alívio! Obrigado.

— Hum! — disse Charmain, encharcada, com frio e rabugenta. — Agora vou vestir roupas secas e ler um livro.

— Você não vai me ajudar a enxugar o chão, então? — perguntou Peter, um tanto pateticamente.

Charmain não via por que deveria. Mas seus olhos caíram na pobre Desamparada, lutando para chegar até ela com a água batendo em sua barriga. Não parecia que a escova para as costas houvesse funcionado no chão.

— Muito bem — suspirou ela. — Mas eu já tive um dia de trabalho, você sabe.

— Eu também — disse Peter, sentido. — Corri o dia todo tentando parar o vazamento daquele cano. Vamos secar a cozinha, pelo menos.

Como o fogo ainda saltava e crepitava na lareira da cozinha, não estava muito diferente de um banho a vapor por lá. Charmain avançou em meio à água tépida e abriu a janela. Com exceção das sacolas de roupa suja que se multiplicavam misteriosamente e que estavam ensopadas, tudo, exceto o chão, estava seco. Inclusive a valise, aberta sobre a mesa.

Atrás de Charmain, Peter falava estranhas palavras e Desamparada choramingava.

Charmain deu meia-volta e deparou com Peter com os braços estendidos. Pequenas chamas bruxuleavam neles, dos dedos aos ombros.

— Sequem, ó águas no chão! — entoou ele.

As chamas começaram a arder em seus cabelos e na frente de seu corpo molhado também. Seu rosto mudou de presunçoso para alarmado.

— Oh, céus! — exclamou ele. Ao dizer isso, as chamas se espalharam por todo o seu corpo e ele começou a queimar com intensidade. A essa altura, ele estava visivelmente apavorado. — Está *quente*! Socorro!

Charmain correu para ele, agarrou um de seus braços em chamas, e o empurrou para a água no chão. Não adiantou nada. Charmain olhou a extraordinária visão de chamas bruxuleando debaixo d'água e bolhas que surgiam chiando ao redor de Peter, onde a água começava a ferver, e o puxou para cima de novo, rapidamente, num chuveiro de água quente e vapor.

— Cancele isso! — gritou ela, tirando as mãos da manga quente dele. — Que feitiço você usou?

— Eu não sei como! — gemeu Peter.

— Que feitiço? — Charmain berrou para ele.

— Foi o feitiço para deter inundações no *Livro de palimpsesto* — disse Peter —, e eu não tenho a menor ideia de como cancelá-lo.

— Ah, como você é estúpido! — gritou Charmain. Ela o agarrou por um ombro flamejante e o sacudiu. — Cancele, feitiço! — disse ela. — Ai! Feitiço, eu ordeno que você cancele imediatamente!

O feitiço obedeceu. Charmain ficou ali, sacudindo a mão chamuscada e vendo as chamas desaparecendo com um chiado, uma nuvem de vapor e um cheiro úmido, queimado. Peter estava todo cheio de fuligem e amarfanhado. Seu rosto e suas mãos tinham um tom cor-de-rosa brilhante e seu cabelo estava visivelmente mais curto.

— Obrigado! — disse ele, deixando-se cair com alívio.

Charmain o puxou, fazendo-o ficar de pé.

— Argh! Você cheira a cabelo queimado! Como *pode* ser tão estúpido? Que outros feitiços você anda fazendo?

— Nenhum — disse Peter, arrancando chumaços queimados de seus cabelos. Charmain tinha certeza de que ele estava mentindo, mas Peter não iria admitir. — E não foi assim tão estúpido — argumentou ele. — Olhe para o chão.

Charmain olhou para baixo e viu que quase toda a água havia desaparecido. O piso era mais uma vez apenas ladrilhos, molhados, brilhantes e fumegantes, mas não estavam mais cobertos pela água.

— Então você teve muita sorte — disse ela.

— Eu tenho, quase sempre — replicou Peter. — Minha mãe também diz isso, sempre que lanço um feitiço que dá errado. Acho que vou ter de trocar de roupa.

— Eu também — disse Charmain.

Eles passaram pela porta interna, onde Peter tentou virar à direita e Charmain o empurrou para a esquerda, de modo que seguiram em frente e chegaram à sala de estar. Os rastros molhados no carpete ali estavam evaporando e secando rapidamente, mas a sala ainda tinha um cheiro horrível. Charmain bufou, fez Peter dar meia-volta e o empurrou para a esquerda, atravessando novamente a porta. Ali o corredor estava úmido, mas não mais cheio de água.

— Vê? — perguntou Peter, seguindo para o quarto. — Funcionou.

— Hum! — disse Charmain, entrando em seu quarto. Imagino o que *mais* ele fez. Não confio nem um pouco nele. Suas melhores roupas estavam bagunçadas e molhadas. Charmain as tirou com tristeza e as pendurou pelo quarto para que secassem. E nada iria tirar a grande marca de chamuscado na frente de seu melhor casaco. Ela teria de usar roupas comuns no dia seguinte, quando fosse para a Mansão Real. E vou arriscar deixar Peter sozinho aqui?, perguntou-

-se. Aposto que ele vai passar o tempo fazendo experiências com feitiços. Eu sei que eu passaria. Ela deu de ombros levemente, ao perceber que, na realidade, não era em nada melhor do que Peter. Ela tampouco fora capaz de resistir aos feitiços do *Livro de palimpsesto.*

Sentia-se muito mais indulgente em relação a Peter quando voltou à cozinha, novamente seca, exceto pelos cabelos, e usando roupas mais velhas e chinelos.

— Descubra como pedir o jantar — disse Peter enquanto Charmain colocava os sapatos molhados para secar na lareira. — Estou morrendo de fome. — Ele parecia muito mais confortável no velho conjunto azul com que chegara ali.

— Tem comida na bolsa que mamãe trouxe ontem — disse Charmain, ocupada em arrumar os sapatos no melhor lugar.

— Não, não tem — disse Peter. — Eu comi tudo no almoço.

Charmain parou de se sentir indulgente em relação a ele.

— Esganado — disse ela, batendo na lareira para conseguir comida para Desamparada. Esta, apesar de todas as panquecas que havia comido na Mansão Real, ficou encantada ao ver a tigelinha de cachorro. — Você é um esganado — repetiu Charmain, esperando que Desamparada comesse. — Onde põe tudo isso? Tio-avô William, como conseguir o jantar?

A voz bondosa agora estava muito tênue.

— Basta bater à porta da despensa e dizer "Jantar", minha querida.

Peter chegou à despensa primeiro.

— Jantar! — gritou ele, batendo com força na porta.

Ouviu-se um som pesado vindo da mesa. Ambos voltaram-se naquela direção. Ali, ao lado da valise aberta, havia uma pequena costela de cordeiro, duas cebolas e um nabo. Charmain e Peter fitaram aquelas coisas.

— Tudo cru! — exclamou Peter, perplexo.

— E pouco — observou Charmain. — Você sabe cozinhar isso?

— Não — disse Peter. — Minha mãe é quem cozinha lá em casa.

— Ah! — disse Charmain. — *Francamente!*

CAPÍTULO NOVE
*Como a casa do tio-avô William
provou ter muitos caminhos*

Então, Peter e Charmain naturalmente correram para a lareira. Desamparada saiu rapidamente do caminho, enquanto, um após o outro, eles batiam no console da lareira e gritavam:

— Café da manhã!

Mas aparentemente esse feitiço só funcionava pela manhã.

— Eu ficaria feliz até com peixe defumado — disse Charmain, examinando, infeliz, as duas bandejas. Ali havia pães, mel e suco de laranja, nada mais.

— Eu sei cozinhar ovos — disse Peter. — Será que Desamparada come essa costela de cordeiro?

— Ela come praticamente qualquer coisa — respondeu Charmain. — Está tão mal quanto... a gente. O nabo, porém, eu não creio que ela vá comer. Eu não comeria.

O jantar nesse dia foi um tanto insatisfatório. Os ovos que Peter cozinhou ficaram... bem... duros. A fim de desviar a atenção de Charmain deles, Peter lhe perguntou sobre o dia na Mansão Real. Ela contou, querendo desviar a atenção de ambos do modo como ovos cozidos duros não se misturavam com mel. Peter ficou muito intrigado pela maneira como o rei parecia estar à procura de ouro, e ainda mais intrigado com a chegada de Morgan e Faísca.

— E um demônio do fogo? — perguntou ele. — Duas criancinhas com poderes mágicos *e* um demônio do fogo! Aposto que a princesa está ocupadíssima. Quanto tempo eles vão ficar?

— Não sei. Ninguém falou — respondeu Charmain.

— Então aposto com você dois chás da tarde e um café da manhã como a princesa os põe para fora antes do fim de semana — disse Peter. — Já terminou de comer? Então quero que dê uma olhada na valise do seu tio-avô.

— Mas eu quero ler um *livro*! — protestou Charmain.

— Não, não quer — disse Peter. — Você pode fazer isso outra hora. A valise está cheia de coisas que você precisa saber. Vou mostrar. — Ele empurrou as bandejas de café da manhã para um lado e puxou a valise para perto dela. Charmain suspirou e colocou os óculos.

A valise estava cheia de papel até a borda. Em cima de tudo havia um bilhete escrito na letra bonita mas trêmula do tio-avô William. "Para Charmain", dizia. "Chave da casa." Debaixo dele, ela encontrou uma grande folha de papel com o desenho de um emaranhado de linhas desordenadas. Em cima delas, espaçadamente, desenhos de caixas etiquetadas, e cada linha terminava em uma seta na borda da página, com a palavra "inexplorado" escrita ao lado.

— Isso aqui é a consulta rápida — disse Peter quando Charmain pegou o papel. — O restante do material na valise é o mapa propriamente dito. Ele se desdobra. Olhe. — Ele pegou a próxima folha de papel e puxou, e ela se ergueu com a folha seguinte unida a ela, e então a seguinte, dobradas para cima e para baixo, para se encaixar na valise. Sobre a mesa, agora estava um imenso zigue-zague. Charmain olhou para aquilo, indignada. Cada folha mostrava quartos e corredores cuidadosamente desenhados e havia anotações esmeradas ao lado de cada detalhe. As anotações diziam coisas como "Vire à esquerda duas vezes aqui" e "Dois passos para a direita e um para a esquerda aqui". Os quartos tinham blocos de texto neles, alguns simples, como "cozinha", e outros mais eloquentes, como o que dizia "Meu depósito de suprimentos mágicos, mantidos constantemente abastecidos por um feitiço de consumo do qual tenho muito orgulho. Por favor, observe que os ingredientes na parede da esquerda são todos altamente perigosos e devem ser manuseados com grande cuidado." E algumas das folhas ligadas pareciam corredores entrecruzados identificados como: "Para a inexplorada Seção Norte", "Para *Kobolds*", "Para a Cisterna Principal" ou "Para o Salão de Baile: duvido que algum dia encontremos uma utilidade para isso".

— Eu tinha razão em manter essa valise fechada — disse Charmain. — É o mapa mais confuso que já vi na vida! *Não* pode ser tudo dessa casa!

— Mas é. Ela é enorme — disse Peter. — E, se você olhar, verá que a forma como o mapa está dobrado é uma pista para o acesso a diferentes partes dela. Veja, aqui está a sala de estar no alto da página, mas, se você passar para a página seguinte, não vê nem o estúdio nem os quartos, porque estes estão dobrados para trás. O que temos aqui é a cozinha, porque ela está dobrada da mesma maneira...

A cabeça de Charmain começou a rodar, ela fechou os ouvidos para as entusiásticas explicações de Peter e olhou para as linhas desordenadas no pedaço de papel que tinha nas mãos. Quase parecia mais fácil. Pelo menos, ela pôde ver a "Cozinha" bem no meio de tudo, e "Quartos" e "Piscina" e "Estúdio". Piscina? Não devia ser de verdade, certamente. Uma interessante espiral levava para a direita, debaixo dessas caixas, em um emaranhado contendo outra caixa etiquetada "Sala de Conferência". Uma seta saía dessa caixa com a legenda "Para a Mansão Real".

— Ah! — exclamou ela. — Daqui se pode chegar à casa do rei!

— ... saindo para uma campina na montanha onde se lê "Estábulo", mas eu não consigo ver ainda como se chega lá saindo desta oficina — expôs Peter, desdobrando mais um zigue-zague. — E aqui está o "Depósito de Alimentos". A legenda diz "operado pelo Feitiço de Estase". Gostaria de saber como suspendê-lo. Mas o que me interessa de fato são os lugares como este aqui, onde ele escreveu: "Espaço de Armazenagem. Só lixo? Preciso investigar um dia." Você acha que ele criou esse espaço alterado sozinho? Ou já o encontrou lá quando se mudou?

— Ele o encontrou — disse Charmain. — Por essas setas que dizem "Inexplorado", dá para ver que ele não sabe o que há mais adiante.

— Você pode ter razão — observou Peter, prudente. — Ele só usa o que está no meio, não é? Podemos lhe fazer um favor explorando mais.

— Você pode, se quiser — disse Charmain. — Eu vou ler o meu livro. — Ela dobrou o papel com as linhas emaranhadas e o guardou no bolso. Isso poderia lhe poupar uma caminhada pela manhã.

De manhã, as roupas boas de Charmain ainda estavam úmidas. Ela teve de deixá-las penduradas pelo quarto, numa cena deprimente, e vestir seu segundo melhor traje, enquanto se perguntava se conseguiria deixar Desamparada para trás com Peter. Talvez não. E se Peter tentasse outro feitiço e acabasse virando Desamparada pelo avesso ou algo parecido?

Desamparada, naturalmente, seguiu Charmain para a cozinha, ansiosa. Charmain deu uma batidinha na lareira pedindo comida de cachorro, e então, um pouco desconfiada, seu próprio café da manhã. Podia ser que ela e Peter tivessem destruído o feitiço ao pedir café da manhã à noite.

Mas não. Nessa manhã, ela ganhou uma bandeja cheia, com a opção de chá ou café, torrada, um prato com algo feito de peixe e arroz, e um pêssego para acompanhar. Acho que o feitiço está se desculpando, ela pensou. Não gostou muito da coisa com o peixe, e então deu a maior parte para Desamparada, que gostou daquilo como gostava de qualquer comida. Depois, cheirava um tantinho a peixe ao seguir Charmain quando a menina desdobrou seu intrincado mapa, pronta para partir para a Mansão Real.

Olhar para todas aquelas voltas confundia Charmain. Ela percebeu que ficara ainda mais confusa com o gráfico na valise. Dobrar o papel para a frente e para trás para tentar reproduzir o que estava na valise também não ajudou em nada. Após várias voltas para a esquerda e para a direita, ela se viu entrando em um local amplo e bem iluminado por grandes janelas que davam para o rio. Era uma linda vista da cidade do outro lado do rio, de onde, frustradíssima, podia ver o telhado dourado da Mansão Real cintilando à luz do sol.

— Mas eu estou tentando chegar *lá*, não *aqui*! — disse, olhando ao redor.

Havia compridas mesas de madeira sob as janelas, cobertas por estranhos utensílios, e mais utensílios amontoados no meio da sala. As outras paredes eram cheias de prateleiras em que se empilhavam jarros, latas e vidros de formatos estranhos. Charmain sentiu ali o cheiro de madeira nova, encoberto pelo mesmo aroma de tempestade e tempero que havia percebido no estúdio do tio-avô William. O cheiro de magia fresca, ela pensou. Esta deve ser a oficina dele. A julgar pela forma como perambulava contente por ali, Desamparada conhecia bem o local.

— Venha, Desamparada — chamou Charmain, parando para olhar no alto dos estranhos utensílios no meio da sala um pedaço de papel que dizia: "Por favor, não toque."

— Vamos voltar para a cozinha e recomeçar.

Não foi o que aconteceu. Uma virada à esquerda na porta da oficina levou-as a um lugar bem quente, ao ar livre, onde uma pequena piscina azul ondulava em um ambiente de pedra branca. O lugar era cercado por treliças também de pedra branca, por onde subiam roseiras, e havia cadeiras reclináveis brancas ao lado das rosas, sobre as quais se viam empilhadas toalhas grandes e macias. Prontas para quem acabasse de nadar, supôs Charmain. Mas a pobre Desamparada estava aterrorizada ali. Ela se encolheu de encontro ao portão, ganindo e tremendo.

Charmain pegou-a no colo.

— Alguém tentou afogar você, Desamparada? Você foi um cachorrinho que alguém não quis. Está tudo bem. Eu também não vou chegar perto da água. Não tenho a menor ideia de como se nada. — Quando ela dobrou à esquerda no portão, ocorreu-lhe que nadar era apenas uma entre um número muito grande de coisas que ela não tinha ideia de como fazer. Peter tinha razão ao censurar sua ignorância. — Mas não é que eu seja preguiçosa... — ela explicou para Desamparada quando chegavam ao que parecia ser o estábulo — ... ou estúpida. Só não me dei ao trabalho de olhar além do modo de mamãe fazer as coisas, sabe?

O estábulo era um tanto malcheiroso. Charmain ficou aliviada ao ver que os cavalos que deviam ficar ali se encontravam em uma campina além da cerca. Cavalos eram outra coisa sobre a qual ela nada sabia. Pelo menos Desamparada não parecia assustada ali.

Charmain suspirou, colocou Desamparada no chão, pôs os óculos no rosto e examinou o confuso gráfico novamente. O "estábulo" ficava aqui, em algum ponto subindo a montanha. Ela precisava dobrar duas vezes à direita para chegar à cozinha outra vez. Então dobrou duas vezes à direita, com Desamparada seguindo-a ruidosamente, e se viu na quase escuridão diante do que parecia uma grande caverna cheia de *kobolds* azuis correndo de um lado para o outro. Cada um deles voltou-se e lançou um olhar furioso para Charmain. Ela apressou-se em dobrar à direita de novo. E, dessa vez, viu-se em um depósito de xícaras, pratos e bules. Desamparada ganiu. Charmain olhou para várias centenas de bules, enfileirados em prateleiras, de todas as cores e tamanhos possíveis, e começou a entrar em pânico. Estava ficando tarde. Pior do que isso, quando ela voltou a colocar os óculos e consultou o mapa, descobriu que estava em algum ponto perto da base esquerda dos emaranhados, onde a seta apontando para a margem trazia uma anotação que dizia: "Um grupo de luboquins vive nessa estrada. É preciso ter cuidado."

— Ah! — exclamou Charmain. — Isto é *ridículo*! Venha, Desamparada. — Ela abriu a porta pela qual haviam acabado de passar e dobrou à direita novamente.

Dessa vez, mergulharam na completa escuridão. Charmain podia sentir Desamparada focinhando ansiosamente seus tornozelos. Ambas fungaram, tentando identificar o cheiro no ar, e Charmain exclamou:

— Ah!

O lugar tinha cheiro de pedra úmida. Ela se lembrava de ter sentido esse odor no dia em que chegara à casa.

— Tio-avô William — perguntou ela —, como volto daqui para a cozinha?

Para seu grande alívio, a voz gentil respondeu. Soava muito fraca e distante agora.

— Se está aí, minha querida, está perdida, sem dúvida, portanto ouça com atenção: faça uma volta no sentido horário...

Charmain não precisou ouvir mais. Em vez de fazer a volta completa, descreveu cuidadosamente uma meia-volta e então espiou o espaço à frente. De fato, havia um corredor de pedra adiante na penumbra, cruzando aquele em que aparentemente ela se encontrava. Charmain caminhou agradecida naquela direção, com Desamparada andando atrás dela, e entrou no corredor. Ela sabia que agora estava na Mansão Real. Era o mesmo corredor onde vira Sim empurrando um carrinho em seu primeiro dia na casa do tio-avô William. Não só ela identificou o cheiro — leves aromas culinários acima do cheiro de pedra úmida —, como as paredes tinham a típica aparência da Mansão Real, com quadrados e formas oblongas mais claros nos pontos em que os quadros haviam sido retirados. O único problema era que ela não tinha a menor ideia do lugar em que se encontrava na Mansão. Desamparada não era de grande valia. Ela simplesmente se mantinha colada nos tornozelos de Charmain, tremendo.

Charmain a pegou no colo e pôs-se a andar pelo corredor, esperando encontrar alguém conhecido. Dobrou duas esquinas inexpressivo fosse vista e então quase colidiu com o cavalheiro inexpressivo que distribuíra as panquecas no dia anterior. Ele deu um pulo para trás, assustado.

— Meu Deus! — exclamou, examinando Charmain de perto na penumbra. — Eu não sabia que já havia chegado, Srta.... hã... Charme, não é? Está perdida? Posso ajudá-la?

— Sim, por favor — disse Charmain, improvisando.
— Eu fui ao... ao... hã... é... o senhor sabe, para as damas... e devo ter saído no lado errado. O senhor pode me indicar o caminho de volta para a biblioteca?

— Posso fazer melhor do que isso — disse o cavalheiro inexpressivo. — Vou *levá-la*. Basta me seguir.

Ele fez meia-volta e a conduziu pelo caminho de onde viera, ao longo de outro corredor sombrio e através de um saguão amplo e frio, onde um lance de escada de pedra conduzia ao andar de cima. A cauda de Desamparada começou a abanar levemente, como se ela achasse essa parte da casa familiar. Mas a cauda se imobilizou quando passaram diante da escada. A voz de Morgan desceu ribombando do topo dos degraus.

— Não *quelo*! Não *quelo*! *Não* QUELO!

A voz de Faísca, estridente, juntou-se à dele.

— Não *pofo ufar ifo*! Quero a minha de listras!

A voz de Sophie Pendragon também ecoou escada abaixo.

— Fiquem quietos, os dois! Ou vou fazer algo terrível, estou avisando vocês! Minha paciência se esgotou.

O cavalheiro inexpressivo estremeceu. Ele disse a Charmain:

— Criancinhas trazem tanta vida a uma casa, não é?

Charmain ergueu os olhos para ele, com a intenção de assentir e sorrir. Mas algo a fez estremecer. Ela não sabia por quê. Conseguiu assentir levemente e só, antes de seguir o cavalheiro através de uma arcada, onde os berros de Morgan e os gritos de Faísca desapareceram na distância.

Outra esquina depois, o cavalheiro inexpressivo abriu uma porta que Charmain reconheceu como a da biblioteca.

— A Srta. Charme chegou, senhor — disse ele, fazendo uma reverência.

— Ah, ótimo — disse o rei, erguendo os olhos de uma pilha de finos livros de couro. — Venha e sente-se, minha querida. Encontrei uma pilha de documentos para você ontem à noite. Eu não fazia a menor ideia de que tínhamos tantos.

Charmain teve a sensação de que nunca saíra dali. Desamparada acomodou-se, virando-se de barriga para cima no calor do braseiro. Charmain também se acomodou diante de uma pilha oscilante de documentos de diferentes tamanhos, encontrou papel e caneta, e começou, sentindo-se muito bem.

Passado algum tempo, o rei disse:

— Esse meu antepassado, que escreveu estes diários, imaginava-se um poeta. O que acha deste? Destinado à amada dele, é evidente.

"Você dança com a graça de uma cabra, meu amor,
E canta com a voz suave de uma vaca nas montanhas."

— Você chamaria isso de romântico, minha querida? Charmain riu.

— É terrível. Espero que ela tenha desistido dele. Hã... Vossa Majestade, quem é o cavalheiro inex... hã... que me trouxe aqui ainda há pouco?

— Você se refere ao meu camareiro? — perguntou o rei. — Sabe, ele está conosco há anos e anos e anos... e eu nunca consigo lembrar o nome do pobrezinho. Você vai ter de perguntar à princesa, minha querida. Ela se lembra de coisas assim.

Ah, bem, pensou Charmain. Vou ter de pensar nele como o cavalheiro inexpressivo, então.

O dia transcorreu pacificamente. Para Charmain, era uma agradável mudança após um início tão agitado. Ela classificou, tomando notas, contas de duzentos anos atrás, contas de cem anos atrás e contas de apenas quarenta anos atrás. Estranhamente, porém, as contas antigas envolviam quantias muito mais altas do que as mais recentes. Era como se a Mansão Real viesse gastando cada vez menos. Charmain também classificou cartas de quatrocentos anos antes e relatórios mais recentes de embaixadores de Estrângia, Ingary e até mesmo Rajpuht. Alguns embaixadores enviaram poemas. Charmain leu os piores em voz alta para o rei. Mais embaixo na pilha, ela encontrou recibos. Documentos que diziam coisas como "Em pagamento pelo retrato de uma senhora, supostamente de um grande mestre, 200 guinéus" começaram a surgir cada vez com mais frequência, todos dos últimos sessenta anos. Parecia a Charmain que a Mansão Real estivera vendendo seus quadros durante a maior parte do reinado do rei. Ela decidiu não perguntar ao rei sobre isso.

O almoço chegou, mais pratos deliciosos e picantes de Jamal. Quando Sim o trouxe, Desamparada levantou-se de um pulo, abanando a cauda, parou, pareceu desapontada e saiu da biblioteca. Charmain não tinha a menor ideia se era o cachorro do cozinheiro ou o almoço que Desamparada queria. Almoço, provavelmente.

Quando Sim colocou a travessa na mesa, o rei perguntou, jovialmente:

— Como estão as coisas lá fora agora, Sim?

— Um pouco barulhentas, senhor — replicou Sim. —

Acabamos de receber nosso sexto cavalinho de pau. Parece que o senhor Morgan pediu um macaco vivo, que, sinto-me feliz em relatar, a Sra. Pendragon não concordou em lhe conceder. Isso resultou em certo tumulto. Além disso, o senhor Faísca parece convencido de que alguém está lhe negando um par de calças listradas. Ele está fazendo muito barulho por causa disso a manhã inteira, senhor. E o demônio do fogo adotou a lareira no salão da frente como seu lugar de descanso preferido. Vai tomar o chá conosco naquele salão hoje, senhor?

— Acho que não — respondeu o rei. — Não tenho nada contra o demônio do fogo, mas fica um pouco cheio por lá, com todos aqueles cavalinhos de pau. Tenha a bondade de nos trazer algumas panquecas aqui na biblioteca, está bem, Sim?

— Certamente, senhor — concordou Sim, saindo vacilante da sala.

Quando a porta se fechou, o rei disse à Charmain:

— O problema não são os cavalinhos de pau, na verdade. E eu até gosto do barulho. Mas isso tudo me faz pensar o quanto eu teria gostado de ser avô. Uma pena, isso.

— Hã... — começou Charmain — ...as pessoas na cidade sempre comentam que a princesa Hilda teve uma decepção amorosa. Por isso ela nunca se casou?

O rei pareceu surpreso.

— Não que eu saiba — disse ele. — Durante anos, quando era mais jovem, ela teve príncipes e duques fazendo fila para se casar com ela. No entanto, ela não é do tipo feito para o casamento. A ideia nunca lhe agradou, é o que ela me diz. Prefere a vida aqui, me ajudando. Mas é uma pena. Assim, meu herdeiro terá de ser o príncipe Ludovic, o tolo filho de um primo meu. Você o conhecerá em breve, se pudermos tirar pelo menos um cavalinho de pau do caminho... ou talvez usemos o Grande Salão. Mas o que eu lamento de verdade é que não haja mais gente jovem na Mansão nos dias atuais. Sinto falta disso.

O rei não parecia muito infeliz. Falava com um tom mais trivial do que pesaroso, mas Charmain percebeu que, na verdade, a Mansão Real era mesmo um lugar triste. Imenso, vazio e triste.

— Eu compreendo, Vossa Majestade — disse ela.

O rei sorriu e deu uma mordida numa das delícias de Jamal.

— Sei que compreende — disse ele. — Você é uma jovem muito inteligente. Um dia, será motivo de grande honra para o seu tio-avô William.

Charmain piscou um pouco diante dessa descrição. Mas, antes que pudesse se sentir muito constrangida pelo elogio, percebeu o que o rei omitira. Posso ser inteligente, ela pensou, com certa tristeza, mas não sou nem um pouco gentil ou compreensiva. Acho até que talvez seja insensível. Olhe o modo como eu trato Peter.

Ficou remoendo esses pensamentos pelo restante da tarde. O resultado foi que, quando chegou a hora de encerrar o trabalho do dia e Sim reapareceu com Desamparada andando atrás dele, Charmain se ergueu e disse:

— Obrigada por ser tão bom para mim, Vossa Majestade.

O rei pareceu surpreso e lhe disse que não via motivos para agradecer. Mas eu *vejo*, pensou Charmain. Ele é tão generoso que devia servir de exemplo para mim. Enquanto acompanhava o andar lento e cambaleante de Sim, com Desamparada, que parecia muito sonolenta e gorda, arrastando-se atrás deles, Charmain tomou a resolução de ser gentil com Peter quando chegasse à casa do tio-avô William.

Sim havia quase alcançado a porta da frente quando Faísca veio correndo de algum lugar, girando uma grande argola vigorosamente. Foi seguido em grande velocidade por Morgan, que erguia os braços e gritava: "Upa, *upa*, UPA!" Sim cambaleou para um lado. Charmain tentou colar-se à parede quando Faísca passou por eles. Houve um instante em que ela pensou que Faísca lhe dirigiu um olhar estranho e inquisidor, ao passar em disparada, mas um ganido de Desamparada a fez correr para o resgate e ela não pensou mais no assunto. Desamparada fora derrubada de pernas para o ar e estava muito aborrecida. Charmain a pegou no colo e quase deu um encontrão em Sophie Pendragon correndo atrás de Morgan.

— Por onde foram? — arquejou Sophie.

Charmain apontou. Sophie ergueu a saia e saiu correndo, resmungando algo sobre enforcar um enquanto corria.

A princesa Hilda apareceu e parou para ajudar Sim a se levantar.

— Peço sinceras desculpas, Srta. Charme — disse ela quando Charmain se aproximou. — Aquela criança é como uma enguia... bem, ambos são, na verdade. Preciso tomar alguma providência, ou a pobre Sophie não vai poder dar nenhuma atenção aos *nossos* problemas. Está bem agora, Sim?

— Perfeitamente, senhora — respondeu Sim. Ele fez uma mesura para Charmain e abriu a porta, deixando-a passar para a clara luz da tarde como se nada houvesse acontecido.

Se algum dia eu me casar, pensou Charmain, atravessando a Praça Real com Desamparada nos braços, nunca vou ter filhos. Eles me fariam ser cruel e insensível em uma semana. Talvez eu seja como a princesa Hilda e nunca me case. Assim, quem sabe eu tenha a chance de aprender a ser gentil. Seja como for, vou praticar com Peter, porque ele é de fato um caso desafiador.

Ela estava cheia de uma inflexível resolução de ser gentil quando chegou à casa do tio-avô William. Ajudou o fato de, ao subir o caminho entre as fileiras de hortênsias azuis, não haver nenhum sinal de Rollo. Ser gentil com Rollo era algo que Charmain tinha certeza que nunca poderia fazer.

— Isso é humanamente impossível — observou para si mesma enquanto colocava Desamparada no tapete da sala de estar. A sala chamou sua atenção por estar atipicamente limpa e arrumada. Estava tudo em ordem, da valise escondida atrás de uma das poltronas ao vaso de hortênsias de cores variadas na mesinha de centro. Charmain franziu a testa ao ver aquele vaso. Era com certeza um dos que haviam desaparecido ao ser colocados no carrinho de chá. Talvez Peter tenha pedido o café da manhã e o vaso tenha vindo junto, ela pensou um tanto vagamente, pois, de súbito, lembrou-se de que deixara roupas úmidas espalhadas pelo quarto todo e roupas de cama arrastando no chão. Droga! Preciso arrumar.

Ela se deteve de repente à porta de seu quarto. Alguém fizera sua cama. As roupas, agora secas, estavam bem dobradas no tampo da cômoda. Era um ultraje. Sentindo-se tudo, menos agradecida, Charmain dirigiu-se furiosa para a cozinha.

Peter estava sentado à mesa, parecendo tão inocente que Charmain soube que estivera aprontando alguma. Atrás dele, no fogo, uma grande panela preta borbulhava aromas estranhos, leves e apetitosos.

— O que significa você ter arrumado meu quarto? — perguntou ela.

Peter pareceu magoado, embora Charmain pudesse ver que ele estava cheio de pensamentos emocionantes e secretos.

— Pensei que você ficaria feliz — disse ele.

— Bem, *não* fiquei! — replicou Charmain, surpreendendo-se ao perceber que estava à beira das lágrimas. — Eu estava apenas começando a aprender que, se eu deixar alguma coisa cair no chão, essa coisa *fica* no chão, a menos que eu a pegue, e que, se eu fizer bagunça, *eu* tenho de arrumar, pois a bagunça não se desfaz sozinha, e então você vai e arruma *para* mim! Você é tão ruim quanto minha mãe!

— Preciso fazer *alguma coisa* enquanto fico aqui sozinho o dia todo — protestou Peter. — Ou você espera que eu simplesmente fique aqui sentado?

— Você pode fazer o que quiser — gritou Charmain. — Dançar. Plantar bananeira. Fazer careta para Rollo. Mas não arruíne meu processo de aprendizado!

— Fique à vontade para aprender — retorquiu Peter. — Você tem muito pela frente. Não vou tocar no seu quarto de novo. Está interessada em algumas das coisas que aprendi hoje? Ou você é totalmente egocêntrica?

Charmain engoliu em seco.

— Eu tinha a intenção de ser gentil com você esta noite, mas você torna as coisas muito difíceis.

— Minha mãe diz que as dificuldades ajudam a aprender — disse Peter. — Você deveria ficar feliz. Vou lhe dizer só uma coisa que aprendi hoje: como conseguir comida suficiente para o jantar. — Ele apontou o polegar para a panela borbulhante. O dedo tinha um pedaço de cordão verde amarrado nele. O outro polegar tinha um cordão vermelho e um dos outros dedos estava amarrado com cordão azul.

Ele está tentando ir em três direções ao mesmo tempo, pensou Charmain. Esforçando-se imensamente para soar amigável, disse:

— Como é que se consegue comida suficiente para o jantar, então?

— Fiquei batendo à porta da despensa — disse Peter — até que uma quantidade suficiente de coisas caiu sobre a mesa. Então eu as coloquei na panela para cozinhar.

Charmain olhou para a panela.

— Que coisas?

— Fígado e bacon — disse Peter. — Repolho. Mais nabos e um pedaço de coelho. Cebolas, mais duas costeletas e um alho-poró. Foi fácil, na verdade.

Eca!, pensou Charmain. Mas, para não dizer nada muito rude, fez meia-volta para ir à sala de estar.

— Não quer saber como consegui recuperar aquele vaso de flores? — perguntou Peter às suas costas.

— Você se sentou no carrinho — disse Charmain com frieza, e foi ler *A varinha de doze ramos*.

Mas não adiantou. Ela ficava erguendo os olhos e vendo aquele vaso de hortênsias e então olhando o carrinho e se perguntando se Peter havia de fato se sentado ali e desaparecido com um chá da tarde. E se perguntava como ele havia voltado. E, cada vez que olhava, tinha mais consciência de que sua resolução em ser gentil com Peter tinha dado em nada. Ela aguentou por quase uma hora e então voltou para a cozinha.

— Quero pedir desculpas — disse. — *Como* você conseguiu as flores de volta?

Peter mexia a panela com uma colher.

— Acho que ainda não está pronto — disse ele. — Esta colher não está conseguindo entrar nos pedaços.

— Ande, vamos — disse Charmain. — Estou sendo educada.

— Vou lhe contar durante o jantar — disse Peter.

E cumpriu o prometido, para irritação de Charmain. Durante uma hora, ele mal disse uma palavra, até que o conteúdo da panela tivesse sido dividido em duas tigelas. Dividir a comida não foi tarefa fácil, pois Peter não se dera ao trabalho de descascar ou cortar nada antes de colocar na panela. Tiveram de partir o repolho com duas colheres. Tampouco Peter se lembrara de que um ensopado precisa de sal. Todas as coisas — o bacon branco e encharcado, o pedaço de coelho, nabos inteiros e as cebolas molengas — flutuavam em um caldo ralo. A comida estava horrível, para dizer o mínimo. Esforçando-se o máximo para ser gentil, Charmain não verbalizou sua opinião.

A única coisa boa foi que Desamparada gostou. Quer dizer: ela lambeu a água rala e depois cuidadosamente comeu os pedaços de carne, separando-os do repolho. Charmain fez quase o mesmo e tentou não estremecer. Ficou feliz de desviar a atenção daquilo ouvindo o que Peter tinha a dizer.

— Você sabia... — começou ele, bastante pomposo, na opinião de Charmain. Mas dava para ver que tinha tudo arquitetado na mente como uma história e que ia contá-la exatamente como tinha planejado. — ... você sabia que, quando as coisas desaparecem do carrinho, elas voltam para o passado?

— Bem, suponho que o passado seja uma lixeira bastante boa — disse Charmain. — Desde que você se certifique de que é mesmo passado e que as coisas não reapareçam todas mofadas...

— Você quer ouvir ou não? — perguntou Peter.

Seja gentil, Charmain disse a si mesma, comendo outro pedaço do horrível repolho e assentindo.

— E que algumas partes desta casa também estão no passado? — continuou Peter. — Eu não me sentei no carrinho, você sabe. Só saí explorando com uma lista dos caminhos pelos quais precisava seguir, e descobri por acaso. Devo ter tomado o caminho errado uma ou duas vezes.

Não me surpreendo, pensou Charmain.

— De qualquer forma — disse Peter —, cheguei a um lugar onde existem centenas de mulheres *kobold*, todas lavando bules e empilhando comida em bandejas de cafés da manhã, chás e outras coisas. Eu fiquei um pouquinho nervoso com elas, por causa da maneira como você as irritou no caso das hortênsias, mas tentei parecer agradável ao passar e cumprimentei, sorri e tudo mais. E fiquei surpreso quando todas me cumprimentaram e sorriram de volta e me desejaram um bom dia de forma perfeitamente amigável. Assim, segui cumprimentando e sorrindo e andando até que cheguei a uma sala na qual não estivera antes. Logo que abri a porta, a primeira coisa que vi foi o vaso de flores em uma mesa muito, muito comprida. A *segunda* coisa que vi foi o Mago Norland sentado atrás da mesa...

— Santo Deus! — exclamou Charmain.

— Eu também fiquei surpreso — admitiu Peter. — Fiquei lá parado, com o olhar fixo, para dizer a verdade. Ele parecia bastante saudável... sabe, forte e corado, e tinha muito mais cabelo do que eu me lembrava... e estava ocupado trabalhando no gráfico que está na valise. Ele tinha tudo espalhado sobre a mesa e só havia preenchido cerca de um quarto dele. Acho que isso me deu uma pista. De qualquer forma, ele ergueu os olhos e disse, muito educado: "Você se importa de fechar a porta? Tem uma corrente de ar aqui." E, antes que eu pudesse dizer qualquer coisa, ele levantou os olhos outra vez e perguntou: "Quem é *você*?"

"Respondi: 'Eu sou Peter Regis.'

"Isso o fez franzir a testa. Ele perguntou: 'Regis, Regis? Tem algum parentesco com a Bruxa de Montalbino?'

"'Ela é minha mãe', respondi.

"E ele: 'Não achei que ela tivesse filhos.'

"'Só tem a mim', afirmei. 'Meu pai morreu em uma grande avalanche em Transmontanha, logo depois de eu nascer.'

"Ele franziu um pouco mais a testa e disse: 'Mas essa avalanche foi agora, no mês passado, meu jovem. Estão dizendo que foi um luboque que a provocou e certamente ela matou muita gente... ou estamos falando da avalanche de quarenta anos atrás?' E ele me olhou muito severo e incrédulo.

"Eu me perguntava como poderia fazê-lo acreditar no que acontecera. Então disse: 'Eu juro que é verdade. Parte da sua casa deve voltar no tempo. É onde os chás da tarde desaparecem. E isto deve servir de prova: nós colocamos aquele vaso de flores no carrinho de chá no outro dia e ele voltou aqui para você.' Ele olhou para o vaso, mas não disse nada. Eu continuei: 'Vim aqui para sua casa porque minha mãe combinou com você que eu seria seu aprendiz.'

"Ele disse: 'Foi mesmo? Então eu devia estar querendo muito retribuir um favor a ela. Você não me parece ter um talento extraordinário.'

"'Eu posso fazer magia', informei, 'mas minha mãe consegue qualquer coisa quando quer.'

"Ele disse: 'Verdade. Ela tem uma personalidade extraordinariamente convincente. O que foi que eu disse quando você se apresentou?'

"'Não disse', respondi. 'O senhor não estava lá. Uma garota chamada Charmain Baker estava cuidando da sua casa — ou era o que deveria fazer, mas ela foi trabalhar para o rei e encontrou um demônio do fogo...

"Ele então me interrompeu, parecendo chocado. 'Um demônio do fogo? Meu jovem, esses seres são muito perigosos. Você está me dizendo que a Bruxa das Terras Desoladas estará na Alta Norlanda daqui a pouco tempo?'

"'Não, não', respondi. "Um dos magos reais de Ingary cuidou da Bruxa das Terras Desoladas faz quase três anos agora. Esse demônio do fogo tinha algo a ver com o rei, foi o que Charmain disse. Suponho que ela seja apenas uma recém-nascida do seu ponto de vista, mas contou que o senhor estava doente e que os elfos o levaram para curá-lo, e que a tia Semprônia combinou que Charmain tomasse conta da casa enquanto o senhor estivesse fora.'

"Ele pareceu bem perturbado com essa informação. Recostou-se na cadeira e piscou um pouco. 'Tenho uma sobrinha-neta chamada Semprônia', confirmou ele, um tanto lenta e pensativamente. 'Isso *poderia* ser verdade. Semprônia casou-se com alguém de uma família muito respeitável, eu creio...'

"'Ah, eles são sim!', eu disse. 'O senhor deveria ver a mãe de Charmain. Ela é tão respeitável que não deixa Charmain fazer nada.'"

Muito obrigada, Peter!, pensou Charmain. Agora ele acha que eu sou uma completa inútil!

— Mas ele não estava muito interessado — prosseguiu Peter. — Queria saber o que o deixara doente e eu não soube dizer. *Você* sabe? — ele perguntou a Charmain. Ela abanou a cabeça. Peter deu de ombros e contou: — Então ele suspirou e disse que supunha que aquilo não tivesse importância, pois parecia ter sido inevitável. Mas, depois disse um tanto patético e perplexo: 'Mas eu não conheço nenhum elfo!'

"Eu expliquei: 'Charmain contou que foi o rei que mandou os elfos.'

"'Ah', disse ele, parecendo bem mais feliz. 'É óbvio que sim! A família real tem sangue de elfo — vários deles casaram-se com elfos e estes mantêm a conexão, eu creio.' Então ele olhou para mim e disse: 'Essa história começa a fazer sentido.'

"Eu respondi: 'Deveria mesmo. É tudo verdade. Mas o que não entendo é o que o senhor fez para deixar os *kobolds* tão zangados.'

"'Nada, eu lhe asseguro', afirmou ele. 'Os *kobolds* são meus amigos, e assim é há anos. Eles executam muitas tarefas para mim. Eu não irritaria um *kobold* mais do que irritaria meu amigo, o rei.'

"Ele pareceu tão chateado com isso que achei que era melhor mudar de assunto. Então eu disse: 'Posso lhe perguntar sobre esta casa? O senhor a construiu ou a encontrou?'

"'Ah, encontrei', respondeu ele. 'Ou melhor, eu a comprei quando era um mago ainda jovem e no início de carreira, porque parecia pequena e barata. Então descobri que era um labirinto de muitos caminhos. Foi uma descoberta maravilhosa, posso lhe assegurar. Parece que já pertenceu ao Mago Melicot, o mesmo homem que fez o telhado da Mansão Real parecer feito de ouro. Sempre esperei que, em algum lugar dentro desta casa, estivesse escondido o verdadeiro ouro que fazia parte do Tesouro Real naquele tempo. O rei procura esse ouro há anos, você sabe.'

"E você pode imaginar como isso me fez ficar alerta", disse Peter. "Mas não consegui perguntar mais nada, pois ele disse, olhando o vaso sobre a mesa: 'Então essas são mesmo flores do futuro? Você pode me dizer de que tipo são?'

"Fiquei assombrado que ele não soubesse. Disse-lhe que eram hortênsias de seu próprio jardim. 'As coloridas que os *kobolds* cortam', eu disse. Ele olhou para elas e murmurou que eram magníficas, particularmente pelo fato de terem tantas cores diferentes. 'Vou ter de começar a cultivá-las', disse ele. 'São mais coloridas do que as rosas.'

"'Elas podem ser azuis também', eu disse. 'Minha mãe usa um feitiço com pó de cobre nas nossas.' E, enquanto ele murmurava algo a esse respeito, perguntei-lhe se podia levá-las comigo, para que pudesse provar a você que o havia encontrado.

"'Sim, sim', disse ele. 'Elas estão no caminho aqui. E diga à sua jovem dama que conhece o demônio do fogo que espero ter meu diagrama da casa concluído quando ela for grande o bastante para precisar dele.'"

"Assim", disse Peter, "peguei as flores e voltei. Não foi extraordinário?"

— Muito — respondeu Charmain. — Ele não teria cultivado as hortênsias se os *kobolds* não as tivessem cortado e eu não as tivesse recolhido e você não se tivesse perdido... Isso me deixa tonta. — Ela empurrou para o lado a tigela de repolho e nabo. Eu vou ser simpática com ele. Eu vou, eu vou! — Peter, que tal se eu fizesse uma visita ao meu pai na volta para casa amanhã e pegasse um livro de receitas com ele? Papai deve ter centenas. É o melhor cozinheiro da cidade.

Peter pareceu extremamente aliviado.

— Boa ideia — disse ele. — Minha mãe nunca me falou muito de cozinha. É ela sempre quem cozinha.

E não vou censurar o fato de ele ter dado ao tio-avô William uma imagem ruim de mim, jurou Charmain. Serei gentil. Mas se ele fizer isso de novo...

CAPÍTULO DEZ
No qual Faísca sobe no telhado

Durante a noite, um pensamento preocupante sobreveio a Charmain. Se era possível viajar no tempo na casa do tio-avô William, o que a impediria de chegar à Mansão Real dez anos atrás e descobrir que o rei não a estava esperando? Ou dez anos no futuro, e descobrir que o príncipe Ludovic agora estava no poder? Isso foi o suficiente para fazê-la decidir andar até a Mansão da maneira tradicional.

Assim, na manhã seguinte, Charmain partiu pela estrada, com Desamparada andando rapidamente atrás dela, até chegarem ao penhasco onde ficava a campina do luboque, quando Desamparada ficou tão sem fôlego e em estado tão lamentável que Charmain a pegou no colo. Como sempre, pensou Charmain. Sinto-me como uma garota crescida e trabalhadora, acrescentou para si mesma enquanto seguia para a cidade com Desamparada, feliz, tentando lamber o seu queixo.

Chovera novamente a noite toda, mas essa era uma daquelas manhãs de céu azul-pálido e imensas nuvens brancas. As montanhas exibiam tons azuis e verdes aveludados e, na cidade, o sol cintilava nas pedras molhadas do calçamento e refulgia no rio. Charmain estava muito contente. Esperava, até mesmo com ansiedade, passar um dia classificando documentos e conversando com o rei.

Enquanto cruzava a Praça Real, o sol brilhava tanto no telhado dourado da Mansão Real que Charmain foi obrigada a olhar para as pedras do calçamento. Desamparada piscou e encolheu-se, e então pulou quando um grito agudo veio da Mansão.

— Olhem para mim! *Olhem para mim!*

Charmain olhou, os olhos encheram-se de lágrimas, ofuscados pela luz, e ela tornou a olhar protegendo os olhos com uma das mãos que soltou de Desamparada. O menino

Faísca estava sentado no cume do telhado dourado, escanchado, a mais de 30 metros de altura, acenando alegremente para ela. Ele quase perdeu o equilíbrio ao fazê-lo. Diante da visão, Charmain esqueceu-se de todos os pensamentos duros que tivera em relação a crianças no dia anterior. Deixou Desamparada no chão e correu para a porta da Mansão, onde bateu com estrondo a grande aldrava e tocou a campainha furiosamente.

— O garotinho! — arquejou ela para Sim quando ele abriu lentamente a porta que rangia. — Faísca. Ele está sentado no telhado! Alguém *tem* de tirá-lo de lá!

— Verdade? — perguntou Sim. Ele cambaleou até os degraus. Charmain teve de esperar enquanto ele descia, vacilante, até um ponto em que podia ver o telhado, e esticava o pescoço, trêmulo, olhando para cima. — Está mesmo, senhorita — concordou ele. — Diabinho. Vai cair. Esse telhado é escorregadio como gelo.

A essa altura, Charmain estava quase pulando de impaciência.

— Mande alguém pegá-lo! Rápido!

— Não sei quem — disse Sim lentamente. — Ninguém nesta mansão escala muito bem. Eu podia mandar Jamal, suponho, mas com um olho só seu equilíbrio não é dos melhores.

Desamparada se empinava, latindo para que a levassem até o topo da escada. Charmain a ignorou.

— Então mande a *mim* — disse ela. — Basta me dizer como chegar lá. Agora. Antes que ele escorregue.

— Boa ideia — concordou Sim. — Suba a escada no fim do corredor, senhorita, e continue subindo. O último lance é de madeira, e a senhorita vai encontrar uma portinha...

Charmain não esperou mais nada. Deixando Desamparada por sua própria conta, ela atravessou em disparada o úmido corredor de pedra até chegar ao saguão com a escada de pedra. Ali ela começou a subir desesperadamente, os óculos batendo no peito e os passos ecoando pelas paredes. E para cima ela foi, dois longos lances de degraus, a mente cheia de pensamentos horríveis de um corpinho despencando e caindo nas pedras com... bem... um *plunc*, exatamente onde ela havia deixado Desamparada. Ofegante, galgou um terceiro lance, mais estreito. Parecia interminável. Então alcançou uma escada de madeira e subiu ruidosamente, quase sem fôlego, também aquela, que parecia igualmente interminável. Por fim, ela alcançou uma portinhola de madeira. Rezando para que não fosse tarde demais, Charmain abriu a porta para uma labareda de sol e ouro.

— *Penfei* que não *fofe* chegar nunca — disse Faísca do meio do telhado. Ele usava um conjuntinho de veludo azul--bebê e seus cabelos dourados brilhavam tanto quanto o telhado. Parecia perfeitamente calmo, mais como um anjo extraviado do que um garotinho em apuros num telhado.

— Você está muito assustado? — arquejou Charmain, ansiosa. — Segure-se firme e não se mexa e eu vou me arrastar até aí para buscá-lo.

— Por favor, *fafa ifo* — disse Faísca educadamente.

Ele não sabe o perigo que está correndo!, pensou Charmain. Tenho de manter toda a calma. Com muita cautela, ela saiu pela porta de madeira e deslizou até ficar sentada, escanchada no telhado, como Faísca. Era muitíssimo desconfortável. Charmain não sabia o que era pior: o fato de as telhas de estanho estarem quentes, molhadas, afiadas e escorregadias, ou a maneira como o telhado parecia estar cortando-a em duas. Quando lançou um olhar de soslaio para a Praça Real, muito, muito abaixo, teve de se lembrar, com muita seriedade, de que havia apenas três dias lançara um feitiço que a salvara do luboque e *provado* que podia voar. Talvez conseguisse agarrar Faísca pela cintura e descer flutuando com ele.

Nesse momento, percebeu que Faísca estava recuando, afastando-se dela, enquanto ela tentava se aproximar dele.

— Pare com isso! — disse ela. — Não sabe o quanto isso é perigoso?

— É óbvio que *fei* — replicou Faísca. — A altura me *afusta* muito. Mas este é o único lugar em que *pofo* falar com *vofê fem* ninguém nos ouvir. Basta vir aqui, até o meio do telhado, onde eu não terei de gritar. E *feja* rápida. A *prinfesa* Hilda contratou uma babá para Morgan e para mim. A infeliz garota vai *aparefer* a qualquer instante.

Isso soou tão adulto que Charmain piscou e o fitou. Faísca lhe ofereceu um sorriso ofuscante, que incluía os olhos azuis imensos e os lábios rosados e encantadores.

— Você é um geniozinho ou algo assim? — perguntou ela.

— Bem, é o que *fou* agora — disse Faísca. — Quando eu tinha *feis* anos de verdade, eu era mediano, acho. Com um forte dom para a magia, é evidente. *Aprofime-se*, ande.

— Estou tentando. — Charmain pôs-se a deslizar ao longo do telhado, até estar a uns trinta centímetros da criança. — Então, sobre o que deveríamos falar? — ela perguntou diretamente.

— O Mago Norland primeiro — respondeu Faísca. — Me *diferam* que *vofê* o *conhefe*.

— Para falar a verdade, não — disse Charmain. — Ele é tio-avô da minha tia-avó emprestada. Estou cuidando da casa dele enquanto ele está doente. — Ela não teve vontade de mencionar Peter.

— E como é a casa dele? — perguntou Faísca, acrescentando, tagarela: — Eu mesmo moro em um castelo animado, que *fe* move. A casa de Norland *fe* move?

— Não — disse Charmain. — Mas tem uma porta no meio que leva você para uns cem cômodos diferentes. Dizem que foi o Mago Melicot que a construiu.

— Ah. Melicot — repetiu Faísca, parecendo muito satisfeito. — Então eu provavelmente *prefisarei* ir até lá para vê-la, diga *Calfifer* o que quiser. Tudo bem?

— Creio que sim — respondeu Charmain. — Por quê?

— Porque *Fophie*, *Calfifer* e eu fomos contratados para descobrir o que *acontefeu* com o ouro do tesouro do rei — explicou Faísca. — Pelo menos, nós achamos que é *ifo* que eles querem, mas não estão *fendo* muito explícitos. Metade do tempo, eles *parefem* dizer que o que perderam é algo chamado dom de Elfo e ninguém sabe o que é isso. E a *Prinfesa* pediu a *Fophie* que *descobrife* o que está *acontefendo* com o dinheiro dos impostos. E *ifo* também *parefe fer* algo diferente. Eles venderam muitos quadros e outras coisas, e ainda estão tão pobres quanto ratos de igreja, *vofê* deve ter *perfebido*.

Charmain assentiu.

— Percebi. Eles não poderiam cobrar novos impostos?

— Ou vender parte da biblioteca — sugeriu Faísca. Então deu de ombros. Isso o fez oscilar tão preguiçosamente que Charmain fechou os olhos. — *Calfifer* quase foi *expulfo* na noite *pafada* quando *fugeriu* vender alguns livros. E quanto a impostos, o rei diz que o povo da Alta Norlanda é próspero e feliz, e qualquer dinheiro de impostos extras provavelmente também desapareceria. Portanto, não adianta nada. O que eu quero que *vofê fafa*...

Ouviu-se um grito à distância. Charmain abriu os olhos e olhou de lado. Um número considerável de pessoas se reunira na praça, todos protegendo os olhos e apontando para o telhado.

— Apresse-se — disse ela. — Vão chamar os bombeiros a qualquer minuto agora.

— Eles têm *ifo?* — perguntou Faísca. — Vocês *fão fivilizados* por aqui. — Ele lhe dirigiu outro de seus sorrisos resplandecentes. — O que *prefisamos* que *vofê* fafa...

— Vocês dois estão felizes aí fora? — perguntou uma voz às costas de Charmain. Estava tão perto e foi tão súbita que Charmain deu um pulo e quase perdeu o equilíbrio.

— *Cuidado, Fophie!* — exclamou Faísca aflito. — *Vofê* quase a derrubou.

— Isso só serve para mostrar que plano inconsequente foi esse, mesmo para você — disse Sophie. Pelo som, ela estava se inclinando para fora da porta de madeira, mas Charmain não ousou se virar para olhar.

— Fez a mágica que eu lhe dei? — perguntou Faísca, inclinando-se de lado para vê-la por trás de Charmain.

— Sim, fiz — disse Sophie. — Está todo mundo correndo pela Mansão fazendo um alvoroço, Calcifer está tentando conter aquela babá tola e histérica e alguém lá fora acabou de chamar os bombeiros. Consegui entrar furtivamente na biblioteca no meio da confusão com seu feitiço. Satisfeito?

— Perfeitamente. — Faísca deu outro sorriso angelical. — Agora *vofê* vê o quanto meu plano foi astuto. — Ele inclinou-se na direção de Charmain. — O que eu fiz — disse a ela — foi *lanfar* um *feitifo* que faz com que todos os livros ou *pedafo* de papel que tenham a mais leve *referênfia* aos problemas do rei se iluminem com uma luz que *fomente vofê* pode ver. Quando avistar um iluminado, quero que anote o que é e o que diz. *Fecretamente*, sim? Aqui há *defididamente* algo errado, e não queremos que ninguém *faiba* o que *vofê* está fazendo, para não chegar à *pefoa* que está causando o problema. Pode fazer *ifo* por nós?

— Creio que sim — disse Charmain. Parecia bastante fácil, embora ela não gostasse da ideia de manter segredo para o rei. — Quando você quer minhas anotações?

— Esta noite, por favor, antes que aquele herdeiro principesco chegue — disse Sophie atrás de Charmain. — Não tem necessidade de *ele* se envolver nisso. E estamos muito gratos e isso é muito importante. É a razão por que estamos aqui. Agora, pelo amor de Deus, entrem, vocês dois, antes que comecem a trazer escadas.

— Está *ferto* — disse Faísca. — Lá vamos nós. Mas, *atenfão*, talvez eu chegue em duas metades.

— Seria bem feito — replicou Sophie.

O telhado começou a corcovear e ondular sob Charmain. Ela quase gritou. Mas agarrou-se com ambas as mãos, lembrando a si mesma que podia voar. Não podia? E o telhado sacudia e ondulava para trás, na direção de onde ela saíra, enquanto, diante dela, Faísca bamboleava-se para a frente também. Em segundos, Charmain sentiu Sophie segurá-la debaixo dos braços e puxá-la para trás, com algum esforço, para o interior da Mansão Real outra vez. Sophie então inclinou-se e agarrou Faísca e o depositou no chão, ao lado de Charmain.

Faísca ergueu os olhos, sentido, para Charmain.

— De volta à *infânfia* outra vez — disse ele, suspirando. — *Vofê* não vai me *denunfiar*, vai?

— Ah, deixe de bobagens — disse Sophie. — Está
tudo bem com Charmain. — Então disse à garota: — O
nome verdadeiro dele é Howl, e ele está se divertindo muito,
vergonhosamente, tendo essa segunda infância. Venha, meu
homenzinho. — Ela levantou Faísca, colocando-o debaixo do
braço, e o levou escadas abaixo. Houve muitos chutes e gritos.

Charmain os seguiu, sacudindo a cabeça.

No patamar principal, a meio caminho do térreo, todos
na Mansão pareciam reunidos — inclusive algumas pessoas
que Charmain não vira antes —, com Calcifer saltitando aqui
e ali entre elas. Até mesmo o rei estava ali, carregando Desamparada. A princesa Hilda empurrou para o lado uma jovem gorda que segurava Morgan e soluçava e apertou a mão
de Charmain.

— Minha querida Srta. Charme, muitíssimo obrigada.
Estávamos em grande estado de pânico. Sim, vá e diga aos
bombeiros que não precisamos das escadas e que *certamente*
não precisamos das mangueiras.

Charmain mal podia ouvi-la. Desamparada tinha visto
Charmain e prontamente saltou dos braços do rei, ganindo
com alívio histérico pelo fato de Charmain estar *em segurança*. De algum ponto lá atrás, o cachorro de Jamal respondeu
com uivos melancólicos. A babá gorda continuava a chorar.
Morgan berrava "*Ai! Ai!*" e todos os outros tagarelavam. A
distância, Faísca gritava: "Eu não *fou* um menino mau! Eu
estava com muito medo, de verdade!"

Charmain reduziu um pouco do ruído pegando Desamparada no colo. A princesa Hilda silenciou os remanes-
centes batendo palmas e dizendo:

— De volta ao trabalho, todo mundo. Nancy, leve
Morgan daqui antes que ele nos ensurdeça a todos e explique

que ele *não* vai ao telhado também. Sophie, querida, consegue silenciar Faísca?

Todos se foram. Faísca recomeçou "Eu não *fou* um menino..." e então parou, como se uma mão houvesse coberto sua boca. Quase imediatamente, Charmain se viu descendo o restante dos degraus com o rei, a caminho da biblioteca, com Desamparada, em êxtase, tentando lamber o seu queixo.

— Fui transportado ao passado — observou o rei. — Subi no telhado várias vezes quando era garoto. E isso sempre provocava um pânico tolo. Os bombeiros, uma vez, quase usaram a mangueira comigo por engano. Meninos são meninos, minha querida. Está pronta para se lançar ao trabalho ou quer se sentar e se recuperar um pouco?

— Não, estou bem — assegurou-lhe Charmain.

Hoje, ela se sentia completamente à vontade ao se acomodar em seu lugar na biblioteca, cercada pelo cheiro de livros antigos, com Desamparada torrando a barriga no calor do braseiro e o rei sentado à sua frente, investigando uma pilha irregular de diários velhos. O dia estava tão tranquilo que Charmain quase esqueceu do feitiço de Faísca. Ela se concentrou em separar uma pilha úmida de velhas cartas. Eram todas de um príncipe de muito tempo atrás que estava criando cavalos e queria que a mãe persuadisse o rei a lhe dar mais dinheiro. O príncipe estava justamente descrevendo, de forma comovente, as belezas do potro que sua melhor égua dera à luz, quando Charmain ergueu os olhos e viu o demônio do fogo bruxuleando lentamente de um lado para o outro na biblioteca.

O rei também levantou a cabeça.

— Bom dia, Calcifer — cumprimentou ele, amavelmente. — Precisa de alguma coisa?

— Só estou explorando — respondeu Calcifer em sua vozinha crepitante. — Agora entendo por que o senhor não quer vender estes livros.

— De fato — disse o rei. — Diga-me, os demônios do fogo leem muito?

— Em geral, não — replicou Calcifer. — Sophie lê para mim com frequência. Gosto de histórias com enigmas, nas quais você tem de adivinhar quem é o assassino. O senhor tem alguma dessas aqui?

— Provavelmente não — respondeu o rei. — Mas minha filha aprecia histórias de mistério também. Talvez você devesse perguntar a ela.

— Obrigado. Farei isso — disse Calcifer, e desapareceu.

O rei sacudiu a cabeça e voltou aos seus diários. E, como se Calcifer houvesse dado um empurrãozinho no feitiço de Faísca, Charmain instantaneamente percebeu que o diário pelo qual o rei passava os olhos brilhava em um tom de verde-pálido. O mesmo acontecia com o primeiro item de sua própria pilha, que era um rolo de pergaminho bastante amassado, amarrado com uma fita dourada fosca.

Charmain respirou fundo e perguntou:

— Alguma coisa interessante nesse diário, senhor?

— Bem — disse o rei —, é bastante ruim, na verdade. Trata-se do diário de uma das damas de companhia da minha bisavó. Cheio de fofocas. Agora mesmo, ela está terrivelmente chocada porque a irmã do rei morreu ao dar à luz um filho, e a parteira aparentemente matou o bebê. Disse que era roxo e que a assustou. Vão levar a pobre e tola alma a julgamento por assassinato.

A mente de Charmain voou para a imagem de si mesma e Peter procurando "luboque" na enciclopédia do tio-avô William.

— Suponho que ela tenha pensado que o bebê era um luboquim — disse ela.

— Sim, muito supersticiosa e ignorante — observou o rei. — Ninguém mais acredita em luboquins nos dias de hoje. — E voltou à sua leitura.

Charmain perguntou-se se deveria dizer que aquela antiga parteira poderia estar com a razão. Os luboques existiam. Por que não também os luboquins? Mas Charmain tinha certeza de que o rei não acreditaria nela, e então apenas fez uma anotação rapidamente. Em seguida, apanhou o pergaminho amassado. Mas, antes de desenrolá-lo, ocorreu-lhe olhar ao longo da fileira de caixas onde colocara os documentos que já havia lido, para o caso de brilharem também. Apenas um brilhou, bem de leve. Quando Charmain o puxou, descobriu que era a nota de cobrança do Mago Melicot por fazer o telhado parecer de ouro. Era intrigante, e Charmain anotou isso também, antes de finalmente desamarrar a fita dourada e fosca e abrir o pergaminho.

Era uma árvore genealógica dos reis da Alta Norlanda, bastante descuidada e apressada, como se fosse apenas o rascunho de uma cópia mais cuidadosa. Charmain teve dificuldades para lê-la. Estava cheia de rasuras e pequenas setas levando a acréscimos esboçados e círculos assimétricos com observações dentro deles.

— Senhor — disse ela —, pode explicar isso para mim?

— Vamos ver. — O rei pegou o pergaminho e o abriu sobre a mesa. — Ah — disse ele. — Temos a cópia final disso pendurada na sala do trono. Faz anos que eu não a olho devidamente, mas sei que é bem mais simples do que esta árvore genealógica... só nomes de governantes e com quem se casaram, coisas assim. Esta parece ter anotações, feitas por várias pessoas, ao que parece. Veja. Aqui está meu antepassado, Adolphus I. A anotação ao lado do nome dele foi feita numa caligrafia muito antiga. Diz que... hã... "Ergueu muros para a cidade por causa do dom de Elfo." Não há muitos sinais desses muros hoje, não é mesmo? Mas dizem que a Rua do Aterro, ao lado do rio, é parte das antigas muralhas...

— Desculpe-me, senhor — interrompeu Charmain —, mas o que é o dom de Elfo?

— Não faço ideia, minha querida — disse o Rei. — Quisera eu saber. Diziam que trazia prosperidade e proteção ao reino, o que quer que fosse, mas parece que desapareceu há muito tempo. Hum. Isso é *fascinante*. — O rei corria o dedo de uma anotação para outra. — Aqui, ao lado da esposa do meu antepassado, diz: "Era chamada Mulher-elfo." Sempre me disseram que a rainha Matilda era apenas metade elfo, mas aqui está seu filho, Hans Nicholas, descrito como "Criança-elfo", e talvez seja esse o motivo de ele nunca ter chegado a rei. Ninguém confia de fato nos elfos. Um grande erro, na minha opinião. Eles coroaram o filho de Hans Nicholas, em seu lugar, uma pessoa muito maçante chamada Adolphus II, que nunca fez muita coisa. É o único rei neste pergaminho que não tem uma anotação ao lado do nome. Isso diz alguma coisa. Mas seu filho... aqui está ele... Hans Peter Adolphus, este traz a seguinte anotação: "Reafirmou a segurança do reino em parceria com o dom de Elfo", o que quer que isso signifique. Minha querida, isso é muito interessante. Você poderia fazer uma boa cópia legível dos nomes de todas essas pessoas e das anotações ao lado deles? Pode deixar de fora primos e outros, se não tiverem anotações. Você se importa?

— Em absoluto, senhor — respondeu Charmain. Ela estivera se perguntando como poderia escrever tudo aquilo secretamente para Sophie e Faísca, e ali estava a resposta.

Passou o resto do dia fazendo duas cópias do pergaminho. Uma era um confuso primeiro rascunho, para o qual constantemente tinha de perguntar ao rei sobre esta ou aquela anotação, e a segunda cópia era em sua melhor caligrafia para o rei. Ficou tão interessada no documento quanto o rei. Por que o sobrinho de Hans Peter III se dedicara ao "banditismo nos morros"? O que fez da rainha Gertrude "uma feiticeira a ser temida"? E por que sua filha, a princesa Isolla, estava assinalada como "amante do homem azul"?

O rei não sabia responder a essas perguntas, mas disse que tinha uma boa ideia do porquê de o príncipe Nicholas Adolphus estar rotulado como "beberrão". Por acaso Charmain havia visto a anotação que dizia que o pai do príncipe, Peter Hans IV, era chamado de "tirano sombrio e, ainda por cima, mago"?

— Alguns dos meus antepassados não eram pessoas boas — disse ele. — Aposto que este maltratou o pobre Nicholas horrivelmente. Dizem que é isso que pode acontecer quando o sangue de elfo azeda, mas acho simplesmente que as pessoas são assim, de verdade.

Já bem avançado o dia, quando Charmain estava perto do fim do pergaminho, em que quase todo regente parecia chamar-se Adolphus, ou Adolphus Nicholas, ou Ludovic Adolphus, ela ficou fascinada ao encontrar uma princesa Moina que "se casara com um grande lorde de Estrângia, mas morreu dando à luz um abominável luboquim". Charmain tinha certeza de que Moina era aquela do diário da dama de companhia. Parecia que *alguém* havia acreditado na história da parteira. Charmain decidiu não mencionar isso ao rei.

Três linhas abaixo, deparou com o próprio rei, "perdido em meio aos seus livros", e a princesa Hilda, "que recusou casamento com um rei, três lordes e um mago". Eles estavam um tanto espremidos de um lado para abrir espaço aos descendentes do tio do rei, Nicholas Peter, que parecia ter tido muitos filhos. Os filhos desses filhos enchiam toda a fileira de baixo. Como era possível eles se lembrarem de quem era quem?, Charmain se perguntou. Metade das meninas se chamava Matilda e a outra metade Isolla, enquanto os garotos eram, em sua maioria, Hans ou Hans Adolphus. Só era possível distingui-los pelas minúsculas anotações, referindo-se a um Hans como "um grande idiota, morreu afogado" e outro "morto por acidente" e outro ainda "morto no exterior". As mulheres eram piores. Uma Matilda era "uma garota orgulhosa e enfadonha", a outra "deveria ser temida como a R. Gertrude", e uma terceira "de natureza nada boa". As Isollas eram todas ou "corruptas" ou "de modos perversos". O herdeiro do rei, Ludovic Nicholas, destacava-se entre o que Charmain estava começando a ver como uma família verdadeiramente pavorosa, por não ter qualquer nota ao seu lado, como o insípido Adolphus de tanto tempo atrás.

Ela copiou tudo, nomes, anotações, tudo. No fim da tarde, seu dedo indicador direito estava totalmente anestesiado e azul de tinta.

— Obrigado, minha querida — disse o rei quando Charmain lhe entregou a cópia boa. Ele começou a lê-la tão avidamente que Charmain pôde facilmente reunir sua cópia apressada e suas outras anotações e metê-las nos bolsos, sem que o rei visse. Quando ela se levantou, o rei ergueu os olhos para dizer:

— Espero que me perdoe, minha querida. Não vou precisar de você nos próximos dois dias. A princesa insiste para que eu saia da biblioteca e banque o anfitrião para o jovem príncipe Ludovic este fim de semana. Ela não é muito hábil com visitantes do sexo masculino, você sabe. Mas eu a verei novamente na segunda-feira, espero.

— Sim, pode deixar — disse Charmain.

Ela recolheu Desamparada, que veio da cozinha marchando lentamente em sua direção, e seguiu para a porta da frente, perguntando-se o que fazer com sua cópia do pergaminho. Não tinha muita certeza se confiava em Faísca. Seria possível confiar em alguém que parecia um garotinho, mas que obviamente não era isso? E ainda havia o que Peter contara que o tio-avô William dissera sobre demônios do fogo. Dá para confiar em alguém assim tão perigoso?, pensou ela, prosseguindo, infeliz.

Então, viu-se cara a cara com Sophie.

— Como foi? Encontrou alguma coisa? — perguntou Sophie, sorrindo.

Era um sorriso tão amigável que Charmain decidiu que podia confiar em Sophie. Assim esperava.

— Tenho algumas coisas — disse, puxando os papéis dos bolsos.

Sophie pegou-os ainda mais ávida e agradecida do que o rei ao pegar sua cópia.

— Maravilhoso! — disse ela. — Isso deve pelo menos nos dar uma pista. Estamos totalmente sem saber de nada no momento. Howl... quer dizer, Faísca... diz que feitiços de adivinhação simplesmente não parecem funcionar aqui. E isso é

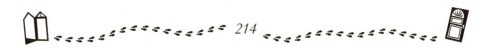

estranho, porque eu não creio que nem o rei nem a princesa façam magia, você não acha? O suficiente para bloquear um feitiço de adivinhação, quero dizer.

— Não — disse Charmain. — Mas muitos dos antepassados deles faziam. E há mais em relação ao rei do que os olhos podem ver.

— Você está certa — disse Sophie. — Você pode ficar e examinar essas anotações conosco?

— Posso responder às suas perguntas na segunda — disse-lhe Charmain. — Tenho de ir ver meu pai antes que a padaria dele feche.

CAPÍTULO ONZE
No qual Charmain se ajoelha em um bolo

A loja estava fechada quando Charmain chegou, mas ela pôde ver indistintamente pela vidraça alguém se movimentando lá dentro, limpando. Charmain bateu à porta e, quando isso não surtiu efeito, encostou o rosto na vidraça e gritou:

— *Ei, me deixe entrar!*

A pessoa lá dentro, por fim, se dirigiu à porta, arrastando os pés, e abriu o suficiente para colocar a cara no vão. Vinha a ser um aprendiz mais ou menos da idade de Peter e que Charmain nunca vira.

— Estamos fechados — ele avisou. Seus olhos pousaram em Desamparada, no colo de Charmain. A porta aberta deixou passar uma rajada de aromas frescos de rosca doce, e Desamparada enfiou o nariz ali, farejando, extasiada. — E não permitimos a entrada de cães.

— Preciso ver meu pai — disse Charmain.

— Você não pode ver ninguém — disse o aprendiz. — A sala dos fornos ainda está em atividade.

— Meu pai é o Sr. Baker — disse-lhe Charmain —, e eu sei que ele me receberá. Deixe-me entrar.

— Como vou saber se está falando a verdade? — perguntou, desconfiado, o aprendiz. — Isso pode custar o meu emprego...

Charmain sabia que esse era o tipo de ocasião em que precisava ser educada e diplomática, mas perdeu a paciência, exatamente como acontecera com os *kobolds*.

— Ah, seu garoto tolo! — ela o interrompeu. — Se meu pai soubesse que você não quer me deixar entrar, ele o demitiria na mesma hora! Vá buscá-lo se não acredita em mim!

— Insolente! — disse o aprendiz. Mas recuou, afastando-se da porta, dizendo: — Entre, então, mas deixe o cachorro do lado de fora, entendeu?

— Não, não deixo — insistiu Charmain. — Ela pode ser roubada. Trata-se de uma cadelinha mágica altamente valiosa, fique sabendo, e até mesmo o *rei* lhe permite a entrada. Se *ele* pode, então você também pode.

O aprendiz a olhou com desdém.

— Diga isso ao luboque nas colinas — disse ele.

As coisas poderiam ter ficado muito complicadas se Belle, uma das senhoras que servia na loja, não tivesse entrado pela porta da sala do forno naquele momento. Ela estava amarrando o lenço e dizendo "Estou indo embora agora, Timmy. Não se esqueça de lavar todo o..." quando viu Charmain.

— Ah, olá, Charmain. Veio ver o seu pai, não é?

— Olá, Belle. Vim, sim — disse Charmain. — Mas ele não quer me deixar entrar com Desamparada.

Belle olhou para Desamparada. Seu rosto dissolveu-se em um sorriso.

— Que coisinha mais doce! Mas você sabe o que o seu pai pensa de cachorros entrando aqui. Melhor deixá-la na loja para que Timmy cuide dela. Você vai tomar conta dela, não vai, Timmy?

O aprendiz deu um resmungo e olhou furioso para Charmain.

— Mas eu já vou avisando, Charmain — prosseguiu Belle, em sua habitual tagarelice —, que eles estão muito ocupados lá atrás. Temos a encomenda de um bolo especial. Assim, você não vai ficar muito tempo, não é? Deixe seu cachorrinho aqui e ele vai ficar em segurança. E, Timmy, quero aquelas prateleiras *devidamente* limpas dessa vez, ou vou ter algo a lhe dizer amanhã. Boa noite!

Belle saiu da loja e Charmain passou por ela, entrando. Charmain, de fato, pensou em seguir para a sala do forno com Desamparada, mas sabia que o histórico da cachorrinha com comida não era nada bom. Assim, pousou Desamparada ao lado do balcão, dirigiu a Timmy um frio aceno de cabeça — ele vai me odiar para o resto da vida, pensou — e seguiu resoluta e sozinha pelas caixas de vidro vazias, as frias prateleiras de mármore e os grupos de mesas e cadeiras brancas nas quais os cidadãos da Alta Norlanda costumavam sentar-se para tomar café com bolos deliciosos. Desamparada deixou escapar um ganido desesperado quando Charmain abriu a porta da sala do forno, mas Charmain endureceu o coração e fechou a porta atrás de si.

Lá dentro estava tão agitado quanto uma colmeia, e quente como um país tropical, e cheio de aromas que certamente teriam enlouquecido Desamparada de gula. Havia o cheiro de massa crua e de massa assando, o aroma doce de pãezinhos, tortinhas e *waffles*, sobreposto por odores saborosos de pastéis e quiches, que, por sua vez, eram todos sobrepostos por cheiros fortes de cremes e coberturas para o imenso bolo de muitas camadas que várias pessoas estavam decorando sobre a mesa perto da porta. Água de rosas!, pensou Charmain, inspirando aqueles aromas. Limão, morango, amêndoas do sul de Ingary, cerejas e pêssegos!

O Sr. Baker, em passadas largas, ia de funcionário em funcionário, instruindo, incentivando e inspecionando.

— Jake, você precisa fazer força para sovar essa massa — Charmain ouviu-o dizer ao entrar. E um instante depois: — E você, mão leve nessa massa, Nancy. Não a *soque*, ou vai ficar parecendo pedra. — Um momento depois ele se dirigia aos fornos na outra extremidade, dizendo ao jovem que trabalhava lá que forno usar. E aonde ele fosse, obtinha atenção e obediência imediata.

Seu pai, Charmain sabia, era um rei em sua padaria —
mais rei do que o próprio rei na Mansão Real, ela pensou.
O chapéu branco pousava em sua cabeça como uma coroa.
E caía-lhe bem, pensou Charmain. Seu rosto era fino e o
cabelo louro-avermelhado, assim como o dela, embora fosse
mais sardento.

Ela o seguiu até perto dos fogões, onde ele provava um
saboroso recheio de carne e dizia à garota que o preparava
que estava temperado demais.

— Mas está gostoso! — protestou a garota.

— Pode ser — disse o Sr. Baker —, mas existe um
mundo de diferença entre estar gostoso e estar perfeito, Lorna. Vá ajudá-los com o bolo, ou eles vão levar a noite toda,
e eu vou tentar recuperar este recheio. — Ele tirou a panela
do fogo enquanto Lorna se afastava, apressada, parecendo
muitíssimo aliviada.

Ele se virou com a panela e viu Charmain.

— Olá, querida! Eu não estava esperando *você*! — Uma
leve dúvida lhe sobreveio. — Foi sua mãe que a mandou?

— Não — disse Charmain. — Eu vim sozinha. Estou
cuidando da casa do tio-avô William, lembra-se?

— Ah, está mesmo — disse o pai. — O que posso
fazer por você?

— Hã... — murmurou Charmain. Era difícil falar agora que fora lembrada de o quanto seu pai era um expert no
que fazia.

— Só um instante — pediu ele, e virou-se para esqua-
drinhar fileiras de ervas e temperos em pó em uma prateleira
perto dos fogões. Selecionou um frasco, destampou-o e pol-
vilhou um pouquinho na panela. Misturou, provou e fez um
gesto afirmativo com a cabeça. — Agora está bom — disse,

pondo a panela para esfriar. Então olhou interrogativamente para Charmain.

— Eu não sei cozinhar, papai — ela declarou —, e a comida à noite vem crua na casa do tio-avô William. Por acaso você não tem instruções por escrito, tem? Para aprendizes ou algo assim?

O Sr. Baker levou a mão muito limpa ao queixo sardento, pensando.

— Eu sempre disse à sua mãe que você precisava saber *algumas* dessas coisas — contou ele. — Respeitável ou não. Vamos ver. A maior parte do que eu tenho será um pouco avançado para você. *Patisserie* e molhos *gourmet* e tal. Atualmente espero que meus aprendizes já cheguem sabendo o básico. Mas acho que talvez ainda tenha algumas das anotações elementares e simples de quando comecei. Vamos ver, está bem?

Ele a conduziu até a parede oposta, atravessando a sala dos fornos entre a multidão de cozinheiros ocupados. Havia ali algumas prateleiras que pareciam prestes a desabar, com pilhas desordenadas de cadernos, pedaços de papel com manchas de geleia e grossas pastas cobertas por impressões digitais marcadas na farinha.

— Espere um momento — disse o Sr. Baker, fazendo uma pausa diante da mesa de sobras ao lado dessas prateleiras. — É melhor eu lhe dar alguma comida para levar enquanto você lê sobre o assunto, não é?

Charmain conhecia muito bem essa mesa. Desamparada a teria adorado. Ali havia alguns itens que não tinham ficado perfeitos: tortas quebradas, pãezinhos tortos e pastéis rachados, ao lado de todos os itens da padaria que não tinham sido vendidos naquele dia. Os funcionários tinham permissão para levá-los para casa se quisessem. O Sr. Baker pegou uma das sacolas que os funcionários usavam e começou a enchê-la rapidamente. Um bolo de creme inteiro foi colocado no fundo, seguido por uma camada de pastéis, depois pãezinhos, roscas doces e finalmente uma grande quiche de queijo. Ele deixou a volumosa sacola sobre a mesa enquanto esquadrinhava as prateleiras.

— Aqui está — disse, puxando um caderno marrom molenga, escurecido com gordura velha. — Eu *sabia* que ainda o tinha! Isso foi de quando comecei ainda rapazinho no restaurante na Praça do Mercado. Eu era então tão ignorante quanto você, portanto deve ser exatamente o que você precisa. Quer os feitiços que acompanham as receitas?

— *Feitiços*! — exclamou Charmain. — Mas, papai...!

Charmain nunca tinha visto o Sr. Baker com uma expressão tão culpada. Suas sardas, por um momento, desapareceram na vermelhidão.

— Eu sei, eu sei, Charmain. Sua mãe teria setenta ataques. Ela insiste que a magia é coisa reles e vulgar. Mas eu nasci um praticante de magia e não posso evitar, não quando estou cozinhando. Usamos a magia o tempo todo aqui na padaria. Seja uma garota boazinha e não deixe sua mãe saber, por favor. — Ele puxou um caderninho fino amarelo da prateleira e o agitou no ar, melancólico. — Estes aqui são feitiços simples que funcionam. Você os quer?

— Sim, *por favor*! — respondeu Charmain. — E é óbvio que não vou dizer nem uma palavra para mamãe. Eu sei como ela é tanto quanto você.

— Boa menina! — disse o Sr. Baker. Ele rapidamente enfiou os dois cadernos na sacola, ao lado da quiche de queijo, e entregou a sacola à Charmain. Eles trocaram um sorriso

de conspiradores. — Boas refeições — desejou o Sr. Baker.
— E boa sorte.

— Para o senhor também — replicou Charmain. — E *obrigada*, papai! — Ela se esticou e o beijou na bochecha sardenta suja de farinha, logo abaixo do chapéu de cozinheiro, e então saiu da sala dos fornos.

— Sua sortuda! — gritou Lorna quando Charmain abria a porta. — Eu estava de olho naquele bolo de creme que ele lhe deu.

— Eram dois — respondeu Charmain sobre o ombro, passando à padaria.

Lá, para sua surpresa, encontrou Timmy sentado no balcão de vidro e mármore com Desamparada nos braços. Ele explicou, na defensiva:

— Ela ficou aborrecida de verdade quando você a deixou. Começou a uivar feito louca.

Talvez não sejamos inimigos para a vida toda afinal!, pensou Charmain quando Desamparada saltou do colo de Timmy, ganindo de felicidade. Ela começou a dançar em torno dos tornozelos de Charmain e fez tanto barulho que Timmy evidentemente não ouviu Charmain lhe agradecer. Ela fez questão de lhe dirigir um grande sorriso e um aceno com a cabeça ao sair para a rua, com Desamparada saltitando e guinchando aos seus pés.

A padaria ficava do lado oposto àquele em que o rio e o aterro atravessavam a cidade. Charmain poderia ter cortado caminho até lá, mas era mais rápido — com Desamparada tendo de andar, pois Charmain estava carregando a volumosa sacola — seguir pela Rua Alta, que, embora fosse uma das principais ruas, estava longe de parecer isso. Era uma rua sinuosa e estreita, sem calçadas, mas as lojas de ambos os lados estavam entre as melhores. Charmain seguia lentamente, olhando as lojas para dar tempo de Desamparada a acompanhar, esquivando-se de fregueses tardios e gente passeando antes do jantar, e pensando. Seus pensamentos estavam divididos entre a satisfação — Peter agora não tem *desculpa* para fazer nenhuma comida horrível — e a perplexidade. Papai é um *praticante de magia*! Sempre foi. Até então, Charmain sentira um bocado de culpa pela maneira como havia experimentado com *O livro de palimpsesto*, mas agora percebeu que isso havia acabado. Acho que posso ter herdado a magia do papai! Ah, que *maravilha*! Então eu sei que *posso* fazer feitiços. Mas por que papai sempre faz o que a mamãe diz? Ele insiste que eu seja respeitável tanto quanto ela. Francamente, *pais*! Charmain descobriu que, no fim das contas, estava muito feliz com isso.

De repente, ouviu-se um tremendo tropel de cavalos aproximando-se por trás dela, misturado a estrépitos e gritos graves de "Abram caminho! Abram caminho!".

Charmain olhou à sua volta e viu cavaleiros de uniforme tomando a rua, aproximando-se tão rápido que já estavam quase em cima dela. Os pedestres espremiam-se contra as lojas e paredes de ambos os lados da rua. Ao fazer meia-volta para pegar Desamparada, Charmain tropeçou na soleira de uma porta e caiu meio ajoelhada em cima da sacola de comida, mas conseguiu pegar Desamparada sem deixar cair a sacola. Segurando a cachorrinha e a sacola nos braços, ela recuou até a parede mais próxima, enquanto patas de cavalos e pés humanos em estribos avançavam pesadamente diante de seu nariz. Eles foram seguidos por uma série de cavalos galopantes, animais pretos e brilhantes presos em longos tirantes de couro, com um chicote estalando em seus flancos. Em seguida, uma grande carruagem colorida passou trovejando, cintilando com ouro, vidro e escudos pintados, com dois homens de chapéu de plumas balançando-se na traseira dela. Esta foi seguida ainda por mais homens uniformizados montados em cavalos, galopando com um ruído ensurdecedor.

Então se foram, descendo a rua e desaparecendo na curva seguinte. Desamparada choramingava. Charmain desabou contra a parede.

— O que foi aquilo? — perguntou à pessoa que se espremia na parede ao seu lado.

— Aquilo — disse a mulher — era o príncipe da Coroa Ludovic. A caminho de sua visita ao rei, suponho.

Era uma mulher clara e de aparência ligeiramente severa, que fazia com que Charmain lembrasse um pouco de Sophie Pendragon. Segurava um garotinho, que teria lembrado Morgan a Charmain, não fosse o fato de não estar fazendo nenhum barulho. Ele parecia branco de susto, exatamente como Charmain se sentia.

— Ele não devia seguir com tanta velocidade por uma rua estreita como esta! — disse Charmain, zangada. — Alguém poderia ter se machucado! — Ela olhou a sacola e viu que o flã se partira ao meio e se dobrara, o que a deixou ainda mais furiosa. — Por que ele não foi pelo aterro, onde o caminho é mais largo? — perguntou. — Ele não se importa?

— Não muito — respondeu a mulher.

— Então estremeço só de pensar como vai ser quando for rei! — exclamou Charmain. — Vai ser *horrível!*

A mulher lhe dirigiu um olhar estranho e significativo.

— Eu não a ouvi dizer isso — afirmou ela.

— Por quê? — indagou Charmain.

— Ludovic não gosta de críticas — disse a mulher. —

Ele tem luboquins para reforçar suas opiniões. *Luboquins*, ouviu, garota? Vamos torcer para que eu tenha sido a única que ouviu o que você disse. — Então ergueu o garotinho nos braços e se afastou.

Charmain pensou naquilo enquanto atravessava a cidade com Desamparada debaixo de um braço e a sacola pesando do outro. Viu-se torcendo para que seu rei, Adolphus X, continuasse vivo por muito tempo. Ou terei de começar uma revolução, ela pensou. Meu Deus, hoje o caminho para a casa do tio-avô William parece muito longo!

Por fim, ela chegou e, agradecida, pousou Desamparada no caminho do jardim. Ao entrar, encontrou Peter na cozinha, sentado em uma das dez sacolas de roupa suja, olhando desalentado para um grande naco de carne vermelha sobre a mesa. Ao lado dele, havia três cebolas e duas cenouras.

— Não sei como cozinhar isto — disse ele.

— Não precisa — replicou Charmain, descarregando a sacola sobre a mesa. — Fui ver meu pai esta tarde. E aqui — ela acrescentou, pegando os dois cadernos — estão as receitas e os feitiços que as acompanham. — Ambos os cadernos estavam em péssimas condições por causa da quiche. Charmain os limpou na saia e os entregou a Peter, que se animou imensamente e levantou-se de um pulo da sacola de roupa suja.

— Isso é muito útil! — disse ele. — E uma sacola de comida é ainda melhor.

Charmain desembrulhou a quiche dobrada, os pastéis quebrados e os pãezinhos amassados. O bolo de creme no fundo tinha uma marca na forma de joelho e o recheio havia vazado em alguns pastéis. Isso a deixou furiosa com o príncipe Ludovic outra vez. Ela contou todo o episódio a Peter enquanto tentava rearrumar os pastéis.

— É, minha mãe diz que ele tem o potencial de um verdadeiro tirano — disse Peter, um pouco ausente, pois estava folheando os cadernos. — Ela diz que é por isso que deixou o país. Esses feitiços devem ser feitos enquanto preparo a comida, antes ou depois? Você sabe?

— Papai não disse. Você vai ter de descobrir — disse Charmain e se dirigiu ao estúdio do tio-avô William, em busca de um livro relaxante para ler. *A varinha de doze ramos* era interessante, mas lhe dava a impressão de que sua mente se havia partido em mil pedaços. Cada galho da varinha tinha mais dozes galhos saindo dele, e doze mais de cada um desses. Mais um pouco e eu me transformaria em uma árvore, pensou Charmain enquanto examinava as prateleiras. Escolheu um livro intitulado *A jornada do mágico*, que ela esperava fosse uma narrativa de aventura. E era, de certa forma, mas Charmain logo percebeu que também era um relato passo a passo de como um mágico aprendera suas habilidades.

Isso a fez pensar novamente em como o pai viera a ser um praticante de magia. E eu sei que herdei esse dom, ela pensou. Aprendi a voar e consertei os canos no banheiro, tudo muito rápido. Mas preciso aprender a fazer isso suave e silenciosamente, em vez de gritar e intimidar as coisas. Ela ainda estava sentada, ponderando a questão, quando Peter gritou, chamando-a para comer.

— Usei os feitiços — disse ele, muito orgulhoso de si mesmo. Havia aquecido os pastéis e preparado uma mistura verdadeiramente saborosa com as cebolas e as cenouras. — E — acrescentou ele — estou muito cansado após um dia explorando.

— Procurando ouro? — perguntou Charmain.

— É a coisa natural a fazer — respondeu Peter. — Sabemos que está em algum lugar desta casa. Mas o que encontrei foi o lugar onde vivem os *kobolds*. É como uma imensa caverna, e estavam todos lá fazendo coisas. Relógios cuco na maioria, mas alguns faziam bules de chá, e outros construíam algo semelhante a um sofá perto da entrada. Eu não falei com eles... não sabia se estavam no passado ou no presente, portanto apenas sorri e observei. Não queria que ficassem zangados de novo. O que você fez hoje?

— Ah, céus! — exclamou Charmain. — Foi um dia e tanto. Começou com Faísca subindo no telhado. Eu fiquei apavorada! — E ela lhe contou todo o resto.

Peter franziu a testa.

— Esse Faísca — disse ele — e essa Sophie... você tem certeza de que eles não estão tramando alguma coisa sinistra? O Mago Norland disse que demônios do fogo são seres perigosos, você sabe.

— Pensei nisso — admitiu Charmain. — Mas acho que está tudo certo com eles. Parece mesmo que a princesa Hilda os chamou para ajudar. Quisera eu saber como encontrar o que o rei está procurando. Ele ficou tão animado quando encontrei aquela árvore genealógica! Você sabia que o príncipe Ludovic tinha oito primos em segundo grau, a maioria chamada Hans e Isolla, e quase todos tiveram mortes horríveis?

— Porque eram todos boas biscas — retrucou Peter. — Minha mãe conta que Hans, o cruel, foi envenenado por Isolla, a assassina, que, por sua vez, foi morta por Hans, o bêbado, quando ele estava embriagado. Então *esse* Hans caiu da escada e quebrou o pescoço. Sua irmã Isolla foi enforcada em Estrângia por tentar matar o lorde com quem se casou por lá... De quantos eu já dei conta?

— Cinco — disse Charmain, fascinada. — Faltam três.

— São duas Matildas e outro Hans — disse Peter. — Esse era Hans Nicholas, e eu não sei como ele morreu, exceto que estava no exterior quando isso aconteceu. Uma das Matildas morreu queimada quando sua mansão pegou fogo, e dizem que a outra é uma bruxa tão perigosa que o príncipe Ludovic a mantém encarcerada em um sótão no Castel Joie. Ninguém ousa se aproximar dela, nem mesmo o príncipe Ludovic. Ela mata as pessoas só com o olhar. Fiz bem em ter dado aquele pedaço de carne a Desamparada?

— Provavelmente — disse Charmain —, se ela não engasgou. Como é que você sabe tudo sobre esses primos? Eu nunca tinha ouvido falar deles até hoje.

— É porque venho de Montalbino — explicou Peter. — Todo mundo na minha escola sabe tudo sobre os Oito Primos Maus da Alta Norlanda. Mas suponho que neste país nem o rei nem o príncipe Ludovic queiram que se espalhe que seus parentes são tão perversos. Dizem que o príncipe Ludovic é tão ruim quanto os outros.

— E nosso país é um lugar tão bom, de verdade! — protestou Charmain. Ela sentia-se triste com o fato de que a Alta Norlanda tivesse dado à luz oito pessoas tão terríveis. Parecia cruel com o rei também.

CAPÍTULO DOZE
Que diz respeito a roupa suja e ovos de luboque

Charmain acordou cedo no dia seguinte, porque Desamparada enfiou o focinho minúsculo em seu ouvido, obviamente pensando que precisavam ir para a Mansão Real, como de hábito.

— Não, eu *não* preciso ir! — disse Charmain, mal-humorada. — O rei tem de cuidar do príncipe Ludovic hoje. Vá embora, Desamparada, ou eu posso me transformar em uma Isolla e envenenar você! Ou em uma Matilda e fazer magia das trevas com você. Vá *embora*!

Desamparada se afastou tristemente, mas a essa altura Charmain já havia despertado. Dali a pouco ela se levantou, abrandando seu mau humor ao prometer a si mesma que passaria um dia agradável e ocioso lendo *A jornada do mágico*.

Peter estava acordado também e tinha outras ideias.

— Vamos lavar um pouco desta roupa hoje — disse ele. — Você já percebeu que agora tem dez sacolas de roupa suja aqui e mais dez no quarto do Mago Norland? Creio que deva ter outras dez na despensa também.

Charmain lançou um olhar feroz para as sacolas de roupa suja. Não podia negar que já estavam ocupando toda a cozinha.

— Não vamos nos preocupar — disse ela. — Isso deve ser coisa daqueles *kobolds*.

— Não, não é — disse Peter. — Minha mãe diz que roupa suja se multiplica se você não a lavar.

— Temos uma lavadeira em casa — afirmou Charmain. — Não sei como lavar coisas.

— Eu mostro a você — disse Peter. — Pare de se esconder atrás de sua ignorância.

Perguntando-se, irritada, como Peter sempre conseguia colocá-la para trabalhar, Charmain logo se viu acionando com força a bomba no quintal, enchendo baldes de água para Peter carregar até a lavanderia e despejar na grande caldeira de cobre. Depois do décimo balde, aproximadamente, Peter voltou, dizendo:

— Precisamos acender o fogo debaixo da caldeira agora, mas não consigo encontrar nenhum combustível. Onde você acha que ele o guarda?

Charmain afastou o cabelo suado do rosto com a mão, exausta.

— Deve funcionar como a lareira na cozinha — disse ela. — Vou até lá ver. — Seguiu até o abrigo, pensando: E se não funcionar, podemos parar de tentar. Ótimo. — Precisamos só de uma coisa que queime — disse a Peter.

Ele olhou, confuso, à sua volta. Dentro do abrigo não havia nada a não ser uma pilha de tubos de madeira e uma caixa de sabão em pó. Charmain examinou o fundo da caldeira. Estava preto de antigos fogos. Ela examinou os tubos. Grandes demais. Ela olhou o sabão em pó e resolveu não correr o risco de outra tempestade de bolhas. Tornou a sair do abrigo e arrancou um galho da árvore doente. Enfiando-o na lareira escurecida, deu um tapa na lateral da caldeira e disse: "Fogo!" E teve de saltar rapidamente para trás, quando as chamas surgiram ruidosamente debaixo do recipiente de cobre.

— Aí está — ela disse a Peter.

— Ótimo — replicou ele. — De volta à bomba. Precisamos da caldeira cheia agora.

— *Por quê?* — indagou ela.

— Porque há trinta sacolas de roupa para lavar, é óbvio — disse Peter. — Vamos precisar colocar água quente em algumas dessas tinas para deixar as sedas de molho e lavar as lãs. E depois vamos precisar de água para enxaguar. Baldes e mais baldes.

— Eu não *acredito* nisso! — resmungou Charmain para Desamparada, que perambulava por ali, observando. Ela suspirou e voltou a bombear.

Enquanto isso, Peter buscou uma cadeira na cozinha e a levou para o abrigo. Então, para indignação de Charmain, ele arrumou as tinas em uma fileira e começou a despejar os baldes de sua suada água fria neles.

— Pensei que esta água fosse para a caldeira! — protestou ela.

Peter subiu na cadeira e começou a lançar punhados de sabão em pó na caldeira, que agora fumegava e chiava, fervendo.

— Pare de discutir e continue bombeando — disse ele.

— Está quase quente o bastante para a roupa branca agora. Mais quatro baldes devem ser suficientes, e então você pode começar a colocar camisas e outras coisas aqui dentro.

Ele desceu da cadeira e se dirigiu à casa. Quando voltou, arrastava duas sacolas de roupa suja, as quais deixou escoradas no abrigo enquanto ia buscar mais. Charmain bombeava e arfava, furiosa, e subiu na cadeira para despejar seus quatro baldes cheios nas nuvens de vapor e sabão que se erguiam da caldeira. Então, feliz por fazer outra coisa, desamarrou as cordas que mantinham fechada a primeira sacola de roupas. Ali dentro havia meias e um manto vermelho de mago, duas calças, camisas e roupas de baixo — todos cheirando a mofo da inundação do banheiro de Peter. Por mais estranho que fosse, quando Charmain desamarrou a segunda sacola, havia as mesmas coisas — era tudo idêntico dentro dela.

— Era de se esperar que a lavagem de roupa de um mago fosse peculiar — disse Charmain. Pegou uma braçada de roupa, subiu na cadeira e jogou as roupas na caldeira.

— Não, não, não! *Pare!* — gritou Peter, no momento em que Charmain esvaziava a segunda sacola ali dentro.

Ele veio correndo pela grama, arrastando mais oito sacolas, amarradas umas às outras.

— Mas foi você que disse para fazer isso! — protestou Charmain.

— Não antes de termos separado as roupas, sua tola! — disse Peter. — Só se fervem as peças brancas!

— Eu não sabia — disse Charmain, amuada.

Ela passou o resto da manhã separando roupas em pilhas na grama, enquanto Peter lançava camisas na água fervendo e enchia as tinas de água com sabão para mergulhar roupões e meias e vinte calças de mago.

Por fim, ele disse:

— Acho que as camisas já ferveram o bastante — e puxou para a frente uma tina de água fria. — Você apaga o fogo enquanto eu escorro a água quente.

Charmain não tinha a menor ideia de como apagar um fogo mágico. Experimentando, ela bateu na lateral da caldeira. Queimou a mão.

— *Ai!* Fogo, *apague!* — ordenou numa espécie de grito. E o fogo, obedientemente, extinguiu-se e desapareceu. Ela chupou os dedos queimados e viu Peter abrir o tampão no fundo da caldeira e mandar a água cor-de-rosa espumante e fumegante ralo abaixo. Charmain espiou através do vapor enquanto a água escoava.

— Eu não sabia que o sabão era cor-de-rosa — disse ela.

— E não era — replicou Peter. — Oh, céus! Olhe o que você fez *agora!* — Ele subiu correndo na cadeira e começou a tirar camisas fumegantes com a vareta bifurcada que servia a esse propósito. Cada uma delas, ao mergulhar na água fria, tinha uma brilhante tonalidade de cereja. Depois das camisas, ele fisgou 15 meias encolhidas, todas pequenas demais até mesmo para Morgan, e uma calça de mago em um tamanho que serviria a um bebê. Por fim, ele fisgou um manto vermelho muito pequeno e o segurou no ar acusadoramente, pingando e fumegando, para que Charmain visse.

— Foi isso que você fez — disse ele. — *Nunca* se põe lã vermelha com camisas brancas. A tinta mancha. *E* ficou quase tudo pequeno demais até mesmo para um *kobold*. Você é uma tola completa!

— Como eu ia saber? — perguntou Charmain com ardor. — Vivi uma vida protegida! Mamãe nunca me deixa chegar perto de nossa lavanderia.

— Porque não é respeitável, eu sei — disse Peter, irritado. — Suponho que você ache que eu deveria ter pena de você! Bem, não tenho. Não vou confiar que você nem sequer chegue perto da máquina de passar. Deus sabe o que você faria com ela! Vou tentar um feitiço branqueador enquanto passo as roupas. Você vai e pega o varal e aquele pote de pregadores na despensa e pendura tudo para que seque. Posso confiar que você não vai se enforcar ou algo no gênero enquanto faz isso?

— Eu não sou uma tola — disse Charmain com altivez.

Uma hora depois aproximadamente, quando Peter e Charmain, ambos exaustos e úmidos de vapor, comiam frugalmente na cozinha os restos dos quitutes do dia anterior, Charmain não pôde deixar de pensar que seus esforços com o varal foram mais bem-sucedidos do que Peter com a máquina de passar e o feitiço branqueador. O varal ziguezagueava dez vezes de um lado para o outro do quintal. Mas se *mantinha no ar*. As camisas que agora se agitavam pendendo dos pregadores não eram brancas. Algumas exibiam veios vermelhos. Outras tinham curiosos arabescos cor-de-rosa e algumas apresentavam um delicado tom azulado. A maior parte dos mantos tinha faixas brancas em algum ponto. As meias e calças eram todas em tom branco-amarelado. Charmain pensou que era muito diplomático da parte dela não observar para Peter que o elfo, que estava se abaixando e se esquivando entre os zigue-zagues de roupa lavada, estivesse fitando tudo aquilo com grave perplexidade.

— Tem um *elfo* lá fora! — exclamou Peter com a boca cheia.

Charmain engoliu o restante de sua comida e abriu a porta dos fundos para ver o que o elfo queria.

O elfo inclinou a cabeça alta e clara para passar pela porta e caminhou resoluto até o meio da cozinha, onde pousou em cima da mesa a caixa de vidro que carregava. Dentro da caixa havia três coisas brancas arredondadas do tamanho de bolas de tênis. Peter e Charmain fitaram-nas e depois ao elfo, que simplesmente ficou ali parado sem dizer nada.

— O que é isso? — perguntou Peter afinal.

O elfo curvou-se muito levemente.

— Estes — disse ele — são os três ovos de luboque que extraímos do Mago William Norland. Foi uma operação muito difícil, mas nós a realizamos com sucesso.

— *Ovos de luboque!* — exclamaram Peter e Charmain, quase ao mesmo tempo. Charmain sentiu o rosto empalidecer e desejou não ter comido aqueles pastéis. As sardas de Peter se destacaram sobre o rosto branco. Desamparada, que estivera implorando comida embaixo da mesa, começou a ganir freneticamente.

— Por que... por que você trouxe os ovos para cá? — Charmain conseguiu perguntar.

— Porque descobrimos que é impossível destruí-los — respondeu calmamente o elfo. — Eles derrotaram todos os nossos esforços, mágicos e físicos. Por fim concluímos que somente um demônio do fogo é capaz de destruí-los. O Mago Norland nos disse que a Srta. Charme, a essa altura, terá tido contato com um demônio do fogo.

— O Mago Norland está *vivo*? Você consegue falar com ele? — perguntou Peter, ansioso.

— Certamente — disse o elfo. — Ele está se recuperando bem e deve estar apto a voltar para cá em três ou quatro dias no máximo.

— Ah, estou tão feliz! — exclamou Charmain. — Então eram ovos de luboque que o estavam deixando doente?

— Isso mesmo — concordou o elfo. — Parece que o mago encontrou um luboque há alguns meses ao caminhar por uma campina na montanha. O fato de ele ser um mago fez com que os ovos absorvessem sua magia e se tornassem quase impossíveis de destruir. Eu lhes previno para que não toquem nos ovos nem tentem abrir esta caixa em que se encontram. Eles são extremamente perigosos. Eu os aconselho a obter os serviços do demônio do fogo assim que possível.

Enquanto Peter e Charmain engoliam em seco e fitavam aqueles três ovos brancos na caixa, o elfo fez outra leve mesura e se foi, passando pela porta interna. Peter se recobrou e correu atrás dele, gritando que queria saber mais. Mas, ao chegar à sala de estar, viu a porta da frente já se fechando.

Quando, seguido por Charmain, seguida, por sua vez, por Desamparada, saiu correndo no jardim da frente, não havia mais sinal do elfo. Charmain avistou Rollo espiando escondido atrás do caule de uma hortênsia, mas o elfo havia desaparecido por completo.

Ela apanhou Desamparada no chão e a plantou no colo de Peter.

— Peter — disse ela —, mantenha Desamparada *aqui*. Vou buscar Calcifer imediatamente. — E saiu correndo pelo caminho no jardim.

— Seja rápida! — gritou Peter. — Seja *muito* rápida!

Charmain não precisava que Peter lhe dissesse isso. Ela correu, seguida pelos uivos desesperados e esganiçados de Desamparada, e correu, e continuou correndo, até ter circundado o grande penhasco e poder ver a cidade à sua frente. Lá ela teve de reduzir para uma caminhada acelerada, segurando a lateral do corpo no ponto em que sentia uma pontada, mas continuou o mais rápido que podia. A imagem daqueles ovos brancos arredondados na mesa da cozinha foi suficiente para fazê-la disparar em um trote assim que recuperou o fôlego. E se os ovos eclodissem antes que ela encontrasse Calcifer? E se Peter fizesse algo estúpido, como tentar lançar um feitiço sobre eles? E se... Ela tentou desviar a mente de todas as outras terríveis possibilidades, arquejando para si mesma:

– Eu sou *fão* estúpida! Podia ter perguntado àquele elfo o que é o dom de Elfo! Mas me esqueci totalmente. Eu *devia* ter lembrado. Como sou *estúpida*!

Mas seu coração não estava voltado para aquilo de verdade. Tudo em que ela conseguia pensar era Peter murmurando feitiços sobre a caixa de vidro. Seria bem típico dele tentar.

Começou a chover quando ela entrou na cidade. Charmain ficou contente. Isso deveria afastar a mente de Peter dos ovos de luboque. Ele teria de correr lá fora e recolher a roupa lavada antes que ficasse encharcada novamente. Desde que ele não tivesse feito nada estúpido antes disso...

Ela chegou à Mansão Real ensopada e quase sem fôlego, bateu na porta com a aldrava e tocou o sino ainda mais freneticamente do que quando Faísca subira no telhado. Pareceu passar-se um século antes que Sim abrisse a porta.

— Ah, Sim — arquejou ela. — Preciso ver Calcifer imediatamente! Pode me dizer onde ele está?

— Certamente, senhorita — replicou Sim, nem um pouco desconcertado pelos cabelos encharcados e roupas gotejantes de Charmain. — Sir Calcifer neste momento encontra-se no Grande Saguão. Permita-me mostrar-lhe o caminho.

Ele fechou a porta e pôs-se a caminhar pesadamente, e Charmain o seguiu, gotejando todo o caminho atrás dele, atravessando o longo e úmido vestíbulo, passando pela escada de pedra até uma porta grandiosa em algum lugar já nos fundos da mansão, onde Charmain nunca estivera antes.

— Aqui, senhorita — disse ele, abrindo a porta formidável mas em mau estado.

Charmain entrou, em meio a um estardalhaço de vozes e um grupo de pessoas elegantemente vestidas, que pareciam estar todas gritando umas com as outras enquanto perambulavam por ali comendo bolos em finos pratinhos. O bolo foi a primeira coisa que ela reconheceu. Erguia-se, grandioso, em uma mesa especial no meio da sala. Embora agora restasse apenas metade dele, decididamente era o mesmo bolo em que os cozinheiros de seu pai estiveram trabalhando na tarde de ontem. Era como ver um velho amigo entre todos aqueles estranhos ricamente vestidos. O homem mais próximo, vestido de veludo azul-petróleo e brocado azul-escuro, virou-se, fitou Charmain com desdém e então trocou olhares de repulsa com a dama ao lado dele. Esta vestia — não exatamente um vestido de baile, não na *hora do chá*!, pensou Charmain — sedas e cetins tão suntuosos que teriam feito tia Semprônia parecer maltrapilha, estivesse ela ali. Tia Semprônia não estava lá, mas o senhor Prefeito sim, assim como sua senhora e assim como todas as pessoas mais importantes da cidade.

— Sim — chamou o homem de azul-petróleo —, quem é esta pequena plebeia molhada?

— Lady Charme é a nova assistente de Sua Majestade, Vossa Alteza — replicou Sim. Então voltou-se para Charmain: — Permita-me apresentá-la à Sua Alteza, o príncipe da Coroa Ludovic, senhorita. — Ele deu um passo atrás e fechou-se do lado de fora da sala.

Charmain pensou que o chão lhe faria um favor caso se abrisse sob seus pés encharcados e a lançasse aos porões. Ela esquecera completamente a visita do príncipe da Coroa Ludovic. Obviamente a princesa Hilda havia convidado todas as Melhores Pessoas da Alta Norlanda para a reunião com o príncipe. E ela, a simples Charmain Baker, havia entrado de penetra na reunião.

— Prazer em conhecê-lo, Vossa Alteza — tentou dizer, mas as palavras saíram como um sussurro assustado.

O príncipe Ludovic provavelmente não ouviu. Ele riu e disse:

— Lady Charme é um apelido por que o rei a chama, garotinha? — Ele apontou com o garfo do bolo para a dama com o vestido não exatamente para a tarde. — Eu, por exemplo, chamo minha assistente de Lady Ricaça. Ela me custa uma fortuna, como pode ver.

Charmain abriu a boca para explicar qual era seu nome de verdade, mas a mulher do vestido não exatamente para a tarde falou primeiro:

— Você não tem motivos para falar isso! — disse ela, zangada. — Seu maldoso!

O príncipe Ludovic deu uma gargalhada e afastou-se para conversar com o cavalheiro inexpressivo, que se aproximava em um conjunto de seda cinza também inexpressivo. Charmain teria se afastado imediatamente em busca de Calcifer, não fosse o fato de, quando o príncipe se virou, a luz do grande candelabro iluminou em cheio a lateral de seu rosto. O olho que ela podia ver fulgurava em um tom de roxo profundo.

Charmain ficou ali parada, como uma fria estátua de horror. O príncipe Ludovic era um luboquim. Por um momento, ela não conseguiu se mexer, sabendo que estava mostrando seu horror, sabendo que as pessoas veriam o quanto ela estava horrorizada e que se perguntariam por quê. O cavalheiro inexpressivo já estava olhando para ela, a curiosidade estampada em seus suaves olhos cor de malva. Oh, céus! *Ele* era um luboquim também. Fora isso que a intrigara antes, quando o encontrara perto da cozinha.

Felizmente, o senhor Prefeito afastou-se da mesa de bolo naquele exato momento, para fazer uma profunda mesura ao rei, e permitiu a Charmain ver de relance um cavalinho de pau — não, eram muitos cavalinhos de pau, Charmain percebeu. Isso a distraiu de seu horror. Por alguma razão, vários cavalinhos de pau estavam alinhados ao longo das paredes da suntuosa sala. Faísca estava sentado no que se encontrava mais próximo da grande lareira de mármore, olhando para ela com gravidade. Charmain podia ver que ele sabia que ela sofrera um choque de algum tipo e queria que ela lhe dissesse o que o tinha causado.

Ela começou a avançar lentamente até a lareira. Isso lhe deu uma visão de Morgan, sentado ao lado do guarda--fogo de mármore brincando com uma caixa de blocos de montar. Sophie estava em pé ao lado dele. Apesar do vestido azul-pavão de Sophie e de seu ar de quem fazia parte do chá, Charmain viu por um momento Sophie como uma imensa leoa com os dentes à mostra, vigiando de perto seu pequeno filhote.

— Ah, olá, Charme — disse a princesa Hilda, mais ou menos no ouvido de Charmain. — Quer um pedaço de bolo, já que está aqui?

Charmain lançou um olhar de tristeza para o bolo e inspirou seu aroma exuberante.

— Não, obrigada, senhora — disse ela. — Eu só vim trazer uma mensagem para... hã... a Sra. Pendragon, sabe? — Onde *estava* Calcifer?

— Bem, ali está ela, logo ali — disse a princesa Hilda, apontando. — Devo dizer que as crianças estão muito bem--comportadas por enquanto. Que isso dure bastante!

Ela se afastou, farfalhando, para oferecer a outra pessoa ricamente vestida um pedaço de bolo. Apesar de todo o ruge-ruge, seu vestido não era nem de perto tão fino quanto os das outras damas na sala. Estava desbotado, quase branco, em alguns lugares e lembrava a Charmain a roupa que haviam lavado depois que Peter lançara seu feitiço branqueador. Ah, por favor, não deixe Peter tentar nenhum feitiço com aqueles ovos de luboque!, rezava Charmain enquanto se encaminhava para onde estava Sophie.

— Olá — disse Sophie, sorrindo de forma bastante tensa.

Um pouco à frente dela, Faísca se balançava no cavalinho de pau, fazendo *creque-creque-creeeque*, de forma muito irritante. A babá estava sentada ao lado dele dizendo:

— Senhor Faísca, por favor, desça daí. Está fazendo muito barulho, senhor Faísca. Senhor Faísca, eu não quero ter de repetir isso! — Uma vez atrás da outra, o que se tornava ainda mais irritante.

Sophie ajoelhou-se e entregou a Morgan um bloco vermelho. Morgan, por sua vez, o estendeu para Charmain.

— Boco zu — disse ele.

Charmain também se ajoelhou

— Não, não é azul — disse ela. — Tente de novo.

Sophie murmurou pela lateral da boca:

— Estou feliz em vê-la. Não gosto nada desse príncipe. E você? Nem daquela perua espalhafatosa com ele.

— Oxo? — tentou Morgan, estendendo o bloco de novo.

— Eu não a culpo — sussurrou Charmain para Sophie. — Não, não é roxo, é vermelho. Mas o príncipe é roxo, ou pelo menos seus olhos são. Ele é um luboquim.

— Um o quê? — perguntou Sophie, perplexa.

— Emelo? — perguntou Morgan, olhando para seu bloco, incrédulo. *Creque-creeeque*, fazia o cavalinho de pau.

— Isso mesmo. Vermelho — disse Charmain. — Não posso explicar aqui. Diga-me onde está Calcifer... eu explico a ele e depois ele explica a vocês. Preciso de Calcifer com urgência.

— Aqui estou eu — manifestou-se Calcifer. — Para que você precisa de mim?

Charmain olhou à sua volta. Calcifer estava empoleirado em meio à lenha em chamas na lareira, mesclando suas chamas azuis com as laranja da lenha e parecendo tão em paz que Charmain não o vira até ele falar.

— Ah, graças a Deus! — exclamou ela. — Você pode vir comigo imediatamente à casa do Mago Norland? Temos uma emergência lá que só um demônio do fogo pode resolver. Por favor!

CAPÍTULO TREZE
No qual Calcifer está muito ativo

O s olhos cor de laranja de Calcifer voltaram-se para Sophie.

— Você ainda me quer para montar guarda aqui? — perguntou ele. — Ou só vocês dois dão conta do recado?

Sophie lançou um olhar preocupado para a multidão bem-vestida e tagarela.

— Não creio que ninguém vá tentar nada agora — disse ela. — Mas não demore. Estou com um horrível pressentimento. Não confio naquele sujeito de olhos cor de malva nem um pouco. Nem tampouco nesse príncipe asqueroso.

— Está bem. Será rápido — crepitou Calcifer. — De pé, jovem Charme. Eu vou ficar em suas mãos.

Charmain se levantou, esperando ser queimada — ou pelo menos chamuscada — a qualquer momento. Morgan opôs-se à sua partida acenando com um bloco amarelo em sua direção e dando um ribombante grito de "Vede, vede, *vede!*".

— Psiu! — disseram Sophie e Faísca ao mesmo tempo, e a babá acrescentou: — Sr. Morgan, não podemos gritar, não aqui diante do *rei*.

— É amarelo — disse Charmain, esperando que todos os olhares se desviassem. Ela estava começando a ver que nenhum dos refinados convidados sabia que Calcifer era parte do fogo, e que ele queria que continuasse assim.

Assim que todos perderam o interesse e voltaram às suas conversas, Calcifer saltou do fogo e pousou ligeiramente acima dos dedos nervosos de Charmain, assumindo a aparência de um prato de bolo. Não doía nem um pouco. Na verdade, Charmain mal podia senti-lo.

— Esperto — disse ela.

— Finja que está me segurando — replicou Calcifer — e saia da sala comigo.

Charmain dobrou os dedos em torno do falso prato de bolo e caminhou na direção da porta. O príncipe Ludovic, para seu alívio, se afastara, mas o rei veio em sua direção. Ele acenou com a cabeça e sorriu para Charmain.

— Pegou um pedaço de bolo, estou vendo — disse ele. — Gostoso, não é? Queria saber por que temos todos esses cavalinhos de pau. Por acaso você sabe?

Charmain sacudiu a cabeça, e o rei se afastou, ainda sorrindo.

— Por quê? — perguntou Charmain. — Por que temos todos esses cavalinhos de pau?

— Proteção — disse o prato de bolo. — Abra a porta e vamos dar o fora daqui.

Charmain tirou uma das mãos do falso prato, abriu a porta e deslizou para o corredor úmido e cheio de ecos.

— Mas quem está sendo protegido e de quê? — indagou ela, fechando a porta o mais silenciosamente possível.

— Morgan — disse o prato de bolo. — Sophie recebeu um bilhete anônimo hoje de manhã. Dizia: "Pare sua investigação e saia da Alta Norlanda, ou seu filho vai sofrer." Mas nós não podemos partir, porque Sophie prometeu à princesa que vai ficar até descobrirmos aonde todo o dinheiro foi parar. Amanhã vamos fingir ir...

Calcifer foi interrompido por um latido estridente. Desamparada dobrou correndo a esquina e se atirou, feliz, nos tornozelos de Charmain. Calcifer saltou e flutuou livre em sua verdadeira forma, como uma abrasadora lágrima azul pairando perto do ombro de Charmain, que se abaixou e tomou Desamparada no colo.

— Como você...? — ela começou, tentando manter o rosto fora do caminho da ávida língua de Desamparada. Então se deu conta de que a cachorrinha não estava nada molhada. — Ah, Calcifer, ela deve ter vindo pelo caminho rápido da casa! Você consegue encontrar a Sala de Conferência? Posso nos tirar daqui por lá.

— Fácil. — Calcifer partiu como um cometa azul, tão rápido que Charmain teve dificuldade em acompanhá-lo. Ele dobrou rodopiando várias esquinas e alcançou o corredor onde pairavam os aromas da cozinha. Não demorou para que Charmain se visse com as costas voltadas para a porta da Sala de Conferência, com Desamparada nos braços e Calcifer flutuando à altura de seu ombro, enquanto ela tentava lembrar o que fazer a partir dali. Calcifer disse: — É por *aqui*. — E saiu ziguezagueando na frente dela. Charmain fez o melhor que pôde para segui-lo até chegarem ao corredor onde ficavam os quartos. O sol ardia na janela além do estúdio do tio-avô William. Peter veio correndo ao encontro deles, parecendo pálido e aflito.

— Ah, boa menina, Desamparada! — disse ele. — Eu a mandei buscar você. Venha dar uma olhada *nisto*!

Ele se virou e correu de volta à outra extremidade do corredor, onde apontou, trêmulo, para a vista diante da janela.

Lá na campina da montanha, a chuva acabava de passar em grandes nuvens cinza-escuro que se liquefaziam e que obviamente ainda se derramavam sobre a cidade. Um arco-íris curvava-se sobre as montanhas, vívido na frente das nuvens e pálido e impreciso do outro lado da campina. A grama resplandecia e faiscava tanto com a umidade tocada pelo sol que Charmain ficou deslumbrada por um momento e não pôde ver o que Peter apontava.

— Aquele é o luboque — disse Peter, com a voz rouca.
— Certo?

Lá estava o luboque, erguendo-se imenso e roxo no meio da campina. Ele se curvava ligeiramente para ouvir um *kobold*, que pulava sem parar, apontando o arco-íris e evidentemente gritando com o luboque.

— É o luboque, sim — disse Charmain, estremecendo.
— E aquele é Rollo.

Nesse momento, o luboque riu e revirou os feixes de olhos de inseto na direção do arco-íris. Ele recuou cuidadosamente até que as listras do impreciso arco-íris parecessem estar bem ao lado de seus pés de inseto. Ali ele se curvou e arrastou um pequeno pote de cerâmica da relva. Rollo saltitava de um lado para o outro.

— Aquele deve ser o pote de ouro no fim do arco-íris! — disse Peter, assombrado.

Eles observaram o luboque passar o pote para Rollo, que o tomou nos braços. Era nitidamente pesado. Rollo parou de saltitar e cambaleou com a cabeça lançada para trás em gananciosa felicidade. Então virou-se para se afastar, vacilante. Não viu que o luboque astutamente estendeu a longa e púrpura probóscide atrás dele. Não pareceu notar quando a probóscide golpeou suas costas. Ele apenas embrenhou-se cada vez mais na grama da campina, ainda agarrando o pote e rindo. O luboque também riu, de pé no meio da campina, acenando com seus braços de inseto.

— Ele acabou de botar seus ovos em Rollo — sussurrou Charmain —, que nem percebeu! — Ela sentiu-se mal. O mesmo não acontecera com ela por um triz. Peter parecia meio verde e Desamparada estava tremendo. — Sabem — disse ela —, acho que o luboque pode ter prometido a Rollo um pote de ouro para criar problemas entre os *kobolds* e o tio-avô William.

— Tenho certeza que sim — afirmou Peter. — Antes de vocês chegarem, ouvi Rollo gritar que precisava receber seu pagamento.

Ele abriu a janela para ouvir, pensou Charmain. O tolo.

— Tenho de declarar guerra — disse Calcifer, que ficara fino e pálido. Ele acrescentou num leve silvo que tremia ligeiramente: — Preciso lutar contra aquele luboque ou não serei merecedor da vida que Sophie me deu. Um instante. — Ele parou de falar e pairou no ar, comprido e rígido, com os olhos laranja fechados.

— Você é o demônio do fogo? — indagou Peter. — Nunca vi um ant...

— Quieto — disse Calcifer. — Estou me concentrando. Isso tem de ser exato.

Ouviu-se um leve ribombo vindo de algum lugar. Em seguida, no céu e através da janela atrás deles, viram o que Charmain, a princípio, tomou por uma nuvem de tempestade. Uma sombra grande, escura e comprida lançou-se ao longo da campina e muito rapidamente alcançou o luboque, que se regozijava. Este olhou à sua volta, à medida que a sombra ia caindo sobre ele, e ficou paralisado por um instante. Então começou a correr. A essa altura, a elevada sombra fora seguida pelo castelo que a produzia, um castelo alto e negro construído sobre imensos blocos de pedra preta, com torres nos quatro cantos. Eles podiam ver as grandes pedras com que era feito sacudindo e rangendo enquanto a construção se movia, perseguindo o luboque com mais velocidade.

O luboque esquivou-se. O castelo então deu uma guinada, seguindo-o. O luboque estendeu as asas pequenas e penugentas para ganhar mais velocidade e se lançou em passadas furiosas em direção às pedras altas na extremidade da campina. Assim que as alcançou, fez meia-volta e veio correndo no sentido contrário, na direção da janela. Ele devia esperar que o castelo se espatifasse nas pedras, mas a estranha construção apenas virou na direção oposta sem nenhuma dificuldade e voltou a segui-lo mais rápido ainda. Grandes baforadas de fumaça negra jorravam das torres do castelo e se espalhavam pelo ar, atravessando o arco-íris que desbotava. O luboque girou um de seus múltiplos olhos enquanto corria, então baixou a cabeça de inseto e se lançou, as antenas se agitando, as asas batendo, em uma grande curva ao longo da borda do penhasco. Embora suas asas fossem agora borrões púrpura, ele parecia totalmente incapaz de voar com elas. Charmain compreendeu por que ele não tentara segui-la na queda do penhasco: não teria conseguido voar de volta. Em vez de saltar do penhasco para escapar, o luboque simplesmente continuou correndo, atiçando o castelo a segui-lo e cair no precipício.

E o castelo de fato o seguiu. Veio fumegando e bufando e rangendo em alta velocidade ao longo do penhasco, parecendo perfeitamente equilibrado apesar da maneira como metade dele pendia da borda. O luboque emitiu um grito desesperador, mudou novamente de direção e correu para o centro da campina. Ali, ele apostou sua última ficha e diminuiu de tamanho. Encolheu-se até se transformar em um minúsculo inseto roxo e mergulhou entre a grama e as flores.

O castelo alcançou aquele ponto em instantes. E parou, estremecendo, sobre o local onde o luboque havia desaparecido, e permaneceu flutuando ali. Chamas começaram a sair de debaixo dele, chamas amarelas a princípio, depois laranja, então de um vermelho furioso, e finalmente um brilho branco resplandecente demais para olhos humanos. As chamas e a fumaça espessa lamberam suas paredes laterais e se juntaram à fumaça escura expelida por suas torres. A campina se encheu de uma neblina escura e quente. Pelo que pareceram horas, mas que provavelmente foram apenas minutos, o castelo era uma forma indistinta pairando sobre um brilho fumacento, como o sol visto através das nuvens. Eles podiam ouvir o rugido do fogo queimando mesmo por trás da janela mágica.

— Certo — disse Calcifer. — Acho que está tudo resolvido. — Ele virou-se para Charmain, e ela notou que seus olhos agora eram de um estranho prata cintilante. — Pode abrir a janela, por favor? Preciso ir até lá me certificar.

Quando Charmain virou o trinco e abriu a janela, o castelo ergueu-se e deslizou para o lado. Todas as fumaças se juntaram em uma só lufada grande e escura, que rolou pela borda do penhasco, descendo para o vale, onde se esfiapou até desaparecer. Quando Calcifer avançou e flutuou até a campina, o castelo erguia-se recatadamente, com apenas um fiapo de fumaça saindo de cada torre, ao lado de um grande quadrado de terra escura. Um cheiro horrível entrou pela janela.

— Argh! — disse Charmain. — O que é isso?

— Luboque assado, espero — disse Peter.

Eles observaram Calcifer flutuar até o quadrado queimado. Ali ele se tornou um risco azul e ativo, girando para lá e para cá pelo denso nevoeiro escuro, até ter coberto cada pedacinho dele.

Então voltou flutuando com os olhos no tom laranja normal novamente.

— É isso — disse ele alegremente. — Ele se foi.

E também uma porção de flores, pensou Charmain, mas não parecia educado dizer isso. O importante é que o luboque havia desaparecido, definitivamente.

— As flores crescerão de novo no ano que vem — disse-lhe Calcifer. — Para que você foi me buscar? Por causa desse luboque?

— Não. Os ovos do luboque — disseram Peter e Charmain, em uníssono. Eles explicaram sobre o elfo e o que ele dissera.

— Me mostrem — disse Calcifer.

Dirigiram-se à cozinha, todos, exceto Desamparada, que gania e se recusava a entrar lá. Ali Charmain teve uma bela e ensolarada visão do quintal pela janela, cheia de roupa cor-de-rosa, branca e vermelha gotejando no varal. Peter obviamente não havia se dado ao trabalho de recolhê-la. Ela se perguntou o que ele *estivera* fazendo.

A caixa de vidro ainda estava sobre a mesa, ainda com os ovos dentro dela, mas, de alguma forma, havia afundado na mesa, de modo que apenas parte dela estava visível.

— O que a fez ficar assim? — perguntou Charmain. — A magia nos ovos?

Peter pareceu um pouco constrangido.

— Não exatamente — disse ele. — Isso aconteceu quando lancei meu feitiço de segurança sobre ela. Eu estava voltando ao estúdio para procurar outro feitiço quando vi Rollo conversando com o luboque.

Não é *típico* dele?, pensou Charmain. Esse tolo sempre pensa que sabe mais!

— Os feitiços dos elfos teriam sido suficientes — disse Calcifer, pairando acima da caixa de vidro engastada.

— Mas ele disse que eram perigosos! — protestou Peter.

— Você os tornou ainda mais perigosos — replicou Calcifer. — Nenhum dos dois chegue perto. Ninguém agora pode tocar a caixa. Algum de vocês conhece uma boa e robusta camada de pedra onde eu possa destruir esses ovos?

Peter tentou não parecer que estava sendo repreendido. Charmain lembrou-se de sua queda do penhasco e como ela havia quase despencado sobre grandes pedras quando começou a voar. Ela fez o melhor possível para descrever a Calcifer onde ficavam aqueles rochedos.

— Debaixo do penhasco. Entendo — disse Calcifer. — Um de vocês, por favor, abra a porta dos fundos e então saia do caminho.

Peter correu para abrir a porta. Charmain podia ver que ele estava bastante envergonhado pelo que fizera à caixa de vidro. Mas isso não vai impedi-lo de fazer algo igualmente tolo de uma próxima vez, ela pensou. Gostaria que ele *aprendesse*!

Calcifer pairou acima da caixa de vidro por um instante e então disparou na direção da porta aberta. Já quase transpondo a soleira, ele pareceu empacar, sacudindo-se e tremendo, até que, em um movimento brusco, dobrou-se como um grande girino azul, e então sacudiu-se, recuperando o controle, e disparou adiante, passando pelas roupas coloridas no varal. A caixa de vidro se soltou com um ruído áspero e o som de alguém jogando tábuas de madeira para um lado e para o outro e disparou atrás dele. Flutuou acima do quintal, com ovos e tudo, seguindo a pequena forma de lágrima azul de Calcifer. Peter e Charmain foram para a porta e viram a caixa de vidro subir e atravessar lampejando a verde encosta na direção da campina do luboque, até sair de seu campo de visão.

— Ah! — exclamou Charmain. — Esqueci de dizer a ele que o príncipe Ludovic é um luboquim!

— Ele é? De verdade? — perguntou Peter ao fechar a porta. — Isso deve explicar por que minha mãe saiu do país, então.

Charmain nunca tivera muito interesse pela mãe de Peter. Ela afastou-se, impaciente, e viu que a mesa estava plana novamente. Isso foi um alívio. Estivera se perguntando o que fazer com uma mesa com um buraco quadrado no meio.

— Que feitiço de segurança você usou? — perguntou ela.

— Vou lhe mostrar — disse Peter. — Quero ver outra vez aquele castelo, de qualquer jeito. Você acha que podemos nos arriscar a abrir a janela e nos aproximar dele?

— Não — respondeu Charmain.

— Mas o luboque está morto de vez — disse Peter. — Não pode haver nenhum perigo nisso.

Charmain teve a forte sensação de que Peter estava procurando encrenca.

— Como você sabe que só havia um luboque? — perguntou ela.

— A enciclopédia *disse* — argumentou Peter. — Os luboques são solitários.

Eles discutiram acaloradamente até a porta interna e dobraram à esquerda, chegando ao corredor. Ali Peter disparou, desafiador, na direção da janela. Charmain disparou atrás dele e o segurou pelo casaco. Desamparada disparou atrás dos dois, ganindo de aflição, e conseguiu emaranhar-se nos pés de Peter, de modo que ele caiu para a frente, com ambas as mãos na janela. Charmain lançou um olhar nervoso para a campina, que brilhava pacificamente à luz laranja do pôr do sol, o castelo ainda acocorado ali ao lado do trecho queimado. Era uma das construções mais estranhas que ela já vira.

De repente, houve um lampejo de luz tão brilhante que os cegou.

Instantes depois veio o estampido de uma explosão tão ruidosa quanto a luz foi brilhante. O chão debaixo deles tremeu e a moldura da janela se desfocou. Todas as coisas se sacudiram. Através de lágrimas provocadas pela luz intensa misturadas a pontos de cegueira, Charmain pensou ter visto todo o castelo vibrar. Com os ouvidos zumbindo e ensurdecidos, ela pensou ouvir rochas rachar, se despedaçar e rolar.

Sábia Desamparada!, ela pensou. Se Peter estivesse lá fora, poderia estar morto agora.

— O que você acha que foi isso? — perguntou Peter quando já quase voltavam a ouvir normalmente.

— Calcifer destruindo os ovos de luboque, é evidente — disse Charmain. — As rochas às quais ele se dirigiu ficam diretamente abaixo da campina.

Ambos piscaram várias vezes, tentando se livrar das ofuscantes manchas de azul, cinza e amarelo que continuavam a flutuar no interior de seus olhos. Ambos perscrutavam e perscrutavam a distância. Era difícil acreditar, mas agora quase metade da campina havia desaparecido. Um pedaço curvo, como uma imensa mordida, sumira do espaço verde em declive. Abaixo dali devia ter havido um considerável deslizamento de terra.

— Humm — disse Peter. — Você não acha que ele se destruiu também, acha?

— Espero que *não*! — replicou Charmain.

Eles ficaram esperando e observando. Os sons voltaram aos seus ouvidos, quase como antes, exceto por um leve zumbido. Os pontos cegos gradualmente desapareceram de seus olhos. Um pouco depois, ambos perceberam que o castelo estava deslizando com o vento, parecendo triste e perdido pela campina, indo em direção às pedras na outra extremidade. Ficaram esperando e observando até que ele flutuou acima das pedras, saindo do seu campo de visão, seguindo a encosta da montanha. Ainda não havia sinal de Calcifer.

— Ele deve ter voltado para a cozinha — sugeriu Peter.

Seguiram para lá. Abriram a porta dos fundos e espiaram entre a roupa no varal, mas não havia o menor sinal, em nenhuma parte, de uma lágrima azul flutuante. Atravessaram a sala de estar e abriram a porta da frente. Mas o único azul que viam lá fora era o das hortênsias.

— Demônios de fogo morrem? — perguntou Peter.

— Não tenho a menor ideia — respondeu Charmain. Como sempre, em momentos de dificuldade, ela sabia o que queria fazer. — Vou ler um livro — anunciou. Sentou-se no sofá mais próximo, pôs os óculos e apanhou *A jornada do mágico*, que estava caído no chão. Peter deixou escapar um suspiro zangado e se foi.

Mas não adiantava. Charmain não conseguia se concentrar. Ficava pensando em Sophie, e também em Morgan. Estava óbvio para ela que Calcifer era, por mais estranho que fosse, parte da família de Sophie.

— Seria ainda pior do que perder *você* — ela disse a Desamparada, que viera sentar-se em seus sapatos.

Perguntou-se se deveria ir até a Mansão Real e contar a Sophie o que acontecera. Mas agora estava escuro. Sophie provavelmente estaria participando de um jantar formal, sentada à frente do príncipe luboquim, com velas e tudo mais. Charmain não pensou que tivesse a ousadia de interromper outro evento na Mansão. Além disso, Sophie já estava doente de preocupação com a ameaça a Morgan. Charmain não queria preocupá-la ainda mais. E talvez Calcifer ainda aparecesse pela manhã. Ele era feito de fogo, afinal. Por outro lado, a explosão fora suficiente para reduzir qualquer coisa a pedaços. Charmain pensou em faíscas de chama azul espalhadas no meio de um deslizamento de terra...

Peter voltou à sala.

— Eu sei o que devíamos fazer — disse ele.

— Sim? — perguntou Charmain, ansiosa.

— Devíamos ir contar aos *kobolds* sobre Rollo — disse Peter.

Charmain o fitou. Tirou os óculos e o olhou com mais nitidez.

— O que os *kobolds* têm a ver com Calcifer?

— Nada — respondeu Peter, um tanto perplexo. — Mas podemos provar que o luboque pagou a Rollo para causar problemas.

Charmain se perguntou se seria o caso de se levantar e acertá-lo na cabeça com *A jornada do mágico. Danem-se* os *kobolds!*

— Precisamos ir agora — começou Peter, persuasivo —, antes...

— De manhã — disse Charmain, firme e decididamente. — De manhã, depois de termos ido às pedras ver o que aconteceu com Calcifer.

— Mas... — começou Peter.

— Porque — disse Charmain, rapidamente pensando em motivos — Rollo vai estar em algum lugar escondendo seu pote de ouro. Ele precisa estar lá quando você o acusar.

Para sua surpresa, Peter pensou em suas palavras e concordou.

— E nós precisamos arrumar o quarto do Mago Norland — lembrou ele —, para o caso de o trazerem de volta
amanhã.

— Você faz isso — disse Charmain. Antes que eu atire
meu livro em você, ela pensou, e provavelmente o vaso de
flores em seguida!

CAPÍTULO CATORZE
Que é cheio de kobolds *outra vez*

harmain ainda estava pensando em Calcifer quando se levantou na manhã seguinte. Ao sair do banheiro, viu que Peter estava ocupado trocando os lençóis da cama do tio-avô William e pondo os anteriores em uma sacola. Charmain suspirou. Mais trabalho.

— No entanto — ela disse a Desamparada quando lhe dava a tigelinha de comida de cachorro de costume —, isso vai mantê-lo ocupado e feliz enquanto eu procuro Calcifer. Você vai comigo até aquelas pedras?

Desamparada, como sempre, ficou mais do que satisfeita em ir aonde quer que Charmain fosse. Depois do café da manhã, seguiu, ávida, atrás de Charmain pela sala até a porta da frente. No entanto, elas não chegaram às pedras. Quando Charmain pôs a mão na maçaneta, Desamparada saiu correndo de trás dela e jogou-se contra a porta, abrindo-a. E lá estava Rollo na entrada, no ato de estender a mãozinha azul para pegar seu jarro diário de leite. Emitindo minúsculos rosnados, Desamparada saltou sobre ele, abocanhou-lhe o pescoço e o prendeu no chão.

— Peter! — gritou Charmain, de pé numa poça de leite derramado. — Venha, rápido! Precisamos de uma sacola! — Ela colocou um pé sobre Rollo para mantê-lo no lugar. — Sacola! Sacola! — gritou.

Rollo esperneava, enlouquecido, e se debatia debaixo do sapato dela, enquanto Desamparada o soltava para poder latir. Rollo somava ao alarido gritando num uivo forte e áspero:

— Socorro! Assassinato! *Assalto!*

Peter, justiça seja feita, chegou correndo. Deu uma olhada na cena ainda na porta, pegou uma das sacolas de comida bordadas da Sra. Baker e conseguiu passá-la sobre as pernas de Rollo, que se debatiam, antes que Charmain pudesse reunir fôlego para explicar. No segundo seguinte, Peter tinha Rollo totalmente dentro da sacola, que se arqueava, retorcia e gotejava leite, e a ergueu enquanto tentava alcançar um de seus bolsos.

— Bom trabalho! — disse ele. — Pegue um pedaço de cordão nesse bolso, está bem? Não queremos que ele escape. — E quando Charmain conseguiu pegar um pedaço de cordão roxo no bolso, ele acrescentou: — Você já tomou café? Ótimo. Amarre a boca da sacola bem apertado. Depois pegue-a e segure bem enquanto eu me apronto. Então poderemos ir direto lá.

— *Hluph, hlruther!* — gritou a sacola quando Peter a entregou a Charmain.

— Cale a boca — disse Charmain e a segurou com ambas as mãos acima do cordão roxo. A sacola se retorcia para lá e para cá, enquanto Charmain observava Peter puxar pedaços de cordão colorido dos bolsos de seu casaco. Ele amarrou cordão vermelho no polegar esquerdo e verde no direito, em seguida roxo, amarelo e cor-de-rosa em torno dos três primeiros dedos da mão direita, seguidos por preto, branco e azul em torno dos três primeiros dedos da mão esquerda. Desamparada continuava parada na entrada, as orelhas esfiapadas em pé, observando o processo com interesse. — Nós vamos procurar o fim do arco-íris ou algo do gênero? — perguntou Charmain.

— Não, mas foi assim que decorei o caminho até os *kobolds* — explicou Peter. — Certo. Feche a porta da frente e vamos.

— *Harrabluph!* — gritou a sacola.

— E o mesmo para você! — disse Peter, liderando o grupo na direção da porta interna. Desamparada o seguia e Charmain também, levando a bolsa que se contorcia.

Eles viraram à direita ao passar pela porta. Charmain estava preocupada demais para dizer que achava que aquele era o caminho para a Sala de Conferência. Estava se lembrando da facilidade com que todos os *kobolds* haviam desaparecido e reaparecido, e como o próprio Rollo sumira no solo na campina da montanha. Parecia-lhe que era apenas uma questão de tempo até que Rollo desaparecesse pelo fundo da sacola bordada. Ela mantinha uma das mãos debaixo dela, mas tinha certeza que isso não seria suficiente. Com leite pingando entre seus dedos, ela tentou manter Rollo ali dentro com um feitiço. O problema era que não tinha a menor ideia de como fazer isso. A única coisa que lhe ocorreu foi usar o método com que lidara com os feitiços de Peter nos canos com vazamento. *Fique aí dentro! Fique aí DENTRO!*, ela pensou, como se falasse com Rollo, massageando o fundo da sacola. Cada movimento de massagem produzia outro grito abafado na sacola, o que a deixava mais certa do que nunca de que Rollo estava escapando. Assim, ela simplesmente seguiu Peter enquanto ele dobrava ora aqui ora ali e não percebeu como se chegava aos *kobolds*. Só percebeu quando estavam lá.

Encontravam-se diante de uma caverna grande e bem iluminada, cheia de pessoinhas azuis correndo para lá e para cá. Era difícil ver o que a maioria delas fazia porque a visão estava parcialmente bloqueada por um objeto muito estranho na entrada. Esse objeto parecia um pouco um dos trenós puxados a cavalo que as pessoas usavam na Alta Norlanda quando, no inverno, nevava e tornava-se impossível usar uma carroça ou carruagem — exceto que essa coisa não tinha como ser atrelada a um cavalo. Em vez disso, tinha uma imensa alça curva na parte posterior. E tinha partes curvas e espirais por toda ela. Dezenas de *kobolds* trabalhavam no objeto, subindo por aqui e por ali o tempo todo. Alguns acolchoavam e forravam a parte interna com pele de carneiro, outros martelavam e entalhavam, enquanto outros ainda pintavam o lado de fora com flores azuis rendadas sobre um fundo dourado. Ficaria magnífico quando estivesse terminado, fosse lá o que fosse.

— Posso confiar que você será cortês desta vez? — Peter perguntou a Charmain. — Pode lembrar-se de ser diplomática, pelo menos?

— Posso tentar — disse Charmain. — Depende.

— Então deixe que eu falo — decidiu Peter e deu um tapinha nas costas da atarefada *kobold* mais próxima. — Com licença. Pode me dizer onde posso encontrar Timminz, por favor?

— No meio da caverna — respondeu a *kobold*, apontando com seu pincel. — Trabalhando no relógio cuco. Por que você o está procurando?

— Temos algo muito importante para lhe dizer — informou Peter.

Isso atraiu a atenção da maioria dos *kobolds* que trabalhavam no objeto. Alguns se viraram e olharam com apreensão para Desamparada. Esta imediatamente pareceu alegre, recatada e adorável. Os demais fitaram Charmain e a sacola bordada se contorcendo.

— Quem está aí dentro? — um deles perguntou a Charmain.

— Rollo — respondeu ela.

A maior parte deles assentiu, sem parecer nem um pouco surpresos. Quando Peter perguntou: "Tudo bem se entrarmos para falar com Timminz?", todos tornaram a assentir e lhe disseram:

— Vá em frente.

Charmain teve a sensação de que ninguém gostava muito de Rollo, que parecia saber disso, porque parou de se contorcer e não fez nenhum tipo de barulho enquanto Peter avançava, passando por estranhos objetos, e Charmain o seguia, segurando a bolsa de lado, de modo a não sujá-la de tinta.

— O que vocês estão fazendo? — ela perguntou aos *kobolds* mais próximos enquanto seguiam.

— Encomenda dos elfos — um deles respondeu.

— Vai custar muito — outro acrescentou.

— Os elfos sempre pagam bem — disse um terceiro.

Charmain entrou na caverna sentindo-se nem um pouco prudente. O lugar era imenso, e havia minúsculas crianças *kobold* correndo de um lado para o outro entre os atarefados adultos. A maior parte delas gritava e saía correndo ao ver Desamparada. Os pais, em sua maioria, davam a volta prudentemente e punham-se atrás do que quer que estivessem trabalhando, e continuavam pintando, polindo ou esculpindo. Peter seguia na frente, passando por cavalinhos de pau, casas de boneca, cadeirinhas de bebê, relógios de pêndulo, bancos de madeira, e bonecas de corda, até chegarem a um relógio cuco. Era inconfundível. Era enorme. Sua gigantesca caixa de madeira erguia-se até o teto magicamente iluminado; o imenso visor estava apoiado separadamente, ocupando a maior parte da parede ao lado da caixa; e o cuco, que um grupo de *kobolds* diligentemente cobria com penas, era de fato maior do que Charmain e Peter juntos. Charmain se perguntou quem poderia querer um relógio de cuco daquele tamanho.

Timminz subia no maciço mecanismo carregando uma minúscula chave inglesa.

— Lá está ele — disse Peter, reconhecendo-o pelo nariz. Então foi até a engrenagem gigante e pigarreou. — Me dê licença. Hã-hã. Nos dê licença.

Timminz girou em torno de uma enorme bobina de metal e olhou-os, mal-humorado.

— Ah, são vocês. — Seus olhos pousaram na sacola. — Agora estão sequestrando as pessoas, é?

Rollo deve ter ouvido a voz de Timminz e sentiu que estava entre amigos.

— *Hrluphuph! Hlrewafaphauph!* — berrou a sacola.

— É Rollo que está aí — disse Timminz, acusador.

— Isso mesmo — confirmou Peter. — Nós o trouxemos aqui para confessar diante de vocês. O luboque na montanha pagou para que ele criasse problemas entre vocês e o Mago Norland.

— *Hipughphy hlephy-phiph!* — gritou a sacola.

Mas Timminz havia ficado azul-prateado de horror.

— O *luboque?* — perguntou.

— Isso mesmo — disse Peter. — Nós vimos Rollo ontem pedindo sua recompensa ao luboque. E este lhe deu o pote de ouro no fim do arco-íris.

— *Hiphiphuph!* — negou a sacola em voz alta. — *Hlephlyiph!*

— Nós dois vimos — disse Peter.

— Deixe-o sair — determinou Timminz. — Deixe-o falar.

Peter fez sinal com a cabeça para Charmain. Ela tirou a mão do fundo da sacola e parou de fazer o que esperava fosse seu feitiço. Instantaneamente Rollo caiu no chão, onde ficou sentado cuspindo pontas de lã de bordado encharcadas de leite e migalhas velhas e fuzilando Peter com os olhos.

Eu fiz mesmo uma mágica! Eu o mantive ali!, pensou Charmain.

— Estão vendo como eles são? — perguntou Rollo, furioso. — Ensacam a pessoa e enchem-lhe a boca com cotão mofado para que ela não possa se defender enquanto contam mentiras sobre ela!

— Você pode se defender agora — disse Timminz. — Você recebeu um pote de ouro do luboque por nos jogar contra o mago?

— Como eu poderia ter feito isso? — perguntou Rollo, com inocência. — Nenhum *kobold*, nem morto, falaria com um luboque. Vocês todos sabem disso!

Uma multidão considerável de *kobolds* encontrava-se em torno deles agora — a uma distância segura de Desamparada — e Rollo agitava os braços dramaticamente em sua direção.

— Vocês são testemunhas! — clamou ele. — Estou sendo vítima de um monte de mentiras!

— Vão e deem uma busca na gruta dele, alguns de vocês — ordenou Timminz.

Vários *kobolds* partiram imediatamente. Rollo se pôs de pé num salto.

— Eu vou com vocês! — gritou ele. — Vou *provar* que não tem nada lá!

Rollo tinha dado três passos quando Desamparada o agarrou pelas costas do casaco azul e o largou no chão novamente. Ela ficou ali, os dentes no casaco de Rollo, a cauda peluda abanando, com uma orelha erguida na direção de Charmain, como se dissesse: "Eu não agi bem?"

— Você agiu maravilhosamente bem — disse-lhe Charmain. — Boa menina.

— Pare com isso! — gritou Rollo. — Minhas costas estão doendo!

— Não. Você fica aí até eles voltarem da busca em sua gruta — disse Charmain. Rollo cruzou os braços e ficou ali, parecendo ofendido e abatido. Charmain voltou-se para Timminz. — Está tudo bem se eu perguntar quem quer um relógio tão grande assim? Enquanto esperamos — explicou ela, vendo Peter sacudir a cabeça para ela.

Timminz olhou as imensas peças do relógio.

— O príncipe da Coroa Ludovic — disse ele, com um misto de orgulho e tristeza. — Ele queria algo excepcional para o Castel Joie. — A tristeza venceu p orgulho. — Ainda não nos pagou um centavo sequer. Ele nunca paga. Quando se pensa no quanto é rico...

Foi interrompido pelos *kobolds* voltando em disparada.

— Aqui está! — eles gritaram. — É isto? Estava debaixo da cama dele!

O *kobold* da frente vinha carregando o pote nos braços. Parecia um pote de cerâmica comum, do tipo que alguém usaria para fazer um cozido no forno, exceto pelo fato de que tinha uma espécie de brilho desmaiado à sua volta, nas cores do arco-íris.

— É esse mesmo — disse Peter.

— Então o que você acha que ele fez com o ouro? — perguntou o *kobold*.

— O que quer dizer com o que eu fiz com o ouro? — perguntou Rollo. — Aquele pote estava cheio até a bor... — Ele se interrompeu ao perceber que estava se entregando.

— Não está mais. Dê uma olhada se não acredita em mim — retorquiu o outro *kobold*. Ele largou o pote entre as pernas esticadas de Rollo. — Foi assim que o encontramos.

Rollo inclinou-se para olhar dentro do pote e soltou um grito de desgosto. Enfiou a mão lá dentro e a retirou com um punhado de folhas amarelas e secas. Então, tirou mais um punhado, e mais outro, até ter ambas as mãos dentro do pote vazio e estar cercado de folhas mortas.

— Sumiu! — uivou ele. — Transformou-se em folhas mortas! Aquele luboque me *enganou*!

— Então você admite que o luboque lhe pagou para criar problemas? — perguntou Timminz.

Rollo lançou um olhar mal-humorado e enviesado para Timminz.

— Eu não admito nada, exceto que fui roubado.

Peter tossiu.

— Hã-hã. Receio que o luboque o tenha enganado com mais do que isso. Ele botou seus ovos nele assim que Rollo virou as costas.

Ouviram-se arquejos de toda parte. Rostos de *kobolds* com grandes narizes fitavam Rollo, azul-pálidos de horror, narizes e tudo, e então voltaram-se para Peter.

— É verdade. Nós dois vimos — afirmou Peter.

Charmain assentiu quando eles a olharam.

— Verdade — confirmou.

— É mentira! — gritou Rollo. — Vocês estão zombando de mim!

— Não estamos, *não*! — disse Charmain. — O luboque esticou seu ferrão poedeiro e o picou nas costas antes de você desaparecer na terra. Você não disse agora mesmo que suas costas estão doendo?

Os olhos de Rollo arregalaram-se. Ele acreditou em Charmain. Sua boca escancarou-se. Desamparada afastou-se mais do que depressa quando ele começou a gritar. Atirou o pote para um lado, bateu os pés, criando uma tempestade de folhas secas, e berrou até seu rosto ficar azul-marinho.

— Estou *condenado*! — chorou ele. — Sou um morto-vivo! Tem *coisas* crescendo dentro de mim! *Socorro!* Ah, por favor, alguém me *ajude*!

Ninguém o ajudou. Todos os *kobolds* recuaram, ainda fitando-o, horrorizados. Peter olhava enojado. Uma senhora *kobold* disse: "Que exibição *vergonhosa!*" e isso pareceu a Charmain tão injusto que ela não pôde deixar de sentir pena de Rollo.

— Os elfos podem ajudá-lo — ela disse a Timminz.

— O que você disse? — Timminz estalou os dedos. Fez-se um silêncio repentino. Embora Rollo continuasse a sapatear e a abrir e fechar a boca, ninguém podia ouvir o barulho.

— O *que* você disse? — perguntou Timminz a Charmain.

— Os elfos — ela repetiu. — Eles sabem como extrair ovos de luboque de uma pessoa.

— É, eles sabem — concordou Peter. — O Mago Norland estava com ovos de luboque. Foi por isso que o levaram para curá-lo. Um elfo veio ontem com os ovos que tiraram dele.

— Os elfos cobram muito caro — observou um *kobold* perto do joelho direito de Charmain, parecendo muito impressionado.

— Acho que foi o rei quem pagou — disse Charmain.

— Silêncio! — A sobrancelha de Timminz estava franzida, quase chegando ao nariz. Ele suspirou. — Suponho — disse ele — que podemos dar aos elfos sua cadeira-trenó de graça, em troca da cura de Rollo. Maldição! Agora são *duas* encomendas pelas quais não receberemos! Ponham Rollo na cama, alguns de vocês, e eu vou falar com os elfos. E previno todos vocês *de novo* para que não se aproximem daquela campina.

— Ah, agora está tudo bem — disse Peter alegremente. — O luboque está morto. O demônio do fogo o matou.

— O *quê?* — gritaram todos os *kobolds*. — *Morto?* —

clamaram. — *De verdade?* Você se refere ao demônio do fogo que está visitando o rei? Ele o *matou* mesmo?

— É, de verdade — gritou Peter acima do barulho. — Ele matou o luboque e então destruiu os ovos que o elfo trouxe.

— E achamos que destruiu a si mesmo também — acrescentou Charmain, mas estava quase certa de que nenhum dos *kobolds* a ouvira. Estavam todos ocupados demais dançando, dando vivas e atirando os chapeuzinhos azuis para o alto.

Depois que o barulho diminuiu um pouco e quatro *kobolds* robustos levaram Rollo embora, ainda esperneando e gritando continuamente, Timminz disse com gravidade a Peter:

— Aquele luboque inspirava medo a todos nós, principalmente ele sendo pai do príncipe da Coroa. O que você acha que podemos dar ao demônio do fogo para mostrar nossa gratidão?

— Colocar as torneiras do Mago Norland de volta — disse Peter prontamente.

— Isso nem é preciso dizer — replicou ele. — Elas foram retiradas por causa de Rollo. O que quero dizer é: o que simples *kobolds* podem fazer por um demônio do fogo que ele não possa fazer por si mesmo?

— Eu sei — disse Charmain. Todos puseram-se respeitosamente quietos enquanto ela continuava: — Calcifer e sua... hã... família estavam tentando descobrir para onde está indo todo o dinheiro desaparecido do rei. Vocês podem ajudá-los com isso?

Em toda a volta dos joelhos de Charmain, houve murmúrios de: "Esta é fácil!" e "Isso não é problema!" e uma considerável onda de risos, como se Charmain tivesse feito uma pergunta idiota. Timminz ficou tão aliviado que sua sobrancelha desfranziu-se por completo, deixando seu nariz — e todo o rosto — duas vezes mais compridos.

— Isso é fácil fazer — disse ele — e não custa nada. — Olhou para o outro lado da caverna, onde estavam pendurados pelo menos sessenta relógios cuco, todos balançando os pêndulos em sessenta ritmos diferentes. — Se vierem comigo agora, acho que chegaremos a tempo de ver o dinheiro indo embora. Você tem certeza de que o demônio do fogo ficaria agradecido por isso?

— Certamente — disse Charmain.

— Então me sigam, por favor — chamou Timminz. guiando-os em direção ao fundo da caverna.

Aonde quer que estivessem indo, aquela veio a ser uma caminhada e tanto. Chairman ficou tão confusa quanto ficara no caminho para a caverna dos *kobolds*. Eles seguiram na semiescuridão todo o tempo, e o trajeto era repleto de curvas, desvios abruptos e esquinas súbitas. De vez em quando Timminz dizia: "Três passos curtos e vire à direita" ou "Conte oito passos de humanos e vire à esquerda, em seguida à direita e então novamente à esquerda", e foi assim por tanto tempo que Desamparada ficou cansada e ganiu para que alguém a levasse. Charmain carregou-a pelo que pareceu mais da metade do caminho.

— Devo explicar que os *kobolds* daqui pertencem a um clã diferente — informou Timminz, quando finalmente pareceu surgir um pouco de luz do dia à frente deles. — Gosto de pensar que meu clã teria agido melhor do que eles. — Então, antes que Charmain pudesse perguntar do que ele estava falando, Timminz seguiu por uma rápida sequência de direitas fechadas e esquerdas arrastadas, com uns dois zigue-zagues no meio, e se viu na extremidade de uma passagem subterrânea, à luz verde e fria do dia. Uma escadaria de mármore esverdeada pelo bolor levava a alguns arbustos. Estes, um dia, deviam ter sido plantados ladeando a escada, mas haviam crescido e ocupado o espaço inteiramente.

Desamparada começou a rosnar, e seu rosnado soava como o de um cachorro com o dobro de seu tamanho.

— Psiu! — sussurrou Timminz. — Absolutamente nenhum ruído daqui para a frente.

Desamparada parou de rosnar imediatamente, mas Charmain podia sentir seu corpinho quente pulsando com rosnados abafados. Charmain voltou-se para Peter, querendo ter certeza de que ele teria o bom senso de se manter calado também.

Peter não estava lá. Eram apenas ela, Desamparada e Timminz.

Charmain, exasperada, sabia exatamente o que havia acontecido. Em algum ponto ao longo do confuso caminho, quando Timminz dissera "Dobre à esquerda", Peter havia dobrado à direita. Ou vice-versa. Charmain não tinha a menor ideia da altura em que isso acontecera, mas sabia que fora isso.

Não tem problema, ela pensou. Ele tem fios coloridos nos dedos suficientes para encontrar o caminho de ida e volta a Ingary. Provavelmente vai chegar à casa do tio-avô William muito antes de mim. Assim, esqueceu Peter e concentrou-se em andar na ponta dos pés pelos degraus mofados e escorregadios, e então em espiar de trás dos arbustos sem mexer sequer uma folha.

A luz do sol era resplandecente adiante, reluzindo em um gramado muito verde, muito bem tratado, com um caminho ofuscantemente branco além dele. O caminho seguia por entre árvores que haviam sido esculpidas em forma de esfera, triângulos, cones e discos, como uma aula de geometria, até um pequeno palácio de contos de fadas — que tinha muitas torrinhas pontudas com pequenos telhados azuis. Charmain o reconheceu como o Castel Joie, onde o príncipe da Coroa Ludovic morava. Sentiu-se ligeiramente envergonhada ao perceber que era naquela construção que ela sempre pensava quando qualquer livro que estivesse lendo mencionava um palácio.

Devo ser muito sem imaginação, pensou. Então: Não. Nas caixas dos biscoitos amanteigados que seu pai fazia para vender no Dia do Trabalho, havia sempre um desenho do Castel Joie na tampa. O Castel Joie era, afinal, o orgulho da Alta Norlanda. Não era de se admirar que fosse uma caminhada tão longa!, ela pensou. Devemos estar no meio do Vale da Norlanda! E essa ainda é a minha ideia de um palácio perfeito, e pronto!

Passos soaram no caminho branco e quente e o príncipe Ludovic em pessoa surgiu, magnífico em seda branca e azul, caminhando em direção ao palácio. Pouco antes de alcançar o arbusto em que Charmain estava, ele parou e virou-se.

— Andem logo vocês! — disse, zangado. — Mexam-se!

— Estamos tentando, Alteza! — disse uma vozinha ofegante.

Uma fila de *kobolds* surgiu andando com dificuldade, cada um deles encurvado debaixo de um saco de couro abaulado. Eram todos mais verde-acinzentados do que azuis e pareciam mais infelizes. Parte da infelicidade talvez se devesse ao sol — os *kobolds* preferiam viver no escuro —, mas Charmain pensou que a cor deles parecia mais de saúde ruim. Suas pernas vacilavam. Um ou dois tossiam terrivelmente.

O último na fila estava tão indisposto que tropeçou e caiu, derrubando o saco, que derramou um punhado de moedas de ouro sobre o resplandecente caminho branco.

Com isso, o cavalheiro inexpressivo apareceu. Avançou até o *kobold* caído e começou a chutá-lo. Não o fazia com muita força, nem parecia particularmente cruel: era mais como se estivesse tentando fazer uma máquina funcionar novamente. O *kobold* apressou-se a se mexer sob os chutes, recolhendo desesperadamente as moedas de ouro até tê-las todas de volta no saco, e conseguiu cambalear e pôr-se de pé novamente. O cavalheiro inexpressivo parou de chutá-lo e foi andar ao lado do príncipe Ludovic.

— Não é exatamente um carregamento pesado — disse ao príncipe. — Provavelmente é o último. Eles não têm mais nenhum dinheiro, a menos que o rei venda seus livros.

O príncipe Ludovic riu.

— Ele preferiria morrer... o que também me serve, naturalmente. Mas teremos de pensar em outra maneira de conseguir dinheiro. É tão dispendioso administrar o Castel Joie. — Ele olhou para trás, para os *kobolds* que andavam penosamente, cambaleando. — Andem logo, vocês! Preciso retornar à Mansão Real para o chá.

O cavalheiro inexpressivo assentiu e voltou até os *kobolds*, pronto para recomeçar a chutar, e o príncipe esperou por ele, dizendo:

— Olhe, se eu nunca mais vir uma panqueca na vida, ainda assim será cedo demais para mim!

Os *kobolds* viram o cavalheiro inexpressivo vindo em sua direção e fizeram todo o possível para se apressar. Mesmo assim, para Charmain pareceu uma vida até que a procissão estivesse fora do seu campo de visão e ela não conseguisse mais ouvir o som de seus passos. Ela mantinha os braços apertados em torno da palpitante Desamparada, que parecia querer saltar para o chão e perseguir a procissão, e baixou os olhos, em meio às folhas, para Timminz.

— Por que vocês não contaram a ninguém sobre isso? Por que não contaram pelo menos ao Mago Norland?

— Ninguém nunca perguntou — respondeu Timminz, parecendo magoado.

Não, é óbvio que ninguém perguntou!, pensou Charmain. Era esse o motivo de Rollo ser pago para deixar os *kobolds* zangados com o tio-avô William! Ele teria acabado perguntando a eles, se não tivesse ficado doente. Ela pensou que era bem feito que o luboque estivesse morto. Se era pai do príncipe Ludovic, como Timminz dissera, então ele provavelmente tivera a intenção de matar o príncipe da Coroa e governar o país no lugar dele. Era mais ou menos o que tinha lhe dito, afinal. Mas ainda precisavam lidar com o príncipe Ludovic, ela pensou. Eu *tenho de* contar ao rei sobre ele.

— Parece que aqueles *kobolds* levam uma vida muito difícil — disse ela a Timminz.

— Verdade — concordou ele. — Mas eles ainda não pediram ajuda.

E, naturalmente, nunca lhe ocorreu ajudá-los sem que pedissem, não é?, pensou Charmain. Francamente! Eu desisto!

— Pode me mostrar o caminho de casa? — pediu.

Timminz hesitou.

— Você acha que o demônio do fogo vai ficar feliz em saber que o dinheiro vai para o Castel Joie? — perguntou ele.

— Sim — disse Charmain. — Ou pelo menos sua família.

CAPÍTULO QUINZE
No qual o menino Faísca é sequestrado

Timminz, um tanto de má vontade, conduziu Charmain pelo longo e confuso caminho de volta à caverna dos *kobolds*. Lá, ele disse alegremente:

— Daqui em diante, você conhece o caminho. — E desapareceu dentro da caverna, deixando Charmain sozinha com Desamparada.

Charmain não conhecia o caminho a partir dali. Ficou parada ao lado do objeto que Timminz chamara de cadeira-trenó por vários minutos, perguntando-se o que fazer e observando *kobolds* pintar, esculpir e estofar o objeto, sem dirigir para Charmain um único olhar. Por fim, ocorreu-lhe colocar Desamparada no chão.

— Mostre o caminho para a casa do tio-avô William, Desamparada — pediu ela. — Seja esperta.

Desamparada partiu, resoluta, mas Charmain logo começou a duvidar seriamente de que ela estivesse sendo esperta. Desamparada caminhava, e Charmain a seguia, e viravam à esquerda, e depois à direita, e novamente à direita, pelo que pareceram horas. Charmain estava tão ocupada pensando no que descobrira que, várias vezes, perdeu o momento em que Desamparada virara à esquerda ou à direita e teve de esperar, de pé na semiescuridão, gritando: "Desamparada! *Desamparada!*" até a cachorrinha voltar e encontrá-la. Muito provavelmente, Charmain acabou duplicando a distância com isso. Desamparada começou a se arrastar e arfar, com a língua pendendo cada vez mais. Charmain, porém, não ousou pegá-la no colo, temendo que nunca mais chegassem em casa. Em vez disso, começou a conversar com Desamparada, a fim de animar as duas.

— Desamparada, eu *preciso* contar a Sophie o que aconteceu. A essa altura, ela já deve estar preocupada com Calcifer. E eu também preciso contar ao rei sobre o dinheiro. Mas, se eu for para a Mansão Real assim que chegar em casa, o horrível príncipe Ludovic estará lá, fingindo gostar de panquecas. *Por que* será que ele não gosta delas? Panquecas são tão gostosas. Porque ele é um luboquim, suponho. Eu não tenho coragem de contar ao rei na frente dele. Vamos ter de esperar até amanhã, acho. Quando você acha que o príncipe Ludovic pretende partir? Hoje à noite? O rei me disse que voltasse em dois dias, então Ludovic já *deve* ter ido embora. Se eu chegar lá cedo, posso falar com Sophie primeiro... Oh, céus! Acabo de me lembrar. Calcifer disse que eles fingiriam que iam embora, portanto talvez não encontremos Sophie lá. Ah, Desamparada, quisera eu saber o que fazer!

Quanto mais Charmain falava no assunto, menos ela sabia o que fazer. No fim, estava cansada demais para falar, e simplesmente cambaleava atrás da forma pálida, manca e arquejante de Desamparada, que se arrastava na sua frente. Até que finalmente Desamparada empurrou uma porta e elas se viram na sala de estar do tio-avô William, onde Desamparada soltou um gemido e caiu de lado, respirando em centenas de rápidos e breves arquejos. Charmain olhou pelas janelas as hortênsias rosa e púrpura à luz do pôr do sol. Levamos o dia inteiro, ela pensou. Não é de espantar que Desamparada esteja tão cansada! Nem que meus pés estejam doendo! Pelo menos Peter deve estar em casa a essa altura, e espero que ele esteja com o jantar pronto.

— *Peter!* — ela gritou.

Quando não houve resposta, Charmain pegou Desamparada no colo e seguiu para a cozinha. Desamparada lambeu debilmente a mão de Charmain em gratidão por não ter de dar mais um único passo. Ali a luz do pôr do sol caía sobre os zigue-zagues de roupas cor-de-rosa e brancas, que ainda pendiam balançando-se suavemente lá fora. Não havia qualquer sinal de Peter.

— Peter? — chamou Charmain.

Nenhuma resposta. Ela suspirou. Evidentemente, Peter se perdera por completo, ainda pior do que ela, e não havia como saber quando ele tornaria a aparecer.

— Pedaços de cordão colorido em excesso! — Charmain murmurou para Desamparada enquanto batia na lareira para obter comida de cachorro. — Garoto estúpido!

Estava cansada demais para cozinhar qualquer coisa que fosse. Depois de Desamparada comer duas tigelinhas de comida e beber a água que Charmain buscara no banheiro, esta cambaleou até a sala de estar e tomou o chá da tarde. Depois de pensar um pouco, tomou o chá da tarde pela segunda vez. Em seguida, tomou o café do meio da manhã. Então pensou em ir à cozinha tomar o café da manhã, mas percebeu que estava cansada demais e, em vez disso, pegou um livro.

Muito tempo depois, Desamparada a acordou ao subir no sofá ao seu lado.

— Ah, que droga! — exclamou Charmain. E foi para a cama sem nem tentar se lavar, adormecendo com os óculos ainda no nariz.

Quando acordou na manhã seguinte, pôde perceber que Peter estava de volta. Havia ruídos no banheiro e som de passos e de portas se abrindo e fechando. Ele parece muito animado, pensou Charmain. Quisera eu. Mas sabia que precisava ir à Mansão Real hoje, então gemeu e se levantou. Pegou sua última muda de roupas limpas e tomou tanto cuidado lavando o rosto e arrumando o cabelo que Desamparada veio, ansiosa, de algum lugar buscá-la.

— Certo. O café da manhã. Está bem. Eu sei — disse Charmain. — O problema é — ela admitiu, ao pegar Desamparada no chão — que estou com medo daquele cavalheiro inexpressivo. Acho que ele é ainda pior do que o príncipe. — Ela abriu a porta com um pé, virou-se e dobrou à esquerda, entrando na cozinha, onde parou bruscamente, o olhar fixo.

Uma mulher desconhecida estava sentada à mesa da cozinha calmamente tomando o café da manhã. Era o tipo de mulher que você sabe de imediato que é totalmente eficiente. A eficiência estava estampada em seu rosto estreito, curtido pelo sol, e a competência mostrava-se em suas mãos fortes e finas. Aquelas mãos ocupavam-se, eficientemente, de cobrir uma grande pilha de panquecas com xarope e fatiar um monte de bacon crocante ao lado dela.

Charmain ficou olhando, tanto as panquecas quanto as roupas em estilo cigano da mulher. Ela usava babados murchos de cores brilhantes e uma colorida echarpe sobre os cabelos desbotados. A mulher virou-se e lhe devolveu o olhar.

— Quem é você? — perguntaram ambas ao mesmo tempo, a mulher com a boca cheia.

— Eu sou Charmain Baker — respondeu Charmain. — Estou aqui para cuidar da casa do tio-avô William enquanto ele está fora, sendo tratado pelos elfos.

A mulher engoliu a comida que estava em sua boca.

— Ótimo — disse ela. — Fico feliz em saber que ele tenha deixado *alguém* cuidando de tudo. Não me agradava pensar em Peter aqui sozinho com a cachorrinha. Ela já foi alimentada, por falar nisso. Peter não é uma pessoa que goste muito de cães. Ele ainda está dormindo?

— Hã... — começou Charmain. — Não tenho certeza. Ele não voltou na noite passada.

A mulher suspirou.

— Ele *sempre* desaparece assim que eu viro as costas — disse ela. — Sei que ele deve ter chegado aqui em segurança. — Ela apontou um garfo cheio de panqueca e bacon na direção da janela. — Aquela roupa lá fora é toda a cara de Peter.

Charmain sentiu o rosto ficar quente e vermelho.

— Em parte foi culpa minha — admitiu ela. — Fervi um manto. Por que acha que foi Peter?

— Porque ele nunca conseguiu fazer um feitiço certo na vida — disse ela. — Eu sei. Sou a mãe dele.

Charmain sentiu-se perturbada ao se dar conta de que estava falando com a Bruxa de Montalbino. Estava impressionada. É óbvio que a mãe de Peter é hipereficiente, ela pensou. Mas o que ela está fazendo *aqui*?

— Pensei que tivesse ido para Ingary — observou ela.

— E fui — replicou a bruxa. — Cheguei até Estrângia, quando a rainha Beatriz me disse que o Mago Howl tinha vindo para a Alta Norlanda. Então voltei pelas montanhas e dei uma parada na residência dos elfos, onde eles me disseram que o Mago Norland estava com eles. Fiquei muitíssimo alarmada, pois percebi que Peter provavelmente estava sozinho aqui. Eu o havia mandado para cá para que ficasse em segurança, veja você. Então vim imediatamente.

— Acho que Peter estava em segurança — disse Charmain. — Pelo menos até se perder ontem.

— Vai ficar seguro agora que estou aqui — afirmou a bruxa. — Posso sentir que ele está em algum lugar por perto. — Ela suspirou. — Creio que tenho de ir procurá-lo. Ele não consegue distinguir a direita da esquerda, sabe?

— Sei — disse Charmain. — Ele usa cordões coloridos para isso. E é bastante eficiente, de verdade. — Mas, enquanto falava, pensou que, para alguém tão supereficiente quanto a Bruxa de Montalbino, Peter estava fadado a parecer tão inútil quanto ele pensava que Charmain fosse. Pais!, ela pensou. Colocou Desamparada no chão e disse educadamente: — Desculpe-me perguntar, mas como conseguiu que o feitiço do café da manhã lhe mandasse essas panquecas?

— Dando a ordem correta, naturalmente — disse a bruxa. — Quer um pouco?

Charmain assentiu. A Bruxa estalou dedos eficientes na direção da lareira.

— Café da manhã — ordenou ela —, com panquecas, bacon, suco e café. — A bandeja carregada apareceu de imediato, tendo no centro uma pilha mais do que satisfatória de panquecas escorrendo xarope. — Está vendo? — perguntou a Bruxa.

— Obrigada — disse Charmain, pegando a bandeja, agradecida.

O nariz de Desamparada inclinou-se para o alto com o cheiro, e ela correu em pequenos círculos, ganindo. Era evidente que, para Desamparada, a comida que a bruxa lhe dera não contava como um café da manhã adequado. Charmain pôs a bandeja na mesa e deu a Desamparada o pedaço de bacon mais crocante.

— É uma cachorrinha encantada, essa que você tem aí — observou a bruxa, voltando ao seu café da manhã.

— Ela é mesmo muito doce — admitiu Charmain, pensando que ela queria dizer "encantadora", enquanto se sentava e começava a saborear as panquecas.

— Não, eu não me referia a isso — disse a bruxa, impaciente. — Eu nunca perco tempo com elogios inúteis. Eu me referia ao que ela é: um cão encantado. — Comeu mais panqueca e acrescentou com a boca cheia: — Cães encantados são bastante raros e muito mágicos. Ela está lhe conferindo uma grande honra ao adotá-la como sua humana. Suponho que ela tenha até trocado de sexo para combinar com o seu. Espero que você a aprecie como deveria.

— Sim — disse Charmain. — Eu aprecio. — E quase prefiro tomar o café da manhã com a princesa Hilda, pensou. Por que ela tem de ser tão severa? Prosseguiu tomando seu café da manhã, lembrando-se de que o tio-avô William parecia pensar que Desamparada fosse um cãozinho do sexo masculino. Desamparada *parecera* ser do sexo masculino a princípio. Então, Peter a pegara no colo e dissera que era uma menina. — Tenho certeza de que está com a razão — acrescentou Charmain, com educação. — Por que Peter não está seguro aqui sozinho? Ele tem a minha idade, e *eu* estou.

— Imagino que a sua magia funcione melhor do que a de Peter — disse a bruxa secamente. Ela terminou as panquecas e passou para a torrada. — Se houver um jeito de Peter desandar um feitiço, ele fará — afirmou ela, passando manteiga na torrada. — Não me diga, porque eu não vou acreditar em você — disse ela, dando uma mordida grande e crocante —, que sua magia não faz exatamente o que você deseja, independentemente de como você a faça.

Charmain pensou no feitiço do voo e no do encanamento, e então em Rollo na sacola, e disse "Sim" com a boca cheia de panqueca.

— Eu suponho que...

— Ao passo que Peter — interrompeu a bruxa — é exatamente o oposto. O método dele é sempre perfeito, mas o feitiço sempre falha. Uma das minhas razões para mandá-lo para o Mago Norland era que eu tinha esperança de que o mago pudesse melhorar a magia de Peter. William Norland tem *O livro de palimpsesto*, você sabe.

Charmain sentiu o rosto ficando quente outra vez.

— Hã... — disse ela, passando meia panqueca a Desamparada — ... o que *O livro de palimpsesto* faz?

— Essa cachorra vai ficar tão gorda que não vai conseguir andar se você continuar dando comida a ela assim — disse a bruxa. — *O livro de palimpsesto* dá à pessoa a liberdade de usar todas as magias da terra, do ar, do fogo e da água. Só dá o fogo se a pessoa for digna de confiança. E naturalmente, em primeiro lugar, a pessoa tem de ter habilidade para a magia. — Seu rosto severo mostrou um leve traço de ansiedade. — Eu acho que Peter *tem* a habilidade.

Charmain pensou: Fogo. Eu apaguei o fogo em Peter. Então sou digna de confiança?

— Ele deve ter a habilidade, sim — disse ela à bruxa.

— Você não pode fazer um feitiço dar errado se não puder fazer mágica, para começar. Que outras razões a fez mandar Peter para cá?

— Inimigos — disse a bruxa, bebericando sombriamente seu café. — Eu tenho inimigos. Eles mataram o pai de Peter, você sabe.

— A senhora se refere aos luboques? — perguntou Charmain. Ela colocou tudo de volta na bandeja e bebeu um último gole de café, preparando-se para se levantar e partir.

— Só existe um luboque, até onde eu sei — disse a bruxa. — Parece que ele matou todos os seus rivais. Mas, sim, foi o luboque que provocou a avalanche. Eu vi.

— Então a senhora pode parar de se preocupar — assegurou-lhe Charmain, pondo-se de pé. — O luboque está morto. Calcifer o destruiu anteontem.

A bruxa ficou atônita.

— Me conte! — pediu, ávida.

Embora estivesse ansiosa para partir para a Mansão Real, Charmain viu que tinha de se sentar, servir-se de outra xícara de café e contar à bruxa a história toda, não só sobre o luboque e os ovos do luboque, mas também sobre Rollo e o príncipe. E isto é uso injusto da magia, ela pensou ao se ver contando à bruxa como Calcifer estava aparentemente desaparecido.

— Então o que você está fazendo sentada aqui? — perguntou a bruxa. — Corra para a Mansão Real e conte a Sophie imediatamente! A pobre mulher deve estar ensandecida de preocupação a essa altura! Apresse-se, garota!

E nem mesmo um obrigada por me contar, pensou Charmain, azeda. Prefiro a *minha* mãe à de Peter. E *decididamente* prefiro tomar café da manhã com a princesa Hilda!

Ela se levantou e disse um até logo cortês. Então, com Desamparada correndo a seus pés, atravessou apressada a sala de estar e o jardim, alcançando a estrada. Felizmente eu não lhe contei sobre o caminho da Sala de Conferência, pensou ela, avançando pesadamente com os óculos balançando no peito. Ou ela me faria ir por aquele caminho, e eu nunca teria a oportunidade de procurar Calcifer.

Pouco antes de a estrada fazer a curva, ela alcançou o lugar onde Calcifer havia explodido os ovos do luboque. Um imenso pedaço do penhasco tinha despencado ali, criando um morro de pedras que quase chegava à estrada. Várias pessoas que pareciam pastores escalavam o monte, procurando ovelhas soterradas e coçando a cabeça como se perguntassem o que causara aquele estrago. Charmain hesitou. Se Calcifer estivesse ali, a essa altura aquelas pessoas já o teriam encontrado. Ela reduziu o passo e olhou com cuidado a pilha de pedras quebradas enquanto passava. Não parecia haver um só traço de azul entre as pedras, ou sinal de uma chama em algum lugar.

Decidiu fazer uma busca minuciosa mais tarde e voltou a correr, mal percebendo que o céu agora exibia um azul mais claro e que havia uma névoa fina azulada sobre as montanhas. Aquele seria um dos raros dias abrasadores da Alta Norlanda. O único efeito que isso exercia sobre Charmain era que Desamparada logo começou a parecer seriamente superaquecida, ofegante, deixando a língua rosada pender a ponto de quase roçar a estrada.

— Ah, você! Suponho que tenha sido aquela panqueca — disse Charmain, pegando-a no colo e continuando a correr. — Queria que a bruxa não tivesse dito aquilo sobre você — ela confessou enquanto corria. — Me deixa preocupada sobre gostar tanto de você.

Quando chegou à cidade, Charmain estava tão acalorada quanto Desamparada, tanto que quase desejava ter uma língua para pendurar como Desamparada fazia. Ela teve de reduzir o ritmo para uma caminhada rápida, e embora tenha tomado o caminho mais curto, ainda lhe pareceu levar uma vida até chegar à Praça Real. Finalmente dobrou a esquina, alcançando a praça, e deparou com o caminho bloqueado por uma multidão expectante. Metade dos cidadãos da Alta Norlanda parecia reunida ali para olhar o novo prédio que se erguia a poucos metros da Mansão Real. Era quase tão alto quanto a Mansão, comprido e escuro, parecendo feito de carvão, e tinha uma torre em cada canto. Era o castelo que Charmain vira da última vez flutuando vaga e tristemente pelas montanhas. Ela o fitou quase tão perplexa quanto todas as outras pessoas na praça.

— Como ele chegou aqui? — as pessoas perguntavam umas às outras, enquanto Charmain tentava abrir caminho naquela direção. — Como foi que ele *coube*?

Charmain olhou para as quatro ruas que davam na Praça Real e perguntou-se a mesma coisa. Nenhuma delas tinha sequer metade da largura do castelo. Mas lá estava ele, sólido e alto, como se tivesse sido construído na praça da noite para o dia. Charmain caminhou às cotoveladas em sua direção, com curiosidade crescente.

Quando se aproximava de suas paredes, um fogo azul saltou de uma das torres e mergulhou em sua direção. Charmain esquivou-se. Desamparada contorceu-se. Alguém gritou. Todos na multidão recuaram apressadamente e deixaram Charmain ali parada, sozinha, encarando uma lágrima azul de fogo que pairava no mesmo nível de seu rosto. A cauda esfiapada de Desamparada batia no braço de Charmain, abanando uma saudação.

— Se você vai para a Mansão — Calcifer crepitou para ela —, diga a eles que se apressem. Não posso manter o castelo aqui a manhã toda.

Charmain estava quase encantada demais para falar.

— Pensei que você estivesse morto! — ela conseguiu dizer. — O que *aconteceu*?

Calcifer saltitou no ar e pareceu um bocadinho envergonhado.

— Eu devo ter caído — confessou ele. — De alguma forma me vi debaixo de uma pilha de pedras. Levei todo o dia de ontem para conseguir sair. Quando finalmente me vi livre, eu tinha de encontrar o castelo. Ele havia flutuado à deriva por quilômetros. Acabei de trazê-lo para cá, na verdade. Diga a Sophie. Ela devia fingir que ia embora hoje. E diga-lhe que estou quase sem lenha para queimar. Isso deve trazê-la para cá.

— Eu vou — prometeu Charmain. — Tem *certeza* de que está bem?

— Só com fome — respondeu Calcifer. — Lenha. Lembre-se.

— Lenha — concordou Charmain e subiu os degraus até a porta da Mansão, sentindo subitamente que a vida era muito melhor e mais feliz e mais livre do que parecia antes.

Sim abriu a porta enorme para ela com surpreendente rapidez. Ele olhou para o castelo e para a multidão que o observava e sacudiu a cabeça.

— Ah, Srta. Charme — disse. — Esta certamente está se tornando uma manhã bastante difícil. Não tenho certeza de que Sua Majestade já esteja pronto para começar o trabalho na biblioteca. Mas, por favor, queira entrar.

— Obrigada — disse Charmain, colocando Desamparada no chão. — Não me importo de esperar. De qualquer forma, tenho de falar primeiro com Sophie.

— Sophie... hã... quer dizer, a Sra. Pendragon — disse Sim enquanto fechava a porta — parece ser uma das dificuldades desta manhã. A princesa está muitíssimo irritada e... Mas venha por aqui e a senhorita verá o que estou querendo dizer.

Ele pôs-se a caminhar arrastando os pés pelo corredor úmido, fazendo sinal para que Charmain o seguisse. Antes mesmo de alcançarem a esquina, para chegar ao local de onde subia a escada de pedra, Charmain pôde ouvir a voz de Jamal, o cozinheiro:

— E como uma pessoa vai saber o que cozinhar quando os convidados estão sempre indo e vindo e então indo novamente, eu lhe pergunto! — A isso, seguiram-se os rosnados expressivos do cão de Jamal e um considerável coro de outras vozes.

Sophie estava de pé no espaço debaixo da escada, com Morgan nos braços e Faísca agarrando-se ansiosa e angelicalmente em sua saia, enquanto a babá ficava de lado parecendo inútil como sempre. A princesa Hilda estava ao lado da escada, mais intensamente régia e altiva do que Charmain jamais a vira. E o rei também estava ali, com o rosto vermelho e obviamente tomado por genuína fúria real. Um olhar na expressão de todos e Charmain soube que não havia sentido em mencionar lenha aqui por enquanto. O príncipe Ludovic estava recostado no fim do corrimão, com seu ar de superioridade, parecendo divertir-se. A esposa estava a seu lado, com ar desdenhoso, no que quase parecia um vestido de baile, e, para consternação de Charmain, o cavalheiro inexpressivo estava lá também, parado respeitosamente ao lado do príncipe.

Ninguém pensaria que ele acabara de roubar todo o dinheiro do rei, o monstro!, pensou Charmain.

— Eu considero isso um completo abuso da hospitalidade de minha filha! — o rei ia dizendo. — Você não tinha o direito de fazer promessas que não pretendia cumprir. Se fosse um de nossos súditos, nós a proibiríamos de ir embora.

— Pretendo manter a minha promessa, senhor, mas não pode esperar que eu fique quando meu filho está sendo ameaçado — disse Sophie, tentando parecer digna. — Se me permitir levá-lo primeiro para um lugar seguro, então estarei livre para fazer o que a princesa Hilda quer.

Charmain compreendeu o problema de Sophie. Com o príncipe Ludovic e o cavalheiro inexpressivo ali parados, ela não podia dizer que estava apenas fingindo partir. E precisava manter Morgan seguro, de alguma forma.

— Não nos faça mais promessas falsas, jovem! — disse o rei, zangado.

Aos pés de Charmain, Desamparada de repente começou a rosnar. Atrás do rei, o príncipe Ludovic riu e estalou os dedos. O que se seguiu tomou a todos de surpresa. Os trajes tanto da babá quanto da jovem esposa do príncipe romperam-se. A babá transformou-se em uma pessoa roxa e corpulenta, com músculos brilhantes e pés descalços com garras. O vestido de baile da esposa do príncipe fez-se em pedaços, revelando um corpo pesado cor de malva em uma malha preta que tinha buracos nas costas para dar lugar a um par de pequenas asas roxas que pareciam inúteis. Ambos os luboquins avançaram sobre Sophie com grandes mãos roxas estendidas.

Sophie gritou algo e girou Morgan, afastando-o das garras. Morgan também gritou, de surpresa e terror. Tudo o mais foi abafado pelo latido estridente de Desamparada e os imensos rosnados enlouquecidos do cão de Jamal, que corria atrás da esposa do príncipe. Antes que o cão conseguisse se aproximar de qualquer um dos luboquins, a esposa do príncipe, cujas asinhas vibravam, mergulhou sobre Faísca e o agarrou, erguendo-o. Este gritou, agitando pernas de veludo azul. A babá luboquim pôs-se na frente de Sophie, a fim de impedi-la de resgatar Faísca.

— Como vê — disse o príncipe Ludovic —, você *vai* partir, ou seu filho sofre.

CAPÍTULO DEZESSEIS
Que é cheio de fugas e descobertas

—I sto — começou a princesa Hilda — é uma afron... Nesse momento, de alguma forma Faísca conseguiu fugir. Ele escapou dos braços roxos do luboquim e subiu correndo a escada, gritando:

— *Focorro! Focorro!* Não deixem que elas me toquem!

Ambos os luboquins empurraram a princesa Hilda para um lado e subiram correndo atrás dele. A princesa Hilda cambaleou até o corrimão e agarrou-se a ele, o rosto vermelho, de repente muito longe da altivez. Charmain se viu correndo degraus acima, atrás dos luboquins, gritando:

— Deixem o menino em *paz*! Como vocês *ousam*!

Mais tarde, ela pensou que fora a visão da princesa Hilda parecendo uma pessoa comum que a fez agir assim.

Lá embaixo, Sophie hesitou um instante e então enfiou Morgan nos braços do rei.

— Mantenha-o em segurança! — ela arfou para o rei. Então, suspendeu as saias e correu degraus acima atrás de Charmain, gritando: — Vocês parem com isso! Estão ouvindo?

O fiel Jamal avançou penosamente atrás deles, gritando "Pare... ladrão! Pare... ladrão!" e arfando imensamente. Atrás dele, subia seu cão, leal a seu mestre, emitindo rosnados profundos e ásperos, enquanto Desamparada corria de um lado para o outro na base da escada, criando uma tempestade aguda de latidos.

O príncipe Ludovic debruçava-se sobre o corrimão do lado oposto ao da princesa Hilda e ria de todos.

Os dois luboquins alcançaram Faísca quase no topo da escada, em uma visão indistinta de asas batendo inutilmente e músculos cor de malva reluzindo. Faísca esperneava com violência. Por um momento, suas pernas de veludo azul pareceram pernas grandes e fortes, do tamanho de um homem.

Uma delas acertou com força a barriga da babá luboquim. A outra desceu alguns degraus e o firmou no momento em que o punho direito de Faísca aterrissava no nariz da segunda luboquim com um substancial estalo, próprio de um homem. Deixando ambas as luboquins empilhadas no patamar, Faísca disparou agilmente para cima. Charmain o viu lançar um olhar ansioso para trás e para baixo, enquanto subia o lance de escadas seguinte, certificando-se de que ela e Sophie e Jamal ainda o estivessem seguindo.

Eles continuaram, pois as duas luboquins levantaram-se com incrível velocidade e subiram correndo atrás de Faísca. Charmain e Sophie corriam também, e Jamal e o cão arrastavam-se mais atrás.

No meio do lance de degraus seguinte, as luboquins tornaram a pegar Faísca. Mais uma vez, ouviram-se pesados sons de tapas e Faísca se livrou delas, e mais uma vez disparou escadaria acima, alcançando o terceiro lance de degraus. Ele quase chegou ao fim antes que as luboquins o alcançassem e se lançassem em cima dele. Os três caíram em uma pilha de pernas, braços e asas roxas que se batiam, retorciam e adejavam.

A essa altura, Charmain e Sophie estavam exaustas e quase sem fôlego. Charmain viu distintamente o rostinho angelical de Faísca emergir do emaranhado de corpos e observá-las com atenção. Quando Charmain havia transposto o patamar, arrastando-se, e começara a subir o mesmo lance, seguida por Sophie, que segurava a lateral do corpo, sentindo pontadas, o feixe de corpos de repente se desfez. Os corpos púrpura rolaram para um lado e Faísca, novamente livre, disparou pelo último lance de degraus de madeira. Quando as luboquins se levantaram e partiram atrás dele, Charmain e

Sophie não estavam muito atrás. Jamal e o cão estavam bem mais na retaguarda.

E lá se foram eles, os cinco primeiros, subindo ruidosamente a escadaria de madeira. Faísca agora subia bem mais devagar. Charmain tinha quase certeza de que ele estava representando. Mas as luboquins davam gritos de triunfo e aumentaram a velocidade.

— Ah, não! De novo, não! — gemeu Sophie quando Faísca empurrou a porta no alto, abrindo-a, e disparou pelo telhado. As luboquins foram atrás dele. Quando Charmain e Sophie arrastaram-se até lá e olharam pela porta aberta, ao mesmo tempo em que tentavam recuperar o fôlego, viram as duas luboquins sentadas com as pernas escanchadas no telhado dourado. Elas já estavam na metade do telhado, com cara de quem queria estar em algum outro lugar, mas não havia o menor sinal de Faísca.

— O que ele está aprontando *agora*? — perguntou Sophie.

Quase no mesmo instante em que ela perguntou, Faísca apareceu na porta, animado e dando risadinhas angelicais, com seus cachinhos dourados soprados pelo vento formando um halo em torno de sua cabeça.

— Venham ver o que eu encontrei! — disse ele, feliz. — Me *figam*.

Sophie continuava segurando a lateral do corpo e apontou para o telhado.

— E quanto àquelas duas? — arfou ela. — Só torcemos para que caiam?

Faísca sorriu encantadoramente.

— Espere e *vofê* verá! — Ele inclinou a cabeça dourada, escutando. Lá embaixo, os rosnados e o barulho das unhas do cão do cozinheiro nos degraus soavam mais alto. Ele havia alcançado o dono e agora subia ruidosamente os degraus de madeira, arquejando de forma horrível. Faísca assentiu e virou-se na direção do telhado. Fez um pequeno gesto e murmurou uma palavra. As duas luboquins empoleiradas ali de repente encolheram, com um desagradável ruído, e transformaram-se em duas coisinhas roxas e molengas, sacudindo-se na aresta do telhado dourado.

— O quê...? — começou Charmain.

O sorriso de Faísca tornou-se, se isso era possível, ainda mais angelical.

— Lula — disse ele alegremente. — O cão do cozinheiro é capaz de vender a alma em troca de uma lula.

— Hã? — perguntou Sophie. — Ah, lulas. Entendi.

Enquanto ela falava, o cão do cozinheiro chegou, com as pernas parecendo pistões e a baba pendendo dos maxilares salientes. Ele disparou pela porta e ao longo do telhado como uma risca marrom. No meio do caminho, seus maxilares produziram um estalo, seguido por outro, e lá se foram as lulas. Só então o cachorro pareceu perceber onde estava. Ele parou, com duas pernas de um lado do telhado e duas enrijecidas do outro, e começou a ganir pateticamente.

— Ah, pobrezinho! — disse Charmain.

— O cozinheiro vai resgatá-lo — disse Faísca. — *Vofês* duas me *figam* de perto. *Vofês* têm de dobrar à esquerda por esta porta antes que *feus* pés toquem o telhado. — Ele passou pela porta, virando à esquerda, e desapareceu.

Ah, acho que entendi!, pensou Charmain. Era como as portas na casa do tio-avô William, exceto pelo fato de que esta era enervantemente alta. Ela deixou Sophie passar primeiro, de modo que pudesse segurar a saia de Sophie se esta desse um passo em falso. Sophie, no entanto, estava mais acostumada à magia do que Charmain. Ela deu um passo para a esquerda e sumiu sem nenhum problema. Charmain hesitou por um momento antes de ter coragem de seguir. Então fechou os olhos e saiu. Mas seus olhos se abriram por sua própria vontade quando ela deu o passo, e viu de soslaio o telhado dourado passando loucamente por ela. Antes que decidisse gritar "Ylf!" para invocar o feitiço do voo, viu-se em outro lugar, num espaço triangular e quente, com caibros no telhado.

Sophie disse um palavrão. À pouca luz, tinha dado uma topada com o dedo do pé em um dos muitos tijolos empoeirados empilhados no local.

— Menina da boca *fuja* — disse Faísca.

— Ah, cale a boca! — disse Sophie, apoiando-se em uma só perna para segurar o dedo. — Por que você não cresce?

— Ainda não. Eu lhe *dife* — respondeu Faísca. — Ainda temos o *prínfipe* Ludovic para enganar. Ah, olhem! *Ifo acontefeu* também quando eu estava aqui, ainda agorinha.

Uma luz dourada se espalhava sobre a maior das pilhas de tijolos. Estes captaram a luz e brilharam dourados mesmo sob a poeira. Charmain se deu conta de que não eram tijolos em absoluto, e sim lingotes de ouro sólido. Para deixar isso bem explícito, surgiu uma faixa dourada, flutuando diante dos lingotes. Nela, letras antiquadas diziam:

Falve o Mago Melicot, que escondeu o ouro do rei.

— Hã! — bufou Sophie, soltando o dedo do pé. — Melicot devia ter a língua presa como você. Que almas gêmeas você e ele teriam sido! Mesmo tamanho das cabeças vaidosas. Ele não podia resistir ver o próprio nome em um letreiro, não é?

— Eu não *prefiso* ter meu nome em um letreiro — disse Faísca, com grande dignidade.

— Dã! — exclamou Sophie.

— Onde estamos? — perguntou Charmain rapidamente, pois parecia que Sophie ia apanhar um tijolo de ouro e acertar a cabeça de Faísca com ele. — Este é o Tesouro Real?

— Não, estamos debaixo do telhado dourado — disse Faísca. — Astuto, não? Todo mundo *fabe* que o telhado não é de ouro de verdade, *afim* ninguém *penfa* em procurar o ouro aqui. — Ele pôs de pé um tijolo de ouro, bateu-o no chão para tirar a poeira, e o pôs nas mãos de Charmain. Era tão pesado que ela quase o deixou cair. — *Vofê* leva a evidência — disse ele. — Acho que o rei vai ficar muito feliz de ver *ifo*.

Sophie, que parecia ter recuperado um pouco o controle, disse:

— Essa língua presa está me enlouquecendo! Acho que a odeio mais do que odeio esses cachinhos dourados!

— Mas *penfe* em como *fão* úteis — disse Faísca. — O asqueroso do Ludovic tentou sequestrar a mim, e *esquefeu*-se totalmente de Morgan. — Ele voltou os olhos azuis grandes e profundos para Charmain. — Tive uma *infânfia* infeliz. Ninguém me amava. Acho que tenho o direito de tentar de novo, *parefendo* mais bonitinho *defa* vez, não acha?

— Não dê ouvidos a ele — disse Sophie. — É tudo fingimento. Howl, como saímos daqui? Deixei Morgan com o rei, e Ludovic está lá embaixo também. Se não voltarmos rapidamente, Ludovic a qualquer momento vai começar a pensar em pegar Morgan.

— E Calcifer me pediu que lhe dissesse que fossem rápidos — acrescentou Charmain. — O castelo está esperando na Praça Real. Na verdade, eu vim para dizer...

Antes que ela pudesse terminar a frase, Faísca fez algo que pôs o sótão poeirento girando em torno deles, de modo que se viram mais uma vez de pé ao lado da porta aberta para o telhado. Além da porta, Jamal se encontrava deitado de bruços sobre a aresta do telhado, tremendo-se todo, com uma das mãos estendida, agarrando a perna esquerda traseira do seu cão, que rosnava horrendamente. Ele odiava que alguém segurasse sua perna e odiava o telhado, mas o medo de cair era tão grande que não conseguia se mover.

— Howl, ele só tem um olho e não tem muito equilíbrio — disse Sophie.

— Eu *fei* — replicou Faísca. — Eu *fei*, eu *fei*!

Ele agitou uma das mãos e Jamal veio deslizando para trás, em direção à porta, rebocando o cão, que continuava a rosnar.

— Devo ter morrido! — arquejou Jamal, quando os dois caíram numa pilha aos pés de Faísca. — Por que não estamos mortos?

— Deus *fabe* — respondeu Faísca. — Com *lifenfa*. *Prefisamos* falar com o rei *fobre* um tijolo de ouro.

E lá se foi ele descendo ruidosamente a escada. Sophie correu atrás dele e Charmain a seguiu, com mais dificuldade por causa do peso do lingote de ouro. Desceram correndo um lance, e outro, e mais outro, até que dobraram a esquina no topo do último lance de degraus. Chegaram lá no momento exato em que o príncipe Ludovic dava um safanão na princesa Hilda, jogando-a para um lado, passava rudemente por Sim e arrancava Morgan dos braços do rei.

— Homem malvado! — berrou Morgan, agarrando os belos cachos do cabelo do príncipe Ludovic e puxando. O cabelo saiu, deixando a cabeça do príncipe lisa, careca e roxa.

— Eu lhe disse! — gritou Sophie e pareceu criar asas. Ela e Faísca desceram os degraus em disparada, lado a lado.

O príncipe olhou para eles no alto e para Desamparada, que, no chão, tentava morder seu tornozelo, e quis tirar sua peruca das mãos de Morgan. O menino batia no rosto de Ludovic com ela, ainda gritando: "HOMEM MALVADO!" O cavalheiro inexpressivo berrou: "Por aqui, Alteza!" e os dois luboquins correram para a porta mais próxima.

— *Na biblioteca, não*! — gritaram o rei e a princesa em uníssono.

Eles falaram tão a sério e foram tão autoritários que o cavalheiro inexpressivo de fato parou, virou-se e conduziu o príncipe em outra direção. Isso deu a Faísca tempo para alcançar o príncipe Ludovic e agarrar-se à sua manga de seda esvoaçante. Morgan deu um grito de alegria e atirou a peruca no rosto de Faísca, cegando-o temporariamente. Faísca foi arrastado, indefeso, para a porta mais próxima, com o cavalheiro inexpressivo correndo à frente e Desamparada perseguindo-os, os latidos parecendo uma tempestade aguda, e Sophie logo atrás de Desamparada, gritando: "*Ponha-o no* CHÃO *ou eu* MATO *você!*" Atrás dela, o rei e a princesa também juntaram-se à perseguição.

— Olhe, isto é um pouco demais! — gritou o rei.

A princesa simplesmente ordenou:

— Parem!

O príncipe e o cavalheiro inexpressivo tentaram se atirar contra a porta com as crianças e batê-la na cara de Sophie e do rei. Mas, no momento em que a porta se fechou, Desamparada conseguiu de alguma forma abri-la novamente e a perseguição continuou.

Charmain foi a última, acompanhada por Sim. A essa altura, seus braços doíam.

— Pode segurar isto? — ela perguntou a Sim. — É uma prova.

Passou o tijolo de ouro a Sim, enquanto ele ainda dizia: "Certamente, senhorita." Os braços e as mãos dele despencaram com o peso. Charmain deixou-o tentando se virar com o lingote e entrou apressadamente no que vinha a ser o salão com os cavalinhos de pau alinhados ao longo das paredes. O príncipe Ludovic estava parado no meio, muito estranho, com a cabeça careca e roxa. Ele agora segurava Morgan com um braço em torno do pescoço do menino e Desamparada pulava e dançava em torno de seus pés, tentando alcançar Morgan. A peruca jazia caída no tapete como um animal morto.

— Vocês vão fazer o que eu digo — ia dizendo o príncipe — ou esta criança vai pagar.

O olho de Charmain foi atraído por um súbito lampejo azul que mergulhou na lareira. Ela olhou e viu que era Calcifer, que devia ter descido pela chaminé em busca de lenha. Ele se acomodou entre as achas apagadas ali com um suspiro de prazer. Quando viu que Charmain o olhava, piscou um olho laranja para ela.

— Vai pagar, estou dizendo! — avisou o príncipe Ludovic, dramático.

Sophie olhou para Morgan, que esperneava nos braços do príncipe, e então para Faísca, no chão, parado ali olhando os dedos, como se nunca os tivesse visto antes. Ela lançou um olhar para Calcifer e parecia estar se controlando para não rir. Sua voz saiu vacilante quando disse:

— Vossa Alteza, eu o advirto que está cometendo um grande erro.

— Certamente que sim — concordou o rei, arfando e com o rosto vermelho por causa da corrida. — Aqui na Alta Norlanda, como regra, não costumamos realizar julgamentos por traição, mas teremos grande prazer em fazer o *seu*.

— De que forma? — perguntou o príncipe. — Não sou um de seus súditos. Sou um luboquim.

— Então não pode, por lei, ser o sucessor do meu pai — afirmou a princesa Hilda. Diferentemente do rei, ela estava outra vez bem calma e parecia muito digna.

— Ah, não posso? — perguntou o príncipe. — Meu pai, o luboque, diz que eu serei o rei. Ele pretende governar o país por meu intermédio. Livrou-se do mago para que nada se interponha em nosso caminho. Vocês devem me coroar rei imediatamente, ou esta criança irá pagar. Vou mantê-la como refém. Afora isso, o que foi que eu fiz de errado?

— Roubou todo o dinheiro deles! — gritou Charmain. — Eu os vi... *ambos* os luboquins... fazendo os *kobolds* carregarem todo o dinheiro dos impostos para Castel Joie! E é melhor soltar esse garotinho antes que o estrangule! — O rosto de Morgan estava vermelho-vivo a essa altura, e ele esperneava freneticamente. Não creio que luboquins tenham qualquer sentimento, ela pensou. Não entendo por que Sophie está achando isso tão engraçado!

— Meu Deus! — disse o rei. — Então é para lá que todo o dinheiro vai, Hilda! Bem, pelo menos um enigma foi resolvido. *Obrigado*, minha querida.

— Por que está tão satisfeito? — perguntou o príncipe Ludovic, com expressão de nojo. — Não me *ouviu*? — Então voltou-se para o cavalheiro inexpressivo. — Daqui a pouco

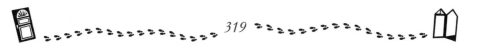

ele vai nos oferecer panquecas! Ande, lance seu feitiço. Tire-me logo daqui.

O cavalheiro inexpressivo assentiu e estendeu as mãos de um roxo pálido à frente do corpo. E foi nesse momento que Sim entrou, andando com dificuldade, trazendo o tijolo de ouro nos braços. Ele arrastou os pés rapidamente até o cavalheiro inexpressivo e deixou cair o tijolo de ouro no pé dele.

Em seguida, um monte de coisas aconteceu muito rápido.

Enquanto o cavalheiro, agora roxo de agonia, pulava de um lado para o outro gritando, Morgan pareceu chegar ao seu limite. Seus braços agitaram-se com um padrão estranho, convulsivo. E o príncipe Ludovic se viu tentando carregar um homem adulto e alto, vestido com um elegante terno de cetim azul. Ele deixou cair o homem, que prontamente se virou e deu um soco no rosto do príncipe.

— Como *ousa*?! — gritou o príncipe. — Não estou *acostumado* a isso!

— Azar — disse o Mago Howl, tornando a atingi-lo. Dessa vez o príncipe Ludovic prendeu o pé na peruca e caiu sentado, com um baque surdo. — Essa é a única língua que um luboquim entende — observou o mago sobre o ombro para o rei. — Já chega, Ludy, meu velho?

Simultaneamente, Morgan, que parecia estar usando o conjunto de veludo azul de Faísca, muito embolado e grande demais para ele, correu para o mago, radiante:

— Papai... Papai... PAPAI!

Ah, entendi!, pensou Charmain. De alguma forma, eles trocaram de lugar. É uma mágica muito boa. Gostaria de aprender a fazer isso. Ela se perguntou, enquanto observava o mago tomando cuidado para manter Morgan longe do príncipe, por que Howl tinha querido ficar mais bonito do que era. Ele era a imagem do que, para a maioria das pessoas, era um homem muito bonito, embora, ela pensou, seu cabelo fosse um pouco irreal, caindo-lhe sobre os ombros cobertos de cetim azul em belos e improváveis cachos louros.

Ao mesmo tempo, Sim recuou — enquanto o cavalheiro inexpressivo pulava de um lado para o outro diante dele —, parecendo tentar fazer algum tipo de anúncio formal. Morgan, porém, estava fazendo tamanho alarido e Desamparada latia com tanta veemência que tudo que qualquer um ali podia ouvir era "Vossa Majestade" e "Alteza Real".

Enquanto Sim falava, o Mago Howl olhou para a lareira e assentiu. Algo aconteceu então, entre o mago e Calcifer, que não foi exatamente um lampejo de luz, tampouco um lampejo de luz invisível. Enquanto Charmain ainda estava tentando descrever o ocorrido para si mesma, o príncipe Ludovic arqueou-se e encolheu, desaparecendo. O mesmo aconteceu com o cavalheiro inexpressivo. Em seus lugares, agora estavam dois coelhos.

O Mago Howl olhou para eles e então para Calcifer.

— Por que coelhos? — perguntou, erguendo Morgan nos braços. O menino parou imediatamente de gritar e houve um momento de silêncio.

— Todos aqueles pulos para lá e para cá — disse Calcifer — me deram a ideia de coelhos.

O cavalheiro inexpressivo ainda saltitava de um lado para o outro, mas agora como um grande coelho branco com olhos púrpura salientes. O príncipe Ludovic, que era um pálido coelho castanho com olhos púrpura ainda maiores, parecia atônito demais para se mover. Ele contraía as orelhas e tremia o nariz...

Foi então que Desamparada atacou.

Enquanto isso, os visitantes que Sim estivera tentando anunciar já estavam no salão. Desamparada matou o coelho castanho quase debaixo dos patins da cadeira-trenó pintada pelos *kobolds*, que estava sendo empurrada pela Bruxa de Montalbino. O tio-avô William, bastante pálido e magro, mas evidentemente muito melhor, recostava-se em uma pilha de almofadas azuis dentro da cadeira. Ele, a bruxa e Timminz, que estava de pé sobre as almofadas, todos se inclinaram sobre a lateral azul da cadeira para ver Desamparada dar um minúsculo rosnado e atirar o coelho castanho de lado pelo pescoço e então, com outro minúsculo rosnado, lançá-lo para trás, fazendo-o aterrissar com um baque surdo, morto, no tapete.

— Céus! — exclamaram o Mago Norland, o rei, Sophie e Charmain. — Eu podia jurar que Desamparada era pequena demais para *fazer* isso!

A princesa Hilda esperou que o coelho aterrissasse e dirigiu-se rapidamente para a cadeira-trenó, ignorando, em grande parte, o frenético alvoroço de Desamparada perseguindo o coelho branco pelo salão.

— Minha querida princesa Matilda — disse a princesa, estendendo ambas as mãos para a mãe de Peter. — Há quanto tempo não a vemos por aqui! Espero que pretenda nos fazer uma longa visita.

— Isso depende — disse a bruxa secamente.

— Ela é prima em segundo grau da minha filha — o rei explicou para Charmain e Sophie. — Normalmente prefere ser chamada de Bruxa de Sei Lá Onde. Sempre fica irritada se alguém a chama de princesa Matilda. Minha filha faz questão de fazer isso, naturalmente. Hilda não aprova esnobismo às avessas.

A essa altura, o Mago Howl havia colocado Morgan nos ombros, de modo que ambos pudessem ver Desamparada encurralando o coelho branco atrás do quinto cavalinho de pau a partir de onde estavam. Houve mais alguns diminutos rosnados. Logo o cadáver do coelho branco veio voando sobre os cavalinhos de pau, flácido e sem vida.

— Viva! — gritou Morgan, batendo as mãozinhas fechadas na cabeça loura do pai.

Mais que depressa Howl tirou Morgan dos ombros e o passou à Sophie.

— Você já contou a eles sobre o ouro? — perguntou a ela.

— Ainda não. A prova caiu no pé de alguém — disse Sophie, segurando Morgan com firmeza.

— Conte agora — disse Howl. — Tem mais coisas estranhas aqui.

Ele se abaixou e pegou Desamparada quando ela voltava para Charmain. Desamparada se contorceu e ganiu e esticou-se e fez tudo que pôde para não deixar dúvidas de que era para *Charmain* que ela queria ir.

— Já, já — disse Howl, revirando-a com curiosidade. Por fim, levou-a até a cadeira-trenó, onde o rei jovialmente apertava a mão do Mago Norland, enquanto Sophie lhes mostrava o lingote de ouro. A bruxa, Timminz e a princesa Hilda, todos cercaram Sophie, atentos e querendo saber onde Sophie encontrara o ouro.

Charmain ficou parada no meio do salão, sentindo-se um tanto excluída. Sei que não estou sendo racional, ela pensou. Sou apenas aquela que sempre fui. Mas quero Desamparada *de volta*. Quero levá-la comigo quando me mandarem de volta para casa e para mamãe. Estava óbvio para ela que a mãe de Peter ia cuidar do tio-avô William agora, e onde ficaria Charmain nessa história?

De súbito, ouviu-se o terrível estrondo de algo se quebrando.

As paredes sacudiram-se, fazendo Calcifer sair em disparada da lareira e pairar acima da cabeça de Charmain. Então, muito lentamente, um grande buraco se abriu na parede ao lado da lareira. Primeiro, o papel de parede se soltou, seguido pelo gesso debaixo dele. Depois as pedras escuras atrás do gesso desmoronaram e desapareceram, até que nada restasse, a não ser um buraco escuro. Por fim, mas não em câmera lenta, Peter saiu de costas do buraco e caiu deitado diante de Charmain.

— Bulaco! — gritou Morgan, apontando.

— Acho que você tem razão — concordou Calcifer.

Peter não parecia nem um pouco desconcertado. Olhou para Calcifer e disse:

— Então você não está morto. Eu *sabia* que ela estava fazendo um estardalhaço à toa. Ela nunca é sensata com as coisas.

— Ah, obrigada, Peter! — exclamou Charmain. — E quando é que *você* foi sensato? Onde você *estava*?

— É, de fato — disse a Bruxa de Montalbino. — Eu também gostaria de saber isso. — Ela empurrou a cadeira--trenó até Peter, de modo que o tio-avô William e Timminz estavam ambos fitando Peter de cima, assim como todos os outros, exceto a princesa Hilda. Esta olhava, pesarosa, o buraco na parede.

Peter não parecia nem um pouco preocupado. Ele se sentou.

— Olá, mamãe — cumprimentou alegremente. — Por que a senhora não está em Ingary?

— Porque o Mago Howl está aqui — informou a mãe. — E você?

— Eu estava na oficina do Mago Norland — informou Peter. — Fui para lá assim que escapei de Charmain. — Ele agitou as mãos com o arco-íris de cordões amarrados nos dedos para mostrar como havia chegado lá. Mas dirigiu ao Mago Norland um olhar ligeiramente ansioso. — Tomei muito cuidado lá, senhor. De verdade.

— Mesmo? — perguntou o tio-avô William, olhando o buraco na parede, que parecia estar aos poucos se refazendo. As pedras escuras foram se fechando lentamente em direção ao centro e o gesso foi se formando após as pedras. — E o que você estava fazendo lá durante um dia e uma noite inteiros, posso saber?

— Feitiços de adivinhação — explicou Peter. — Eles tomam muito tempo. Foi uma sorte o senhor ter todos aqueles feitiços culinários lá, ou a essa altura eu estaria morto de fome. E usei sua cama de acampamento. Espero que não se importe. — Pela expressão do tio-avô William, estava na cara que ele se importava. Peter apressou-se a acrescentar: — Mas os feitiços funcionaram, senhor. O Tesouro Real deve estar aqui, onde todos estamos, porque pedi ao feitiço que me levasse aonde ele estava.

— E está mesmo — disse sua mãe. — O Mago Howl já o encontrou.

— Ah — murmurou Peter, parecendo muito abatido. Mas logo em seguida se animou. — Então eu fiz um feitiço que funcionou!

Todos olharam para o buraco que se fechava aos poucos. O papel de parede agora ia cobrindo suavemente o gesso, mas era óbvio que a parede nunca mais seria a mesma. Tinha um aspecto úmido e enrugado.

— Estou certa de que isso é um grande conforto para você, jovem — disse a princesa Hilda, com amargura. Peter a olhou sem expressão, obviamente perguntando-se quem era ela.

Sua mãe suspirou.

— Peter, esta é Sua Alteza, a princesa Hilda, da Alta Norlanda. Talvez você possa ser um bom menino e se levantar para fazer uma mesura para ela e seu pai, o rei. Afinal, eles são nossos parentes próximos.

— Como pode? — perguntou Peter. Mas conseguiu se pôr de pé e fez uma mesura com grande educação.

— Meu filho, Peter — apresentou a bruxa —, que agora, muito provavelmente, é o herdeiro de seu trono, senhor.

— Prazer em conhecê-lo, meu garoto — saudou o rei.

— Isso tudo está muito confuso. Será que alguém pode me dar uma explicação?

— Eu vou explicar, senhor — disse a bruxa.

— Talvez devêssemos todos nos sentar — sugeriu a princesa. — Sim, tenha a gentileza de remover estes dois... hã... coelhos mortos, por favor.

— Muito bem, senhora — disse Sim, movimentando-se rapidamente pela sala e juntando os dois corpos. Estava tão ansioso em não perder o que quer que fosse que a bruxa estava prestes a dizer que Charmain tinha certeza de que ele havia simplesmente jogado os coelhos do outro lado da porta. No momento em que voltou apressado para o salão, todos tinham se acomodado nos sofás grandiosos porém desbotados, exceto o tio-avô William, que se recostava em suas almofadas, magro e cansado, e Timminz, que se sentou em uma almofada ao lado da orelha do tio-avô William. Calcifer voltou a empoleirar-se na lareira. Sophie pôs Morgan sobre os joelhos, onde ele levou o polegar à boca e adormeceu. E o Mago Howl finalmente entregou Desamparada a Charmain. Ele o fez com um sorriso de desculpas tão deslumbrante que Charmain sentiu-se perturbada.

Gosto muito mais dele como adulto, ela pensou. Não é de admirar que Sophie estivesse tão irritada com Faísca! Desamparada, enquanto isso, guinchava e saltava, pondo as patas nos óculos pendurados de Charmain a fim de lamber o queixo da menina. Charmain esfregou as orelhas de Desamparada e acariciou o pelo esfiapado no alto de sua cabecinha enquanto ouvia o que a mãe de Peter tinha a contar.

— Como vocês devem saber — começou a bruxa —, eu me casei com meu primo Hans Nicholas, que, naquela ocasião, era o terceiro na linha sucessória ao trono da Alta Norlanda. Eu era a quinta, mas, como mulher, não contava, e além disso, a única coisa que eu queria no mundo era me tornar uma bruxa profissional. Hans tampouco estava interessado em ser rei. Sua paixão era escalar montanhas e explorar cavernas e novas passagens entre geleiras. Estávamos bem felizes em deixar que nosso primo Ludovic fosse o herdeiro do trono. Nenhum de nós *gostava* dele, e Hans sempre disse que Ludovic era a pessoa mais egoísta e insensível que ele conhecia, mas nós dois acreditávamos que, se fôssemos para longe e mostrássemos que não tínhamos nenhum interesse no trono, ele não nos importunaria.

"Assim, mudamos para Montalbino, onde me estabeleci como bruxa e Hans tornou-se guia nas montanhas; e vivemos muito felizes até pouco depois de Peter nascer, quando ficou horrivelmente óbvio que nossos outros primos estavam morrendo como moscas. E não só morrendo, mas também sendo rotulados de perversos e morrendo por causa de sua perversidade. Quando nossa prima Isolla Matilda, que era a mais generosa e gentil das garotas, foi morta enquanto aparentemente tentava matar alguém, Hans teve certeza de que era Ludovic quem estava fazendo aquilo tudo. 'Eliminando sistematicamente todos os outros herdeiros ao trono', disse ele. 'E nos dando uma má reputação ao fazê-lo.'

"Fiquei simplesmente apavorada por causa de Hans e de Peter. A essa altura, Hans era o herdeiro seguinte a Ludovic e Peter vinha depois dele. Assim, peguei minha vassoura, pus Peter nas costas preso por uma faixa, e voei até Ingary para me consultar com a Sra. Pentstemmon, que me treinou como feiticeira. Creio — disse a bruxa, voltando-se para Howl — que ela o treinou também, Mago Howl.

Howl dirigiu-lhe um de seus sorrisos cintilantes.

— Isso foi bem mais tarde. Eu fui seu último aluno.

— Então você sabe que ela era a melhor — disse a Bruxa de Montalbino. — Concorda?

Howl assentiu e a bruxa continuou.

— Ela sempre *acertava*.

Sophie também assentiu com essas palavras, um tanto pesarosa.

— Mas, quando a consultei — disse a bruxa —, ela não estava certa de que houvesse alguma coisa que eu pudesse fazer, exceto pegar Peter e ir para bem longe. Inhico, ela pensou. Eu disse: "Mas e Hans?" e ela concordou que eu tinha razão em estar preocupada. "Dê-me meio dia", pediu, "para encontrar uma resposta para você", e se trancou em sua sala de trabalho. Menos de meio dia depois, ela saiu quase em pânico. Eu nunca a tinha visto tão perturbada antes. "Minha querida", disse ela, "seu primo Ludovic é uma espécie de criatura vil chamada luboquim, filho de um luboque que vaga pelas colinas entre a Alta Norlanda e Montalbino, e está fazendo exatamente o que seu Hans suspeita que ele esteja fazendo, sem dúvida com a ajuda daquele luboque. Você deve apressar-se e ir para casa em Montalbino imediatamente! Vamos rezar para que você chegue lá a tempo. E, em hipótese nenhuma, conte a alguém quem é este seu rapazinho... nem a ele nem a ninguém mais, ou o luboque tentará matá-lo também!"

— Ah, por isso você nunca me contou nada? — perguntou Peter. — Você devia ter me contado. Eu posso cuidar de mim mesmo.

— Isso é exatamente o que o pobre Hans pensava também — disse a mãe. — Eu devia tê-lo feito ir para Ingary com a gente. Não interrompa, Peter. Você quase me fez esquecer a última coisa que a Sra. Pentstemmon me disse, que foi: "Existe uma resposta, minha querida. Em sua terra nativa, existe, ou existiu, algo chamado dom de Elfo, que pertence à família real, e que tem o poder de manter o rei seguro e todo o país com ele. Vá e peça ao rei da Alta Norlanda que empreste esse dom de Elfo a Peter. Isso o manterá em segurança." Assim, agradeci a ela e, pus Peter novamente nas costas e voei o mais rápido que pude para Montalbino. Pretendia chamar Hans para que fosse comigo à Alta Norlanda pedir o dom de Elfo, mas, quando cheguei em casa, disseram-me que Hans estava nas Gretterhorns com a equipe de resgate nas montanhas. Tive então a mais horrível premonição. Voei direto para lá, com Peter ainda nas costas. A essa altura, ele chorava de fome, mas eu não ousei parar. E cheguei a tempo de ver o luboque provocar a avalanche que matou Hans.

A bruxa parou aqui, como se não suportasse mais continuar. Todos esperaram respeitosamente enquanto ela engolia em seco e enxugava os olhos com um lenço multicolorido. Em seguida, ela, muito eficiente, sacudiu os ombros e disse:

— Pus proteções em torno de Peter imediatamente, é óbvio, as mais fortes possíveis. Elas nunca o deixaram. Fiz com que ele crescesse secretamente e não me importei em absoluto quando Ludovic começou a dizer às pessoas que eu era uma prisioneira louca em Castel Joie. Isso significava que ninguém sabia sobre Peter, afinal. E no dia seguinte à avalanche, deixei Peter com uma vizinha e fui para a Alta Norlanda. Vocês provavelmente se lembram da minha visita, não lembram? — ela perguntou ao rei.

— Sim, eu me lembro — disse o rei. — Mas você não falou nada sobre Peter, ou Hans, e eu não tinha a menor ideia de que fosse tudo tão triste e urgente. E, naturalmente, eu não havia recebido o dom de Elfo. Não sabia nem que aparência ele tinha. Tudo que você fez foi despertar meu interesse para procurar, junto com meu bom amigo Mago Norland aqui, o dom de Elfo. Estamos à procura dele há treze anos. E não fomos muito longe, não é, William?

— Não fomos a lugar nenhum — concordou o tio-avô William na cadeira-trenó, dando uma risadinha. — Mas as pessoas vão continuar pensando que sou um especialista em dom de Elfo. Alguns até dizem que eu sou o dom de Elfo e que protejo o rei. De fato, eu tento protegê-lo, mas não como um dom de Elfo protegeria.

— Esse é um dos motivos por que mandei Peter para você — disse a bruxa. — Existia sempre a possibilidade de que os rumores fossem verdadeiros. E eu sabia que você podia manter Peter em segurança de alguma forma. Eu mesma estou procurando esse dom de Elfo há anos, porque pensei que ele provavelmente pudesse acabar com Ludovic. Beatriz de Estrângia me disse que o Mago Howl, de Ingary, era melhor em adivinhação do que qualquer outro mago no mundo, assim fui para Ingary para lhe pedir que o encontrasse para mim.

O Mago Howl jogou a cabeça loura para trás e começou a rir.

— E você tem de admitir que eu de fato o encontrei! — exclamou ele. — Da forma mais inesperada. Lá está ele, sentado no colo da Srta. Charme!

— O que... *Desamparada?* — perguntou Charmain.

Desamparada abanou a cauda e fez um ar de recato. Howl assentiu.

— Isso mesmo. Sua cachorrinha encantada. — Ele voltou-se para o rei: — Aqueles seus registros não falam de um cachorro em algum ponto?

— Com frequência — disse o rei. — Mas eu não tinha a menor ideia... Meu bisavô celebrou um funeral com honras de Estado para seu cão quando ele morreu, e eu simplesmente me perguntei o motivo de todo aquele espalhafato!

A princesa Hilda tossiu delicadamente.

— É sabido que a maioria de nossas pinturas a óleo foi vendida — disse ela —, mas eu me recordo de que muitos de nossos antigos reis eram pintados com um cão ao lado. No entanto, em geral, eles tinham uma aparência um pouco mais... hã... nobre do que Desamparada.

— Imagino que eles venham em todos os tamanhos e formatos — observou o tio-avô William. — Parece-me que o dom de Elfo é algo que certos cães herdam, mas os últimos reis esqueceram-se de cruzá-los adequadamente. Agora, por exemplo, quando Desamparada tiver seus filhotinhos um pouco mais para o fim do ano...

— O *quê?* — exclamou Charmain. — *Filhotinhos!*

Desamparada tornou a abanar a cauda e pareceu ainda mais recatada. Charmain ergueu o queixo de Desamparada e a fitou acusadoramente nos olhos.

— O cão do cozinheiro? — perguntou ela.

Desamparada piscou timidamente.

— Ah, Desamparada! — lamentou-se Charmain. — Deus *sabe* que aparência eles vão ter!

— Devemos esperar e ter esperanças — disse o tio-avô William. — Um desses filhotes irá herdar o dom de Elfo. Mas tem outro aspecto importante nisso tudo, minha querida. Desamparada a adotou, e isso a torna a Guardiã do dom de Elfo da Alta Norlanda. Além disso, como a Bruxa de Montalbino aqui me diz que *O livro de palimpsesto* também adotou você... Adotou, não foi?

— Eu... hã... é... Ele de fato me fez fazer feitiços contidos ali — admitiu Charmain.

— Isso resolve a questão — disse o tio-avô William, feliz, aconchegando-se novamente em suas almofadas. — Você vem morar comigo como minha aprendiz de agora em diante. Precisa aprender como ajudar Desamparada a proteger o país apropriadamente.

— Sim... ah... mas... — balbuciou Charmain — ... minha mãe não vai permitir... Ela diz que a magia não é respeitável. Meu pai não vai se opor, provavelmente — acrescentou ela. — Mas minha mãe...

— Eu resolvo com ela — disse o tio-avô William. — Se for necessário, peço sua tia Semprônia para falar com ela.

— Melhor ainda — disse o rei. — Vou tornar essa decisão um decreto real. Sua mãe vai ficar impressionada com isso. Como você vê, precisamos de você, minha querida.

— Sim, mas eu quero ajudá-lo com os *livros*! — exclamou Charmain.

A princesa Hilda teve outra de suas tosses delicadas.

— Eu vou estar bastante ocupada redecorando e reformando esta Mansão — disse ela, olhando o lingote de ouro caído no tapete aos seus pés e o cutucando suavemente com o sapato. — Agora temos dinheiro outra vez — disse ela, feliz. — Sugiro que você me substitua na biblioteca com meu pai duas vezes por semana, se o Mago Norland cedê-la.

— Ah, *obrigada*! — disse Charmain.

— E quanto a Peter... — começou a princesa.

— Não há necessidade de se preocupar com Peter — interrompeu a bruxa. — Vou ficar com ele e Charmain para cuidar da casa pelo menos até que o Mago Norland esteja restabelecido. Talvez eu me mude para lá permanentemente.

Charmain, Peter e o tio-avô William trocaram olhares apavorados. Entendo por que ela se tornou tão eficiente, tendo ficado sozinha com a tarefa de proteger Peter, pensou Charmain. Mas, se ela ficar naquela casa, volto para morar com mamãe!

— Bobagem, Matilda — disse a princesa Hilda. — Peter é preocupação nossa, sim, agora que está entendido que ele é nosso príncipe da Coroa. Peter vai morar *aqui* e frequentar a casa do Mago Norland para ter aulas de magia. Você deve voltar para Montalbino, Matilda. Eles precisam de você lá.

— E nós, *kobolds*, vamos continuar cuidando da casa, como sempre fizemos — interveio Timminz.

Ah, ótimo, pensou Charmain. Não creio que eu esteja treinada para cuidar de uma casa... e Peter certamente não está!

— Abençoado, Timminz. Abençoada, Hilda — murmurou o tio-avô William. — A ideia de toda essa eficiência em minha casa...

— Eu vou ficar bem, mãe — disse Peter. — Você não precisa mais me proteger.

— Se você tem certeza — disse a bruxa. — Parece-me que...

— Agora — interrompeu a princesa Hilda, tão eficientemente quanto a bruxa — só nos resta nos despedir de nossos generosos, prestativos, ainda que um tanto excêntricos, hóspedes, e acompanhá-los até seu castelo. Venham, todos vocês.

— Opa! — exclamou Calcifer e disparou chaminé acima.

Sophie se levantou, deslocando o polegar de Morgan de sua boca. O menino acordou, olhou à sua volta, viu que o pai estava lá, e olhou à sua volta mais uma vez. Seu rosto se enrugou.

— *Faíca* — ele disse. — Cadê *Faíca*? — E começou a chorar.

— Agora, olhe o que você arranjou! — disse Sophie a Howl.

— Eu posso me transformar em Faísca de novo — sugeriu Howl.

— Nem ouse! — replicou Sophie, marchando para o corredor úmido atrás de Sim.

Cinco minutos depois, estavam todos reunidos nos degraus da entrada da Mansão para ver Sophie e Howl carregando Morgan, esperneando e chorando, pela porta do castelo. Quando a porta se fechou atrás dos gritos de *"Faíca, Faíca, Faíca!"* de Morgan, Charmain curvou-se e murmurou para Desamparada, em seus braços:

— Você protegeu de verdade o país, não foi? E eu nem percebi!

A essa altura, metade dos habitantes da Alta Norlanda estava reunida na Praça Real para observar o castelo. Todos viram, incrédulos, quando ele se ergueu ligeiramente no ar e deslizou em direção à rua que levava para o sul. Na verdade, era pouco mais do que uma viela. "Não vai caber!", as pessoas disseram. Mas o castelo, de alguma forma, se comprimiu o suficiente para deslizar ao longo dela e desaparecer de vista.

Os cidadãos da Alta Norlanda davam-lhe vivas à medida que o castelo se afastava.

Este livro foi composto na tipografia Minion,
em corpo 11,5/16, e impresso em
papel Pólen Soft 80 g/m² Geográfica.